一本正经唐史 2
太宗的原罪与救赎

皮唐先生 著

当代世界出版社

图书在版编目（CIP）数据

一本正经唐史. 太宗的原罪与救赎 / 皮唐先生著. -- 北京：当代世界出版社，2019.1
ISBN 978-7-5090-1415-8

Ⅰ. ①一… Ⅱ. ①皮… Ⅲ. ①长篇历史小说－中国－当代 Ⅳ. ①I247.5

中国版本图书馆CIP数据核字（2018）第155317号

一本正经唐史. 太宗的原罪与救赎

作　　者：	皮唐先生
出版发行：	当代世界出版社
地　　址：	北京市复兴路4号（100860）
网　　址：	http://www.worldpress.org.cn
编务电话：	（010）83908456
发行电话：	（010）83908409
	（010）83908377
	（010）83908423（邮购）
	（010）83908410（传真）
经　　销：	全国新华书店
印　　刷：	北京楠萍印刷有限公司
开　　本：	710毫米×1000毫米　1/16
印　　张：	16.5
字　　数：	240千字
版　　次：	2019年1月第1版
印　　次：	2019年1月第1次
书　　号：	ISBN 978-7-5090-1415-8
定　　价：	42.00元

如发现印装质量问题，请与承印厂联系调换。
版权所有，翻版必究，未经许可，不得转载！

自 序

一直以来，笔者对历史比较感兴趣，当然对唐史更感兴趣。这个中国历史乃至世界历史上的巅峰时代，我也由衷地相信每一个喜欢历史的人都会感兴趣。

因为兴趣，我乱七八糟翻过一些书，囫囵吞枣、走马观花，算是对唐朝有了一些了解，并且在此过程中结识了很多朋友，这可以算是翻书之外最珍贵的收获了。而看的时间长了，也就有了表达欲望，这种欲望越来越强烈，最终驱使着我拿起了笔。

人就是这样，心里有事儿就总想说一说。且不说自己几斤几两吧，很多情况下就是不吐不快。正如古人写小说没有稿费，流传下来的作品也不少。

动笔之前，我曾思考过要采用什么样的写法。我认为，风格应该是轻松幽默的，历史这玩意儿太沉重了，不轻松点大家看了容易抑郁，平时上班上学都这么忙，看了我的书再添堵就不好了。然后不能干巴巴地翻译史书，这样的工作谁都会做，也用不着我来。我要力求把故事写出波澜，不平铺直叙，期间我曾研读过一些历史作家的作品，借鉴了他们的写法和一些小说笔法，尽我的能力还原当时的情景，让读者能看下去，愿意看下去。

话虽如此，本书绝不会用猎奇手段去博人眼球。书的内容是严格建立在正史基础上的，除了一些心理活动和语言，可以保证每个情节都有出处，引用的书目会在参考书目中标明。当然，正史记载的也未必就是真实的，很多情况下会有春秋笔法或是删改，因此我也参考了许多历史学者的研究成果，分析取舍，决定如何采用。

我不敢说自己采用的就一定是对的，但每种观点一定都有其出处。

我给自己定下一个原则：知道的好好说，不确定的全面说，不知道的不瞎说。

唐朝是一个时间跨度很长，内容很多，十分精彩的朝代，写完这段历史是一个很大的挑战，我会努力坚持，会在保证真实性、严谨性的前提下，把故事写得有趣一点，把结构写得清晰一点，把情节写得生动一点，把人物写得丰满一点（唐朝以"丰满"为美）。带着镣铐跳舞，这活儿不好干，但既然开了头，就要对读者负责，对自己负责。

错误和不当之处是难免的，欢迎大家批评指正，毕竟码字不是目的，提高知识水平才是本意。

最后，谨以此书献给我最亲爱的爷爷。

皮唐先生
2018 年 9 月 17 日

目 录

第一章　玄武门之变
挖完墙脚再拆台 /001
太白见秦分 /007
门 /011
几个谜团 /020
善后平叛 /024
皇帝交班 /029

第二章　贞观前夜
大型敲诈现场 /033
皇帝练兵 /036
封赏的技巧 /039
忠与奸 /042

第三章　贞观之治
乐舞传奇 /047
贞观第一枪：罗艺反了 /050
李世民的法治精神 /053
死囚自归 /059

第四章　三驾马车

善政者亦无赫赫之功 /063

纳谏到底容不容易 /067

公主出嫁 /071

一只小鸟 /072

第五章　东突厥的覆灭

叔侄阋于墙 /075

李靖献玉玺 /079

"双李"败可汗 /082

父子解心结 /087

第六章　天可汗时代

请进来？赶出去？ /093

老将李靖 /096

封禅不封禅 /099

温暖的王朝 /102

第七章　摧毁吐谷浑

大忽悠慕容伏允 /107

谁能带兵 /110

人心不古 /116

第八章　逝去的亲人

高祖身后 /119

嘉偶良佐　长孙皇后 /125

第九章　大唐的对手们

吐蕃：一个公主引发的血案 /129

高昌：海外华人回归了 /137

漠北：制衡薛延陀 /149

第十章　父与子：三龙夺嫡
残废的太子 /163
得宠的二弟 /166
谋反的功臣 /172
造反的皇子们 /179
守成太子李治 /187

第十一章　高丽：最后的征途
跳梁小丑渊盖苏文 /195
御驾征高丽 /199
有故事的人 /203
攻城的艺术 /206
未败之败 /216

第十二章　晚年太宗
圣上的猜忌 /225
战略调整 /229
父亲的女人 /232

第十三章　最后的日子
女主武王 /239
生命尽头 /244
太宗的一生 /248

参考书目 /251

第一章　玄武门之变

挖完墙脚再拆台

黄昏，初夏。空气里透着这个时节少有的沉闷。

"大门神"尉迟敬德正端坐在屋里的中堂，面无表情地接见两位来客。

两位客人不停地向他寒暄施礼，并道出了早就准备好的说辞，滔滔不绝地夸赞太子和齐王对他如何器重，他在战场上表现如何神勇，一身肌肉，多么高大威猛。

可尉迟敬德却听得很不耐烦，只是冷冷地看着他们，一言不发。直到客人识趣儿地发现自己应该结束表白，赶紧告辞，他遂将两人送到门外，指着一辆马车。

"把那些东西拉走吧，我尉迟敬德是穷苦人家出身，消受不起太子和齐王的宝贝。"

他说这话的时候，语气里透着几分嘲讽，神色更带着几分挑衅。

两位客人被激怒了，不由得脸孔涨得通红，恶狠狠地向他发出了严重警告。

"你说什么？你可不要不识抬举！"

尉迟敬德并没有回答。只是仰天大笑，转身回到了家里。

这两人是太子和齐王派来的说客，说得直白一点，他们是来挖墙脚的。

尉迟敬德可能被挖走吗？

为什么不能？在太子和齐王眼里，这家伙就是个剽悍好斗的打手罢了，杀人不眨眼，要钱不要命，他出那么多风头难道不是为了荣华富贵？既然这样，就做做你的文章好了。"猛将虽有主，我来松松土"，准备一车金银财宝专程送过去，可没曾想却吃了一个闭门羹。

他们这才知道，尉迟敬德那黝黑的外表下居然藏着一颗红彤彤的心。这颗红彤彤的心，只属于秦王。

他并不是打手，而是一个忠臣。

太子挖墙脚不成，那也就算了，这么多年来他已炼成了一副好脾气。你不愿意，我也不勉强。齐王就不同了，这个争强好胜的年轻人行事准则一向是——不是朋友，就是敌人。

还给脸不要脸了！走着瞧吧。

几天之后，尉迟敬德家里又来客人了。

只不过这次的客人有些特别，他既没有受到邀请，也没有提前预约。与此同时，这位客人也真是见外，白天总是在大门外探头探脑，直到半夜才偷偷摸摸进来，走的也不是大门，而是院墙。

这个人是刺客，齐王的刺客。

大多数人都是害怕刺客的，因为那些身在暗处的敌人能让任何人防不胜防，即使身负绝世武功也不顶用。但尉迟敬德却一点也不害怕，每到晚上，他就把里里外外的门全部打开，既不点灯也不开火，自己一个人躺在床上睡觉。

这样一来，刺客很轻易就进入了庭院，但进来之后却犹豫了。

因为这类似空城计一样的屋子分明就是个陷阱呀，再联想尉迟敬德在夜战中的天然优势（长得黑），把灯一关，他能瞧见你，你能瞧见他吗？那这是我行刺你还是你行刺我呀？

最终，刺客承认了大门神无法行刺的现实，无奈地离去了。

从此，再也没有人敢去试一试。

秦王府的骁将里，有过类似经历的不只尉迟敬德一人，段志玄也收到过太子和齐王的厚礼，当然这也被他断然拒绝了。快拿走，我不要这不义之财。

他和尉迟敬德都在第一时间向李世民汇报了此事。

国难思忠臣，李世民听后很受感动。既然你们都这么忠心，事情就不严重，我还可以再忍。

但他没料到的是，太子和齐王并不想让他忍。

他们的阴谋诡计远远没有结束，这只是一大波攻击的前奏。

太子和齐王都明白，秦王的实力是非常雄厚的，他的骨干不只有尉迟敬德和段志玄，武的还有程咬金、秦叔宝等，文的还有杜如晦、房玄龄等，这些如臂膀和羽翼共同维护着这个大唐王朝的第一功臣，让任何人都不敢轻易打他的主意。

因此他们都被置于，也必须置于自己的攻击范围之内。

那就一个一个来吧。挖不过来，就拆你的台。

我得不到的，你也休想得到！

两人找到父亲一番鼓动，把程咬金逐出了秦王府。

他要去一个很远的地方赴任——康州。

"康州"这词里头虽然带一个康字，却是一个非常不利于人身心健康的地方，那里位于极其蛮荒的岭南地区，不仅气候湿热，人口稀少，还有传说中的瘴气。瘴气是一种非常危险的气，成因大概是动植物腐烂后在湿热天气下霉变所致，含有毒蛇、毒虫、毒草等多种动植物混合配方，中原来的人要是吸上一口，很可能会染上无可救药的疫病。

所以这个地方一直是安排政敌仇家"观光旅游、度假休闲"的理想场所。当然，大多数人去了都是不需要再回来的。如果真有回来的一天，通常只有一种可能——归葬故里、叶落归根。

程咬金当然不想去，他不想去并不是因为怕死。他不仅不怕死，反而有时候宁愿去死。他只是觉得这样死得太窝囊了。兔子急了还咬人，狗急了还跳墙呢。人家都想整死咱了，咱还能不吭一声、不还个手？

于是他激动地向李世民表态，自己是无论如何也不会去康州的，他还会留在长安。虽然不去是抗旨，抗旨更是死罪，但他早已将生死置之度外了。他唯一的希望就是请大王早做决断。

大王，跟他们干吧！老程这条命，都是你的！

但李世民却无法给他明确的答复。

因为他知道，决断的风险太大了，一旦决断就要政变，一政变就踏上了一条不归路。他要同室操戈，要手足相残，甚至要对自己的父亲……他在战场上敢于单枪匹马冲击敌阵，但在长安，却只能任凭太子和齐王对自己上下其手。因为他明白，战场上死无非就是个死，死了之后还能封个烈士称号。但要是政变死了，等待他的将是身败名裂，将会成为一个遗臭万年的逆子和反贼！

知节，我知道你的好意，但是我真的无法决断啊。

请再忍耐一下吧。

可太子和齐王会让他忍耐吗？刀已出鞘，就不可收回。他们要的就是不让他忍耐，要的就是把他逼上绝路。事实证明他们的政治眼光是非常毒辣的，很快又瞄准了两个秦王的心腹智囊——房玄龄、杜如晦。

兄弟俩到父亲跟前一鼓动，这两人也被赶出了秦王府。

对李世民来说，武将被挖走就像断了手足，虽然痛苦却还不至于致命，他还可以苟延残喘。可智囊没了就等于没有了头脑，没有了头脑，他甚至连早已伤痕累累、残缺不全的身躯都无法指挥了，面对别人的刀剑，他只能做一块案板上的鱼肉。

形势越来越危急了！

李世民有些懊悔，内心却还在挣扎。为什么没有听程咬金的话？为什么要坐以待毙？我到底该怎么办？

挣扎之下，他决定找人问计。

他问的第一个人是李靖。李靖的文韬武略在唐朝无人可出其右，朝中的威望也十分之高，如果把他争取过来，胜算是非常大的。李世民惴惴不安地开了口。

药师，你愿意帮我吗？

八年前的时候，自己曾从刽子手的刀下救了他一命，现在他是否愿意救自己呢。

结局出乎意料又在意料之中。

李靖推辞了。

他是一个职业军人，而且早年得罪过李渊，这些年一直过得小心翼翼、如履薄冰，他只求本本分分地带好兵、打好仗，实在没有心气掺和太子和秦王斗争的大事了。

秦王，我真的很抱歉。

李世民没有说什么，他理解李靖这种超脱的态度。将心比心，换了自己难道能做得更好吗？人不为己，天诛地灭啊。

他又去问另一个姓李的大将，这个人一向以讲义气重感情闻名，还是跟自己并肩战斗过的战友，关系铁得很呢，如今自己有难，他应该愿意帮自己吧。

这个人就是李勣。

但是他也拒绝了。

原因似乎也不难解释，他既非李渊、李世民的嫡系，与太子、齐王也没有矛盾，他只是旧瓦岗军势力在大唐朝廷的代表。他既不需要依附谁，也不需要反对谁，只要往那一站身后就有一帮人，他自然也是可以超脱于太子和秦王之间的。

因为无论谁赢了都会继续重用他。

一个国家总需要这样几个干活的人啊。

李世民失落地回到了家里，茫然无措地思考着自己的未来，可是，那会是怎样的一种未来呢？

太子和齐王的暗箭仍在不断地向李世民射去，武德九年（626年）五月，他们找到了一个绝好的借口。

那一天，东突厥的数万骑兵突然入侵了乌城（今山西盂县）。

稍有常识的人都可以看出，这是一次大规模的军事行动，但对突厥人来说又不算很大。因为这位邻居特别喜欢不打招呼就过来串门，他们的军队数量足有几十万，来个几万倒也不算新鲜。

可是在太子和齐王的眼里，这次入侵规模却好像前所未有的大，形势也好像空前危急，好像不全力迎击的话大唐就会亡国一样。于是他们去找了父亲，要求派李元吉带兵出征。

这看上去好像也没什么。太子和齐王一直想多立些军功，攒些威望，好把秦王比下去。他们这次夸大敌情，无非是为了这个目的。

可李世民听说这一消息之后，却犹如被五雷轰到了头顶，在五月初夏的天气里，他只觉得一股冷风吹得脊背发凉。

太不寻常了。

为了这次战争，齐王点了一堆秦王府的武将，秦叔宝、尉迟敬德、段志玄等人都赫然在列，他甚至还拿到了一个秦王府军队的花名册，声称要这些人都得跟他一起去。而耐人寻味的是李渊居然批准了。

自从太子和齐王开始一大波攻击之后，李世民就被逼得只有招架之功没有还手之力了，秦王府的骨干已被搅和得七零八落，有的被贬走，有的弃暗投明。

可即便如此，他们还穷追不舍，连剩下的这些残兵败将，也要一网打尽。齐王拿出了花名册，就是这个目的，只要他按图索骥点名完毕，秦王府的军队就会被他带出长安，然后彻底瓦解。

他们不打算给自己留下一丁点的机会。

李世民痛苦地感受到了孤独，前所未有的孤独。

他母亲早逝，本已非常不幸，后来兄弟又反目成仇，最亲的人只剩下了父亲。虽然父亲有时对自己很严厉，对哥哥很和蔼，但毕竟是自己唯一的亲人了，可事到如今，父亲居然也站在了他们一边。

很明显，父亲已经抛弃自己了。不然，他怎么会由着哥哥和弟弟胡来呢？

李世民想仰天大哭却无法大哭，想拔剑出鞘却无法出鞘。他只觉得一张无形的网正慢慢袭来，自己却无法躲闪，但网却越收越小、越收越紧，直到把他完全绑缚起来，让他喘不过气，动弹不得！

末日要来临了！

他急得像热锅上的蚂蚁。

太白见秦分

人被逼上绝路的时候，总是有这样一个过程：先焦虑，再绝望，再挣扎，再奋起。只不过有很多人在绝望或挣扎这一步就停下了，从此寂寂无声地湮没在历史的长河中，连一片水花都没有泛起。

李世民显然是要奋起的，他不仅要奋起，还要翻起一片滔天巨浪。

他终于冷静下来了，找来了长孙无忌、尉迟敬德、侯君集、高士廉（大舅哥的舅舅）商量对策。

房谋杜断已经不在身边，李靖、李勣也都表示中立，这些已是他最可信赖和依靠的人了。

黄沙吹尽始到金。你们会怎样做呢？

李世民沉默地坐在首席，等待着大家的答案。

尉迟敬德开口了。虽然他是个粗人，却是一个粗中有细的粗人，他懂得什么时候该粗鲁，什么时候该心细。此刻他正用那双打过铁的手拍着桌子，说出了一句表面上很粗而内涵却很细的话。

"大王，跟他们拼了吧！按人情谁不贪生怕死？但若为大王而死，又有何不可！如果大王还不决断，只怕敬德就要窜身草泽，再也不能侍奉您了。"

他的忠心是毋庸赘言的，但也已经和秦王绑在了一条战车上，如果秦王失败，自己也是不能幸免的。他的话既有暗示，又没有点破，他说这些话既是为了秦王，也是为了自己。

长孙无忌也连声附和。不听敬德的话，事情就没有指望了。敬德若不能侍奉大王，只怕我们也没有别的办法了。

大舅哥是比任何人都有理由支持秦王，也比任何人都更忠诚于秦王的，所以他的话听起来更加有分量。

但李世民仍然有点迟疑，虽然这并不像他的行事风格。

"可是骨肉相残，我真的有点于心不忍啊，不如等他们先动手，我们再……"

尉迟敬德打断了他的话："不要再犹豫了！都大难临头了！您麾下的八百勇士都已严阵以待，就等着您一声令下！"

见此情形，侯君集、高士廉等人也纷纷表态，对太子和齐王的阴谋颠覆活动，他们的立场是一贯的、明确的，就是誓死保卫秦王，坚决打倒太子和齐王！

有了这些铁杆支持者，李世民的心情好了很多，觉得事情已有了三分把握。可面对即将发生的事，却仍怀有对未知的恐惧，为了摆脱这种恐惧，他只能求助古老的秘术——占卜。

这是从久远的古代流传下来的古老法术，神圣而又神秘。大家都肃静地站在一旁，看着李世民叫来巫师，点起火，烧灼龟甲。

这一片小小的龟甲居然承载着他们的希望，甚至要决定整个王朝的走向。想来实在有点可笑。但没有一个人敢笑，反而还无比虔诚。他们在忐忑地等待，等待着上天的启示。

烧灼龟甲发出噼噼啪啪的声音，空气紧张得能拧出水。

老天爷，给我一个答案吧。

嘭地一声，门被撞开了，一个人大步流星闯了进来。还没等人们看清他的模样，就走到了巫师身旁。

他一把夺过龟甲，摔到了地上。

众人都惊呆了。

但来人并没有理会，而是挑衅地昂起了头。他的名字叫张公谨，是一个以力大无穷著称的猛将。在这场决定帝国走向的事件中，他将起到至关重要的作用。

他将双手叉在胸前，用一种近乎嘲讽的语气反问大家。

"要是占卜不吉利，你们还能不干了吗？"（卜而不吉，庸得已乎！）

不干？当然不会的。无论如何都要干的。因为不干，大家的结局就是死路一条。那既然如此，为何还要占卜呢？这时众人才一个个恍然大悟，向他投去了钦佩的目光，恨不得要在龟甲上补一脚。

张公谨，你摔得好！

李世民也在这一瞬间释然了，连忙把他请到座位上，一起谋商大事。

几个人深入浅出地讨论了一下，决心很快就下定了，近几天内，就要开干！

可要想成功干成这件事，仅有决心是不够的。至少，仅凭这几个粗人还很难做到圆满无缺。李世民也很快意识到了这一点，于是他交给了长孙无忌一个任务：把房玄龄和杜如晦请回来。

这两人可是他的智囊啊，也是太子和齐王最怕的人，只要把他俩招来，大事必成。想到这里，李世民的脸上露出了一丝久违的笑意。

他已经很久没有笑过了。

出乎所有人的意料，房玄龄、杜如晦拒绝了，用了一个非常拙劣的借口。皇上已经不让我们跟秦王来往了，如果我们私下过去，一定会死得很难看的。（敕旨不听复事王；今若私谒，必坐死，不敢奉教）

这是长孙无忌带回来的消息，如假包换……

李世民愤怒了，想不到这两人居然关键时刻耍起了滑头，这是想背叛我吗？你看看人家尉迟敬德。

"对了，敬德你过来。"

李世民把他喊过来，递去一把佩刀，眼中露出了杀意。

"你亲自去一趟，如果看他们没有来意，就要他们的命。"（公且往，观其无来心，可并斩其首持来也）

事实证明，对这帮文人还是硬的好使，没多久他们就换上出家人的衣服，偷偷摸摸和尉迟敬德分道回到了秦王府。

但话说回来，搞阴谋诡计、抢班夺权还偏偏离不开这些文人。房杜一来，鬼点子就像滔滔江水一样绵绵不绝地涌现出来，一个出主意，一个拍板（房谋杜断），很快就制订出了一个虽然冒险却胜算很大的计划。

这个计划是什么呢？史书上并没有写。但我们可以肯定是一个简单有效，虽冒风险却更有收益的计划。

所有人都在静静等待着实施这个计划。

李世民在紧锣密鼓做政变准备的时候，大唐朝廷里还是一片风平浪静。

太子和齐王并不知道他的动向，还在愉快地等着把他的兵马带走，然后再干掉他。李渊也毫不知情，正在安排反击突厥人的计划。

但这平静被一个意外打乱了。

六月初三，早，李渊收到了一封奏章。

上奏章的人是太史令傅奕，这个官职意味着他是整个王朝最权威的天文专家。他在奏章里也说了一件和天文有关的事——太白见秦分，秦王当有天下。

这道奏章的内容可谓非常劲爆，几乎就差指着李渊的鼻子说李世民要谋反了。

李渊拿着这封奏章，陷入了深思。他向来不是一个迷信的人，所以对奏章的内容并不相信。但是秦王当有天下这句话却让他心里很不爽，因为这个二儿子最近的表现真不怎么样，平时也不过来问候自己，手下那帮武将还净惹麻烦。你有天下？你有天下了让我去哪？于是他做出了一个奇怪的举动，直接把奏章交给了李世民（上以其状授世民）。

很明显，李渊是想敲打李世民，借着这个理由搞批评教育。

看吧，老天都在说你要抢老子的天下了，赶快回去好好反省反省。

但李世民接到奏章之后，心情是可想而知的，就像被当头抡了一记狼牙棒，几乎当场懵掉。

他的政变活动都是在极秘密的情况下搞的，没想到却被太白星搅和了。虽然父亲的举动已经说明他不相信自己真的会篡位，但可怕之处在于他正拿着这件事情做文章，他对自己的厌恶态度已经显而易见了。

箭早已经在弦上了，现在更是不得不发。

六月初三，下午，李世民苦思冥想之后，也向父亲上了一道奏章。这封奏章的内容更加劲爆。

他举报太子和齐王淫乱后宫（够猛），并说我从没有辜负过兄弟（真的吗），但他俩却对我恨之入骨，恨不能除我而后快（彼此彼此）。我如果含冤而死，实在是太冤枉了。

对这些危言耸听的话，李渊仍然是不相信的，因为古代后宫的制度很严密，监视很紧，纵使太子和齐王有这个贼心，甚至有这个贼胆，也不太可能有这个贼机会。可状告得如此之重，他也感受到三个儿子之间的隔阂之深了。

他知道，世民一定以为那封奏章是建成和元吉指使别人上的，所以才会反过来告他们。

唉，事情成了这个样子，我这当父亲的也有责任。明日一早都到宫里来吧，我要把这件事查个水落石出，给你们做个了断。

如果建成和元吉真的有事，就索性废掉，让世民当太子。如果世民是诬告，那也正好把他处理掉，就让建成安心接班。总之，他们之间已是势同水火了，不壮士断腕恐怕不行。

于是李渊马上给三兄弟下了命令，明天一早都来宫里，我要亲自查问这件事情。

为了把工作做细一点，他还召了裴寂、萧瑀、封德彝、宇文士及等重臣，到时候要一同前来。

这道命令正中李世民的下怀，因为他要的就是召太子和齐王过来。

过来吧，只要过来就好。

门

六月初三，夜，东宫，太子和齐王收到了李世民告状的消息。

秦王恨他们俩，这是肯定的，但秦王用这么容易拆穿的借口来搞自己，还是让齐王觉得很不对劲。

齐王和秦王打交道很多，知道最近都要把他逼上绝路了，如今来了这么一出，深恐其中有诈，于是他告诉太子。

"不如托疾不朝，以观形势。"

可太子却没有同意，他觉得澄清这件事太容易了，不去岂不显得自己心里有鬼？因此他决意早点入朝。早一点入朝就能早一点见到父亲，早一点见到父亲就能早一点影响他的想法，只要把事情解释清楚了，不仅自己会安然无恙，还可以给秦王扣上一个诬告的罪名。运气好点，还能借此处死他呢。

于是太子笑着拍了拍齐王的肩膀。

"放心吧元吉，有我在，没事的。"

齐王一听，也就不再坚持。

"那么……大哥，我们明早相见。"

六月初三，深夜，秦王府，李世民正紧锣密鼓地忙活着，他将麾下的谋臣武将悉数召集，杜如晦、房玄龄、尉迟敬德、长孙无忌、侯君集、秦叔宝、程咬金……给每一个人都安排了任务。

李世民看着这些即将与自己同生共死的战友，百感交集。

不多时之后，他们即将分赴各处，按预定计划行动。等待他们的可能是绝地逆转，也可能是万劫不复。胜了，是从龙功臣；输了，就是乱臣贼子。

是什么让我走到这一步的？是大哥和三弟的排挤，把我逼上了绝路。是父亲对我的不信任和嫌弃，他也要抛弃我了。是手下那些谋臣武将，我死了，他们也将无处可逃。

火焰从他的脚底开始燃烧，让他全身的血液都变得炽热。

在这个黎明前的黑暗夜晚，他用一生中最肃杀的眼神扫视着众人，说出了行动之前的最后一句话：

"成败在此一举，望诸君与我共勉！"

他借着昏黄的月色向秦王府留下最后一瞥，便与众人走入了那寂静的夜幕之中。

初四，黎明，太子和齐王会合了，他们骑着马走出东宫的北门，沿着宫墙往西，去往皇宫大内的北门。

东宫和皇宫大内是隔墙相邻的，墙上没有门。当然没有，要是有门皇宫就没有存在的意义了，皇宫要的就是和其他宫殿隔绝开来。因此太子如果要去皇宫，就需要先出东宫的北门，沿着宫墙往西走，一直走到皇宫的北门，才能由此入宫。

这个北门就是我们都知道的——玄武门。

当时的礼法还不像后世那样森严，太子、亲王都可以自如地从宫门出入，还能骑马、带武器，甚至还能带随从。平头百姓连门都不敢靠近的地方，亲王却能像在家里一样来去自如，中国历史是帝王将相的家谱，可见一斑。

太子和齐王走到玄武门了。

门依旧是那道门，守门的也依旧是那些人。

他们当然认得太子和齐王，看到二位驾到，仍像往常一样任他们进了门。

两人骑在马上并排走着，盼望早点见到父亲。

他们要和父亲说，自己没有淫乱后宫，都是秦王在诬告。他们要和父亲说，秦王的诬告行为可真是下流，一定要处死他，以儆效尤！他们还要和父亲说，要把秦王那些讨厌的党羽全部抓起来，统统杀掉！

天色似乎更暗了，宫里更是静得出奇。两人似乎感到气氛有些不同寻常。可哪里不寻常？好像又说不上来，他们仍然有一搭没一搭地闲聊着。

只是今天走的这段路好像格外漫长。

路边树林里刷刷作响，有点像是夏虫鸣叫，又像是晨鸟出林。二人的神经警觉起来，想要竖起耳朵听个真切，却发现声音全都消失了。

难道我们幻听了？我们太疑心了吧。又向前走了一段，到了临湖殿。

这里距离皇帝办公的地方已经不远了。就快见到父亲了，两人的心里同时松了一口气。

可在这时，只见旁边树林里扑棱窜出一个黑影。这道黑影杀气腾腾地直扑过来，低沉的声音喊出了二人的名字。

"建成，元吉。"

李建成和李元吉都是上过战场的人，胆子并不小。可听到这声呼唤之后，却仿佛那是从地狱传来的。他们都听得出来，发出这声音的人就是秦王李世民。

他已经在这里埋伏很久了。

太子和齐王夺路而逃，直奔玄武门而去。没想到秦王竟然狗急跳墙，伏击我们，真是混账！只要出了这道门，我们就可以召集军队和他决一死战，到时候他一定不是对手。

秦王，你赢不了！我们绝不会让你得逞！

李世民穷追不舍，越追越近，身后的尉迟敬德也带着七八个人一起追赶过来。

看到二哥紧追不放，齐王抄起了马背上的弓。他平时喜欢舞刀弄枪，马上自然常备这些东西。他早就想杀二哥了，却没想到第一次出手是在这里。

可让人惊讶的是，他居然在这关键时刻发挥失常，一连三次，弓都没有拉开。

射杀二哥，总是有点心理压力吧。

然而李世民的心理素质却极其稳定，在齐王进退失据之间，他的箭已经飞来了，这支箭的目标并不是他，而是太子，李世民知道谁更该先死。

那支箭正中了李建成的要害，他应声落马，顷刻毙命。

这个文武全才、机关算尽的人，就这样草率地结束了一生，连一句遗言都没有留下。或许他也留下了，但我们再也不可能知道了。

他曾用尽一切阴谋阳谋，把李世民逼上绝路，也曾无比接近君临天下的目标。然而他却没有料到，人被逼上绝路的时候，往往是要拼死一搏的。他差点就赢了，却还是输了。

秦王大发神威，尉迟敬德等人也不甘落后，他们一拥而上，弓箭齐发，把齐王也射落马下。

但齐王并没有被射死，他只是受了伤，虽然那伤并不算轻。

哥哥死了，弟弟伤了，李世民的大事看来已经成功大半。

但在此时，他的马却突然受惊，窜到了路边的树林，惊惶之中，缰绳又被树枝缠住。

李世民猝不及防，被重重地掀翻在地下，一时爬不起身。

齐王瞪着血红的眼睛走过来，用弓弦勒住了他的脖子。他表情狰狞得像魔鬼一般，用尽全身力气要对这个杀死哥哥的凶手复仇。

二哥，我要杀了你！今天不是你死，就是我亡！

李世民拼命用手护住脖子，胸口闷得喘不过气。他痛苦地挣扎着，脸上青一阵红一阵。可体力却渐渐不支，挣扎也渐渐无力，只剩最后一点求生意志在支撑他的反抗。

功亏一篑的感觉实在痛苦极了。

就在这千钧一发之际，尉迟敬德过来了，他挺槊跃马，怒发冲冠，大声呵斥齐王。

"住手！"

齐王是领教过尉迟敬德厉害的，他知道像自己这样的，再来十个八个都未必是对手。看见尉迟敬德走来，他就像耗子见到了猫，放开李世民，回身便跑。

他要跑去的地方是武德殿。这地方名叫武德，其实却是他的寝宫，只要他能回去，事情或许可以有所转机。

但他的两条腿怎么会跑得过马呢？马比人跑得快，这是常识。

尉迟敬德策马追上去，一箭射透了他的心脏。

历史上流传着很多关于箭的故事。箭可以救命，比如飞将军李广就靠着出神入化的箭法，射杀匈奴人，从容脱身；箭也可以娶媳妇，比如李渊就靠着精湛的射技，抱得窦氏这个美人归。

这些故事大家都耳熟能详。

不过比起尉迟敬德来，这些都不算什么。

因为箭还是可以赚钱的，很多很多的钱。

尉迟敬德靠着这一箭赢得了齐王的家产。玄武门之变后，为了表彰他的救驾之功，李世民把齐王府的全部家产都赐给了他。齐王很有钱，这是肯定的。如果唐朝有富豪排行榜的话，尉迟敬德一定会一跃而上，成为榜上有名的人。

真是唐朝历史上最昂贵的一箭呀。

尉迟敬德追杀李元吉远去之后。

李世民惊魂甫定地爬起身，大口大口地喘着粗气，脸色也渐渐复原。终归是有惊无险，太子死了，齐王也死了，他的行动已告一段落。

但玄武门外却传来了一阵喧哗的声音，那是军队的号角和喊杀声。然而发出那声音的却不是秦王府的军队，也不是门外的禁军，而是东宫和齐王府的大军！

他们已经接到宫内急变的消息，飞快地赶过来了。他们的兵力超过两千，而李世民身边却只有九人，秦王府的八百甲士尚在远处待命根本来不及增援。如果让他们进了门，李世民等人就会在顷刻间被砍成肉酱，化为齑粉。

门外的军队潮水一般拥过来，眼看就要杀到门口。

李世民惊慌地站住了，就像被钉子钉住，几乎迈不动脚步：我命休矣！

可大门却突然被一个人关上了。

一切嘈杂声瞬间都被隔离，整个世界安静了。

门外的大军仗着人多势众，连推带撞想要进来，可无奈的是，只要这个人还在门内，他们就不可能入宫。如果不是史书记载，我实在不相信一个人有如此大的神力。就算力拔山兮的项羽再世也不过如此吧。

这个人就是之前力摔龟甲的张公谨。

玄武门外是有禁军驻扎的。一般来说，秦王和几个随从进门他们不会管，太子和齐王进门他们也不会管，甚至秦王和太子、齐王火并他们都会睁一只眼闭一只眼。

但东宫和齐王府的大军要进门，他们就必须得管了。

因为大规模的军队要进宫只有一种可能，那就是谋反。此时的皇帝仍是李渊，没有他批准谁都不可以带兵进宫。于是禁军最高将领敬君弘、吕世衡指挥将士们与这支军队开战了。

与此同时，禁军中还有一位李世民的熟人——常何。他在此前曾接收过秦王私下丰厚的馈赠（金刀子一枚，黄金卅挺），还拿到更多的钱去收买禁军士兵。虽然他不是禁军的最高将领，也不敢冒险为秦王直接袭杀太子，但保持善意中立是没问题的。现在，东宫和齐王府的大军硬要入宫，于情于理，他也会与大家一起迎战。

东宫和齐王府卫队与禁军的交战开始了，李世民身上的火力被转移了。

张公谨也可以歇会儿了。

此时的李渊正坐在朝堂上，面色凝重。他已经召集了众位大臣，等着太子、秦王和齐王上朝来，查问那件事情。可左等右等，却迟迟不见他们的影子。

他心里有种不祥的预感，可为何如此，却也说不上来。

等他们过来，一定要好好训斥一顿，连父亲的命令都敢拖延，也太不像话了。你们三个就知道争来争去，这样下去还怎么得了？

李渊仍然坐在位子上，愤愤不平地决定继续等下去。可心头那种不祥的预感却变得更加强烈，让他见到三个儿子的心情也更加迫切。他甚至不想责怪他们了，而只想见到他们。

建成、世民、元吉，你们究竟在哪里？为什么还不快来？

建成和元吉此时已不在人世了。但无论如何，世民会来见他的。

东宫和齐王府的军队仍在进攻，他们的战斗力不是一般的强，片刻之后，居然杀死了敬君弘和吕世衡。不过，两个最高将领死了，常何的地位就凸显出来了，现在他已成为了禁军的最高领导，于是指挥守兵继续阻击这些人入宫。与此同时，秦王府的八百甲士也赶了过来，他们在秦叔宝、程咬金、长孙无忌的指挥下，顽强地与敌人战斗。

在两支军队的阻击下，杀进门内渐渐变得没有希望。

东宫骁将薛万彻突然灵光一现，想出了一个绝妙的主意。他擂起了战鼓，高喊着让大家去攻打秦王府。此时秦王府的军队已经倾巢而出到了玄武门，府中空虚。一旦让他们去那里，李世民的家眷就会全部完蛋，整场政变也将彻底崩盘。

咚咚的战鼓声震得李世民心肝俱颤，大家的心脏也都要停止了跳动，就如同末日即将到来。刚刚缓和的形势再次跌入了谷底。

就在此时，一声巨雷般的吼声从半空响起。

"太子齐王，已经伏诛！"

大家抬眼望去，看到了玄武门楼上的尉迟敬德，他双手举着太子和齐王的首级。

秦王府的军队看到了希望，他们士气大振，向敌人发起了猛烈进攻。禁军将士看太子和齐王已死，也彻底倒向了秦王一边。而东宫和齐王府的军队看到这幅场景，则瞬间失去了斗志。

他们知道，再打下去已经没有意义了，他们此前还是太子和齐王的卫士，可在这一刻却已成为了人人得而诛之的乱臣贼子。

东宫和齐王府的军队开始溃散、奔逃，甚至刚刚还雄赳赳要为太子尽忠的薛万彻也带上几十个部下，一溜烟逃出长安藏到了终南山。

玄武门外的厮杀在刹那间定格了，只剩下狼藉的尸体和斑斑血迹。

清晨的太阳升起来了，金色的光线洒向这片战场，秦王府军队在晨曦中追逐敌人远去。事到如今，造反的大活儿就算干完了。

胜利了。李世民知道自己胜利了，他终于长舒了一口气。

他并不知道此时自己该高兴还是悲伤，他只觉得自己又想哭又想笑，大脑一片空白。

但他还来不及歇息。

因为他还有一件事要做，一件比杀人还要重要的事……

尉迟敬德杀气腾腾地来到宫里，到了李渊面前。他身披铠甲、手持长矛，身上沾着大片血迹，身后还跟着数十个凶神恶煞的战士，场面十分骇人。

"你这是要干什么?"李渊惊惶地从坐榻上站起身,却又故作镇定地质问道。他一直在等着太子、秦王和齐王过来,等得十分焦急,却没想到等来了这个黑煞星。

在场的群臣见此情形,都惊吓得面面相觑,不敢仰视。

"太子和齐王作乱,已被秦王诛杀,恐怕惊动陛下,特请臣等前来宿卫。"尉迟敬德略施一礼,语气和神态都是生硬生硬的。

李渊脸上的表情呆滞了,他用难以置信的眼神盯着尉迟敬德,良久说不出话来。建成和元吉被世民杀了,为什么会这样?在巨大的震惊和悲痛的夹攻之下,他的身体摇摇晃晃,几乎就要倒下。他茫然失措地环顾四周,终于重重坐到了位子上。

他不敢相信这是真的,却又极度明白这是真的。

他的心在滴血。

群臣都陷入了尴尬的沉默。旁边的裴寂垂下头用一只手捂住了眼睛。

尉迟敬德和身后的战士只是冷冷地看着。

过了很久,李渊喉咙里才艰难地挤出了一句话。

"这……该如何是好啊?"

裴寂的头仍然没有抬起来,肩膀在抖动着,指缝中已经流出了眼泪。

萧瑀、陈叔达则互相对视了一眼,打破了尴尬的沉默:

"陛下,事已至此,也没什么好办法了,既然太子、齐王都……秦王又功高望重,不如就将军国大事委托于他吧。"

萧瑀、陈叔达都和秦王关系不错,但他们说这话却不只是为了秦王,而同样是为了李渊。在尉迟敬德带兵逼宫的形势下,如果李渊不让出权力,谁知道他们会做出些什么。弑君?杀父?历史上这一幕还少了吗。

李渊知道自己该怎么做了,他的长子、三子都已经死了,剩下的只有秦王。哪天自己死了,继承皇位的也只能是他。可如果自己坚持不让,那就是你死我活,要么他杀掉秦王,要么秦王杀了他,可是这样又有什么意义呢?

他环视在场的众人,木然地叹了口气,降下了一道手敕:令诸军并受秦王处分。

宇文士及和裴矩奉命随尉迟敬德出宫宣敕。

这道手敕给死去的太子和齐王补全了死刑手续，也给他们尚在人世的家眷宣判了死刑。秦王府军队收到之后，欢声雷动，迅速占领了东宫和齐王府，将他们的儿孙全部诛杀，女眷没入后宫为奴，并全部开除皇室属籍（皆坐诛，仍绝属籍）。有的将领没杀过瘾，还想把太子和齐王的数百名党羽也全部干掉，好在有尉迟敬德阻止，屠杀才没有扩大化。

政变到这里就算结束了。李世民也该出场了。

"父亲！"他大哭着进了门，声泪俱下地跪在地上。

李渊木然看了他一眼，闭上了眼睛。

"父亲！"他这样喊着，爬到了李渊的坐榻前。

他抓住父亲的衣服，吮住胸口，泪如雨下（世民跪而吮上乳，号恸久之）。

"父亲！"

李渊的眼睛睁开了，他看着膝下这个自己唯一的嫡子，嘴唇不停地抖动着。

他不知道该做什么动作，不知道该说什么话，只是不由自主地伸出颤抖的手去抚摸李世民，他想把他推开，却又搂在怀里，他的眼泪也下来了。

"二郎，二郎！"

在旁的所有人也都一同泣下。

他的心情已经无法用言语表达，任何言语在这里都是多余的。

不管他愿不愿意，他的时代已经结束了。

因为他所经历的，正是玄武门之变。

几个谜团

玄武门之变是古代中国历史上最有名的政变之一，但同时又是一场最难为人知的政变。原因大家都懂得，李世民篡改了史书。

他这书改得倒是挺爽，把自己塑造成了一个步步忍让、不得不发、完美无瑕的伟大形象。可是这样一来，玄武门之变的真相就变得扑朔迷离、隐晦不清了。后世学者在研究这段历史的时候，也往往非常困难，只能从有限的资料里分析推断，从一些蛛丝马迹里去寻求真相。

当然也正因为如此，学者们形成了许多观点。

这些观点可谓众说纷纭、莫衷一是。每个观点听起来都有些道理，同时每个观点又好像都有点问题。

比如政变的发生地，有人就认为不是在门内，而是门外。有道理吗？有。因为谁也没规定政变就应该在门内，在门外，在门边，而哪怕在门上它也该叫玄武门之变。而且在门外伏击，还可以避免惊动皇宫大内，似乎还更合情理呢。

但是尉迟敬德要杀李元吉的时候，"元吉步欲趣武德殿"却让这个观点站不住脚了，因为武德殿是李元吉在皇宫大内的一处住所，如果他想去往这里，一定是在玄武门内才可行的。要是在门外，他应该去的是齐王府。

再比如政变的直接参与者。有人认为不是九人，而是七十人，或者上百人。有道理吗？也有。因为多一个人就多一份力量，人越多胜利的希望就越大嘛。

但是，光是《旧唐书》里就有至少四个列传提到了政变小队的人数。比如《建成传》："太宗将左右九人至玄武门自卫"，《长孙无忌传》："无忌与尉迟敬德、侯君集、张公谨、刘师立……李孟尝等九人入玄武门讨建成、元吉"，《张公谨传》："公谨与长孙无忌等九人伏于玄武门以俟变"，《刘师立传》："师立与尉迟敬德、庞卿恽、李孟尝等九人同诛建成有功"。九人、九人、九人……由此可见，"九人"一说是有定数的，并且这九人在事后都得到了丰厚的赏赐，可以作为佐证。而且我们要明白，政变成功的关键从来不在人多人少，而在于袭杀太子和齐王能否得手。而要杀掉两个没有设防的人，九个精干人员就已经足够了，多了反而麻烦。

再比如政变的真实过程。也有人认为，李世民其实在政变前就已经控制了李渊。这种说法也有道理。因为首先控制李渊才是最稳妥的策略，只要皇帝在手,就可以调集兵力杀掉所有对手,比抡着膀子自己干安全多啦。

但是,仔细想想就知道,这也是不可能的。因为李世民在政变过程中刚好就是不安全的,他就是抡着膀子亲自卜阵啊,命都差点被齐王干掉。就这样危险艰难的形势,怎么可能是事先控制了李渊的样子呢?

最后,我们再说说常何。这个人的争议历来很大。有人认为他在政变中起了很大作用,决定性的作用。有道理吗?仍然有。因为禁军对政变的影响是至关重要的,在太子和秦王势均力敌的情况下,常何决定帮谁,谁赢就是一定的。而且《常何墓碑》里还有非常关键的一句"九年六月四日令总北门之寄",意思就是政变当天他是禁军最高将领。

但是,还是我们前面那句话,如果常何真的起到决定性作用,他为什么不直接带领手下袭杀太子和齐王呢?何必要让李世民冒着生命危险亲自上阵?所以,他的作用肯定是被夸大了。

退一步说,常何在政变后的事业发展,也和所谓的在政变中立下决定性功劳很不匹配。他得到了非常有限的提拔,直到两个月后才被封了一个小官——折冲都尉、开国县男(男爵),而且还是因为抵御东突厥这件与政变毫不相干的事。而史书明确记载参与政变的那些人呢?最末尾的李孟尝都封了一个右监门中郎将、开国县公(公爵)。一个公爵,一个男爵,级别差了多少就不用我说了吧。

尤为重要的是,常何这人终生的仕途都非常一般,官位最大就做到刺史,连一个诸卫大将军都捞不上。所以说他起到决定性作用,实难令人信服。

至于他在政变当天是禁军最高统帅(总北门之寄),乍看确实很有迷惑性,不知道的还真以为他是政变的关键人物呢。其实真相不过是他在敬君弘、吕世衡死后临时代理统率了一下禁军。政变当月,他的位置就被李世民的私党周孝范取代了(九年六月改授太子右内率仍检校北门诸仗),而且此后,常何更是再也没有掌管过禁军。

因此,常何在政变中的作用,很可能就像我们前文描写的,只是保持了善意中立,然后在两军混战的时候锦上添花,仅此而已。

当然,我说了这么多,也不是非要说我的看法就是正确的。我也是在看史料，以及综合各位专业人士研究成果的基础上琢磨出来的。不能自圆其说，让人不信服的地方也是在所难免的。

我也无比期待着有一天，再出土点什么文物资料，彻底揭开玄武门之变的真相。那也不枉我白琢磨了。

还有一个问题，一定也让有些朋友感到费解。

就是李世民政变后见李渊的时候，吮了他的乳房。说实在的，这画面有点让人不忍直视。

但我觉得还是有必要花点篇幅，解释一下这种行为。

这并不是因为这对父子有什么"基情"或见不得人的事，而是源于一种古老的习俗——产翁（反义词：产妇）。

在很久很久以前的母系氏族社会，女人是世界的主宰，男人还没有什么地位，他们四处游荡，居无定所，充其量不过是女人的生殖工具。这不是我在开玩笑，而是有历史依据的。我们看夏、商、周等古老王朝的姓比如姒、姚、姬等，就能发现一个问题——都带有女字旁，之所以如此，就因为这些古老的姓都产生于一个大家只知其母不知其父的时代。

后来，随着生产力的提高，时代的进步，广大饱受压迫的男性同胞终于觉醒了，他们强烈要求行使和女性平等的权利。

但是，这权利该如何争取呢？事实证明，原始社会的男性也是很狡猾的（注意"也"字），他们选择了一个绝佳的突破口——孩子。

可孩子都是女人生的呀，也基本都是女人带大的，男人怎么能插一杠子呢？还是能的，因为男人虽不能生孩子，却可以坐月子。

为了宣布孩子的归属权，每当自己的女人生下孩子之后，有些男人就躺上了床。不仅要表现出大病初愈的样子，还要接受大家的探望，甚至连一些平时能吃的食物都忌讳得不能吃了。至于喂养小孩，虽然乳房里没有料，但毕竟有这个设备，小孩吮一吮也没有问题。而女人则生完孩子就立即起床，下地干活毫不顾忌。直到近代，我国的一些少数民族都还保留着这一古老的习俗。

当然，我们华夏大地相对来说是比较先进的，发展到唐朝，男人坐月子的习惯早已经没了，但保留着这一习惯的残余实在太正常不过了。我们可以想象，李渊同志就肯定举行过给李世民哺乳的仪式。

善后平叛

玄武门之变五天以后，李渊下诏立李世民为太子。并且下令，自今以后，军国大事全部委托太子处决，然后再行上奏。

有了这道命令，大家都可以看出，李世民虽然还叫太子，却已掌握了皇帝的权力。而且，只消再稍稍过渡一下，他连皇帝的名分也可以拿到手了。

这样看来，李世民应该感到轻松。

但他没有，一点也没有。

杀死兄弟让他背负了沉重的心理包袱，每当回忆起来，内心就感受到痛苦的煎熬，他仿佛还记得自己和哥哥、弟弟一同征战疆场的情景，可如今他们却死在了自己手下。而最可怕的莫过于到了晚上，他总是梦到他们披头散发、浑身鲜血地向自己索命，也常常被噩梦惊醒。

据说正因为如此，秦叔宝和尉迟敬德才奉命给他站岗。这个故事传到了民间，老百姓便把二位武将的画像贴在门上当作门神，保佑家宅安宁。然后，这个门神的传说流传下来，直到被吴承恩引用到了《西游记》里。

除了内心的煎熬，李世民也感到肩上的担子更重了。原本他只要管好一个王府，现在却要打理好整个国家。

尤其是政变之后，还有更多数不清的事等着他来处理。大政方针如何确定，秦王党如何安排，太子党如何处置，武德旧臣又该如何对待。这些事情用不着刀光剑影、剑拔弩张，可每件都是要慎重考虑、妥善安排的细活儿。

处理好了，能够兵不血刃地接收父亲甚至是兄弟的全部"遗产"；处理不好，则可能还要再费劲巴拉地进行不止一次平叛，冒着生命危险抢来的位子都可能坐不稳当。

李世民会怎么处理呢？

他首先任命了太子属官，长孙无忌、杜如晦、高士廉、房玄龄、宇文士及、尉迟敬德、程知节、虞世南都来东宫参加工作了……

这些都是秦王府的原班人马，不是家里的亲戚，就是一起砍过人的战友，要么就是出自"十八学士"，政治上绝对可靠，有他们辅佐，朝政就能稳住阵脚。

然后，李世民下令放走禁苑里的鹰犬，罢除地方不合理的贡献，让百官各自阐述为政之道，一下"中外大悦"。

同时，他还把老将屈突通派去东都洛阳，让他全权处理当地事务，看住关东地区。

再然后，李世民召来了一个人——魏征。

不久之前，魏征和李世民还是两个阵营的敌人，彼此恨不得杀之而后快。但是，收到李世民的邀请之后，这个旧太子的股肱之臣居然没有推辞，信步来到了宫里。

李世民没有跟他客套，一见面就厉声喝问了一句。

"你为什么要离间我们兄弟？"

哈，新太子这就算起老账来了，在场所有人都暗暗捏了一把汗，魏征啊魏征，你今天实在不该来。

但是魏征回答了，他用干脆利落的话音朗声答道。

"太子要是听了我的话，还不至于有今日之祸呢！"

大家都惊呆了（众为之危惧）。秦王，不，现在是太子了，人家本来就对你不满了，要兴师问罪了，你竟然还敢顶嘴？何况，你难道不知道太子最忌讳的就是他和哥哥之间的事吗？居然哪壶不开提哪壶，是嫌自己活太长了吧？

大家都不安地等待着，等待着魏征被拖出去大刑伺候，或是大卸八块。

但奇怪的是，李世民笑了，他笑得十分真诚，笑里似乎还带着一丝歉意。

"久闻先生大名，今日一见果然名不虚传。刚才多有冒犯，还望见谅。"

然后，他站起身来，向魏征深深施了一礼。

大家又一次惊呆了，就像坐了一趟刹车差点失灵的过山车，惊讶得良久回不过神来。这两人玩得真是太刺激了。

其实，李世民一直都对魏征的才能和胆识颇为欣赏。他见面说那样的话，无非是为了开个玩笑，或者是搞个恶作剧，你要是服软了，害怕了，他就会做个宽大的姿态赦免你。可没想到，魏征居然毫不畏惧，在如此肃杀的逼问下从容自若，这又让他平添了几分意外的惊喜。

真是一个临危不乱的人才啊。

李世民当场下令，任命魏征为太子詹事主簿。老魏，跟着我干吧！

与此同时，被流放的旧太子属官王珪、韦挺也被赦免了，李世民把他们从流放地召回，封为了谏议大夫。

魏征、王珪、韦挺的赦免和任用是一个明确的政治信号，那就是旧太子的人安全了，新太子对此前的敌人都会宽大为怀，既往不咎。

一夜之间，旧太子党的人都松了口气，纷纷跑来新太子的阵营，就连薛万彻这样的死忠，都从终南山赶回来投到了他的怀抱。

但总有些人是难服王化的。

庐江王李瑗还是造反了，这个人是李渊的堂侄子，时任幽州大都督，他之所以反，正因为他就是李建成当初的外援之一，两人的关系非常好。

造反前不久，李世民派来使者召他入朝。据史书记载，李瑗的性格是懦弱且没有主见的，我们可想而知他内心一定很忐忑。他想必已经听说了李世民宽大为怀的姿态，但也明白自己身上有旧太子党的烙印，而这块烙印是注定很难抹掉的。

在矛盾和纠结之下，李瑗找来部将王君廓问计。

王君廓这个人大家一定还记得，当初刘黑闼包围洺水城时，他就是被罗士信代替守城的那个人。这个家伙是强盗出身，性格勇悍险诈，和李瑗形成了鲜明的对比。

面对主公的询问，王君廓义愤填膺："大王若去长安，一定必死无疑，但是您贵为我朝宗室，拥兵数万，又何必去送死？"

说完就大哭起来。

看到这位悍将如此忠心拥戴和劝说，李瑗那颗懦弱的心变得坚定起来，他决定不入朝了，而是要起兵，把李世民赶下台。

但是，就在他即将完成起兵准备的时候，王君廓却带着一千多名士兵找上了门。然而他却不是来会合的，而是来平乱的——平李瑗之乱。王君廓之所以挑唆李瑗叛乱，正是因为他需要李瑗叛乱，只有李瑗叛乱，他才可以立下平乱的大功。

这一切，早都在他的设计之中。

仓促之间，李瑗带着几百人出了门，大骂王君廓两面三刀，卖主求荣。

王君廓则回应以冷笑。这个强盗占据了大义，而且有远超李瑗的兵力。见此情形，李瑗的部下全部倒戈，李瑗本人也战败身死。

他的所作所为证明了一条颠扑不破的真理——性格决定命运。胆小怕事的人何苦去造反呢！

既然讲到这里，就索性再说说王君廓的下场吧。

通过这次平叛，这个老强盗获得了上司李瑗的位子，当上了新一任幽州大都督。此后，他的性格更加飞扬跋扈，谁都不放在眼里。不过，他也知道自己这个位子是靠阴谋诡计搞来的，生怕别人捅他的篓子，于是变得多疑起来，对身边的人都很提防。

不久之后，他奉命入朝。部下李玄道得知后，托他给一位远房舅舅带一封信，这位舅舅正是大名鼎鼎的房玄龄。

王君廓果然多疑了，因为李玄道和他的关系并不算好，平时还经常批评他骄纵不法，现在这个人让自己给舅舅带一封信，其中会说些什么呢？会不会顺带揭发自己的隐私呢？王君廓很想知道。

鉴于当时还没有保护个人隐私的法律和意识，这个老强盗也缺乏基本的道德素质，一时手痒痒得不得了，就在途中把信拆开了。

但是拆开信后他却傻眼了，因为信中的字他不认识。

不认识你何苦拆信呢，真是不知道说你啥好了。

不过说实在的，这也不能怪他，王君廓虽然没文化，但不代表人家不能学习，如果你写个规规矩矩的正楷，认出几个也不是没有可能。

但问题在于，李玄道写的是草书。

我们都知道，草书中很多字是不符合标准汉字书写规律的，为了一气呵成，为了艺术美感，在书写顺序甚至笔画上，都有很大的简化、变化甚至省略。时至今日，好多大学生在看草书的时候很多都可能认不出来，更别说这强盗出身的王君廓了。这种上升到了艺术高度的字体对他来说完全是天书。

我们常说，人的焦虑来源于对未知事物的恐惧。对王君廓来说，这封天书就是绝对的未知事物，他理所当然就因此恐惧并焦虑起来了。

但是，这种事他是不能问的，喂，李玄道你是不是说我坏话了？那也不像话呀，拆了人家的信还敢兴师问罪，要不要脸了？他也不敢让别人帮他看，因为他怕的就是信里面有对自己不利的秘密，万一抖出去岂不是不打自招。

王君廓别无他法，只能一个人默默承受这种焦虑。

无休止的焦虑感实在可怕极了，战场上死亡的威胁都没有把他征服，但一封小小的书信就让他茶饭不思，夜不能寐。

他越想越怕，越怕越想，到最后脑子里就剩下一个问题，还是单曲无限循环。

李玄道有没有给我告密？有没有？

嗯……不一定，额……不好说，哎……有这个可能，啊……很有可能，咳……十有八九……那简直是一定的，妈的，他肯定出卖我了！

我受不了了！我要反了！

走到渭南的时候，王君廓在重度焦虑症的折磨之下杀死了驿站的吏卒，然后策马北逃，打算投奔东突厥。

结果，在半道上被乡民杀死。

一个开国功臣、"定策元勋"落到如此下场，实在可悲又可笑。

没文化真是可怕呀。

不过话说回来，这下场是他应得的，这是后话。

李瑗那虎头蛇尾的叛乱没有泛起一点波澜。

李世民的安抚手段也结出了胜利的果实。

自打接见魏征，赦免王珪之后，李世民便派他们前往关东宣慰招抚，并许以便宜从事（相当于钦差大臣）。

那时候，李世民早已做出了对旧太子、齐王党羽宽大处理的决定，甚至还规定，再有告发他们的都要严惩。但考虑到古代信息传播的速度，这个规定精神要贯彻落实到被天下人所知是需要时间的。而很多人也都根深蒂固地以为乱臣贼子就是该死，更有些落井下石的，还在自发抓捕旧太子和齐王的故吏，以求邀功请赏。

这一切都被魏征和王珪遇上了，两人没有犹豫，立刻将这些人统统释放，并对其他的罪名也一概赦免，然后继续走访各地，宣慰旨意。

在广大的关东地区，魏征和王珪的态度就是朝廷的态度，与此同时，两人旧太子属官的身份也让朝廷的态度格外有说服力。

我们俩就是旧太子的死党呀，你看朝廷怎么对我们的？

还想落井下石的人看到以后，便赶紧收手，不再抓捕余党了。旧太子、齐王党羽们得知以后，也知道自己安全了，于是不至于铤而走险，再度叛乱。

关东的局势很快稳定下来。

可见，李世民任用魏征、王珪的行为是无比正确的，这也证明了他是一个思虑深远、高瞻远瞩的政治家。我们有理由相信，他在赦免魏征和王珪的时候，就早已明白他们能给自己带来什么。

皇帝交班

八月八日（很吉利），李渊正式宣布退位了。

这个六十岁的老人已经心力交瘁了，或者说，他已经老了。这个空荡荡的皇位对他已经没有任何吸引力，两个嫡亲儿子的死去更是让他受到前所未有的打击，他不愿再去想什么宏图伟业了，他只想平静地安度晚年。

二郎，你来干吧，已经没人和你争了。

当天，他成为了唐朝第一个太上皇，八年之后，他在大安宫平静地死去。

此后八年里，他的故事我们还会再说，但既然他现在都要退位了，总得给他说两句话。毕竟，这是本书的第一位男主角。

李渊，到底是一个什么样的人呢？

毫无疑问，是一个雄才大略、智慧过人的人，要不然也不会在杨广的重重猜疑下韬光养晦，结纳豪杰，然后凭太原一隅入主关中，讨平群雄，一统天下。开国皇帝的角色让这一切都无需多言。

与此同时，李渊也是一个心狠手辣、做事果决的人。李密投靠之后仍躲不过被杀的命运，王世充、窦建德、萧铣被俘后全被间接或直接斩杀，刘文静心怀怨怼之后即被剪除，都已充分体现了他的性格。

可是，在雄才大略、心狠手辣的外表下，李渊却有着一颗温暖、柔软的心。他是一个重感情的人，他无比深沉地爱着自己的朋友和家人。

对裴寂来说，他是一个值得交一辈子的朋友，李渊从没有因为当了皇帝就对这老朋友耍威风，而是仍像同学少年时那样，一如既往地厚待他、包容他、关照他，让他当上一人之下的宰相，让他跟着自己享受无尽的富贵荣华。

对妻子窦氏而言，他是一个深情的丈夫，他们一起读书、一起练字、一起经营那个温馨的家庭，他对妻子的爱坚如磐石，此生不渝，他无时无刻不在怀念她，终其一生都没有立过皇后。

对李建成、李世民和李元吉而言，他更是一个慈爱的父亲。从小就教他们读书、做人，长大了还委以重任。入主长安之后，李渊就让李建成陪在身边，教他处理政务，盼望着他有一天能接替自己，治理好这个伟大的国家。他也及时把李世民、李元吉派出去，让他们出征沙场，立下大唐一统天下的不世奇功，把能给的荣耀全部都给予他们。

可是，当天下大定，三个儿子为了最高权力展开角逐的时候，李渊却发现自己错了。

他让李建成待在长安，李建成就无法建功立业，导致太子集团的力量太过单薄，总怕有人会取而代之。他让李世民出去行军打仗，却让他笼络了一大批谋臣武将，刺激了他谋取储君之位的野心。

最终，李建成不能容下一个功高盖主的二弟，还拉上了另一个弟弟挤兑他。有你在，我这太子之位怎能坐得安稳？李世民也不甘心臣服这个并不比自己强的人。凭什么我就不能成为下一个皇帝？凭什么！就因为你比我大九岁吗！

老大、老三和老二分成两拨阵营，开始明争暗斗。李渊没有办法，只能按照传统的思维，维系一下平衡，让李建成去立一些军功。

但是，李世民因为此前的战功太多，已经尾大不掉了。即使李建成平定了刘黑闼、徐圆朗，他的功劳也不可能和灭掉了薛举、刘武周、王世充、窦建德的李世民相比。即使李建成背后有了罗艺、薛万彻、魏征、王珪……李世民麾下也还有房玄龄、杜如晦、长孙无忌、尉迟敬德、秦叔宝、程咬金、侯君集……为了自己的将来，这帮人又怎能容忍李建成成为自己主人的主人？更何况，他们早已是敌人。

李渊的心乱了。在此后的日子里，他开始压制李世民的势力，以求让李建成能顺顺当当接任皇位，再让李世民老老实实地，像效忠自己一样效忠这位哥哥。

可事实证明了这只是他的一厢情愿。兄弟间的矛盾渐渐变得无法调和，水火不容了，不是你死就是我活！

以我们局外人的眼光来看，在这种情况下，李渊是应该早做决断的，要么就将秦王和他的人马全部弃用，彻底瓦解，让太子安安稳稳地接班。要么就索性换掉太子，干脆让秦王来干。这样一来，失利的一方因为没了叫板的资本，或许还可以保住性命，自己也可以安度晚年。

但李渊不忍心，他喜欢太子，也喜欢秦王，他想让太子继位，也想让秦王好好生活。不过，李世民那一封奏章最终还是让李渊下定了决心，要给两人做个了断。

可是没想到，已经太晚了……

玄武门的喋血让他的心愿灰飞烟灭了，他不仅失去了两个儿子，还失去了皇位。

这一切又该怪谁呢？李世民已经被李建成逼得没有退路了，如果不政变，难道要等着哥哥当了皇帝砍自己的头？可如果李建成不逼迫李世民，有这么个强劲对手在跟前，他又怎么能顺利继承大位？他们都没有错，我们无法责怪他们。

要怪，就怪这位优柔寡断的父亲吧。

尽管，他也是一位慈爱的父亲。

李渊退位当天，李世民登基成为新皇帝。

这一年他二十八岁。

李世民从血与火的灰烬中站了起来，他手上沾满了兄弟的血，他逼迫自己的父亲退位，可谓冒天下之大不韪。

但是现在，这已经不重要了。

因为李世民已经迎来了他的时代，一个以悲剧开头却以正剧结束的伟大时代。

我们有理由相信，正可能因为李世民夺取帝位的不圆满，他才会鞭策自己励精图治，他要让天下人都看到，他当皇帝才是理所应当的，才是顺应天意合乎民心的，才是令人心服口服无可挑剔的。

唯有如此，世人才会记住他的功绩，忘记玄武门的是非。

可是他又怎么会想到，正因为自己做出了盖世的功绩，世人才会更加关注玄武门的血迹。古往今来，杀兄弑父夺位的荒唐帝王有很多，胡亥、刘劭、刘骏、杨广、朱友珪，这些人无一例外都是暴君、昏君的代名词，但大家记得最清晰的却只有李世民。

历史和李世民开了一个大大的玩笑。

不管怎么说，他的时代已经开始了。

这个时代究竟是怎么样的？

让我们拭目以待。

第二章　贞观前夜

大型敲诈现场

我得抱歉地告诉大家，虽然李世民当了皇帝，但伟大的贞观之治并没有马上开始。因为严格说来，这一年的年号仍然是武德，不是贞观。

新皇帝继位当年不改年号可以说是传统和惯例了。因为他们继位之后，前任无非就是两种情况：一、活着；二、死了。而且前任通常还是他们的老爹。

如果是情况一，大家就会说了，老爹还活着呢就改年号也太不孝顺了吧？如果是情况二呢，大家也会说，老爹刚死你就改年号像话吗？

可见舆论评价还是很厉害的。

纵观整个唐朝，敢在刚一登基就改年号的只有两个人。一个是肃宗李亨，他要平定安禄山叛乱，情况特殊。另一个是顺宗李诵，他是要搞改革，有点迫不及待。

这些事我们暂且不提。单说李世民从这年八月一直到年底的这段执政时期，可以算是武德到贞观的过渡期。

虽然是过渡时期，事情也是不少的，有时候还跌宕起伏。历史的发展是螺旋的、上升的、连续的、不可导的……绝不会因为某个名称的变化就改变轨迹。

贞观前夜的故事，依然属于贞观。

颉利可汗是个"很讲礼貌"的人，得知李世民成为新皇帝之后，他很快就来拜访了。

不过他显然是希望能给主人一个惊喜，所以没打招呼就突然出现在了渭水北岸的便桥上（长安城西郊）。而且他可能也希望主人在接待他的时候能更殷勤一点，所以特意带来了一些军队。来，我们帮他数数，一二三……好像有几十万人马吧。

这是来拜访的吗？分明就是砸场子。

就是来砸，你又能如何？

新皇帝政变登基，正是政局动荡压不住阵脚的时候，不在这时乘机讹点好处，还要等到什么时候。

玩军事敲诈，收保护费，颉利可汗可是行家里手。

在他的委派下，使者执失思力来到了长安宫廷，当着李世民和文武百官的面，他手舞足蹈，把东突厥的大军吹得天花乱坠……最后，他用一种神秘又沾沾自喜的口气为演讲做了结尾：

"我们可是来了一百万人啊。"（可汗总兵百万，今已至矣。）

对一支军队来说，一百万是个天文数字，且不管这数字真假，即使打个五折、一折，那也有五十万、十万，任何人听了都不会无动于衷的。何况这个新皇帝还年轻得很，他的脸庞都有些稚嫩呢。

执失思力说完之后，眼角的余光停留在了李世民脸上，希望能捕捉到他的慌乱，然后再口不择言地说出让突厥退兵的条件。可他却分明听到了："那我现在就杀了你！"

李世民一边呵斥着，一边唤来了卫士。来势汹汹的突厥大军没有使他胆怯，反而激起了他的怒火。他已经沉默了很久，沉默地听着这个小丑大放厥词。现在，他终于失去了耐心，要把这个讨厌的小丑杀掉。

执失思力慌了，刚才那股凌人之气已被抛到九霄云外，吓得面如土色，跪下求饶。

陛下，您就把我当个屁给放了吧。

李世民会杀了他吗？要按平时来说是不会的，他做事一向很有分寸，可人要是冲动起来可不好说呀。执失思力呀，谁叫你不自量力，非要冒犯天子的威严呢，能不能保住小命就看你的造化了。

看到事态紧急，萧瑀和封德彝连忙出来打圆场。陛下，两国交战不斩来使，千万不要和他一般见识，如果此人冒犯了陛下的威严，打发他回去便是。

一般来说，这种事有人唱了红脸，就需要有人唱白脸。如果大家一起唱了红脸，真把执失思力宰了，导致两国开战，事情也会变得很麻烦。

在两位老臣的劝谏下，李世民终于松了口，但也不想就这样轻易放他走。他看着萧瑀和封德彝，叹了口气。

"我要是现在就放他回去，突厥人一定以为我们胆怯，今后就更放肆了。"

"你们在这里等着，我亲自去一趟。"

李世民将执失思力囚禁在门下省，听候处理。

然后，他与高士廉、房玄龄等六人策马赶到了渭水南岸。

隔着渭河，李世民望见了来砸场子的颉利可汗，也看到了他背后黑压压的骑兵军团——传说中的百万大军。然而他对这个百万大军的领导很不客气，连一句"好久不见"都没说，就大声数落他背负盟约。

"我们早就约定，讲和通好，如今你们却出尔反尔，带兵过来相逼。你们这些人虽是蛮夷，好歹也长着颗人心吧，怎么可以如此忘恩负义？"

颉利可汗本是想来个下马威的，可没想到人家既没有下马，也没有害怕，反而一出口就对自己进行批评教育。再联想到自己的使者执失思力还没回来，心里顿时七上八下打起了鼓。难道他已经遭遇了不测，唐朝准备掀桌子了？

他没有作声。

这时，他又看见了河对岸的唐军，旌旗招展，漫山遍野，虽然人数没自己这边多，看起来也似乎做好了开打的准备。不自觉又气短了三分。他的眼珠骨碌碌转着，思考接下来该如何应对。

按当时的情况来说，唐军是不太可能全面开战的，但即便这样，眼下也有了防备，这种防备虽不一定能彻底击败自己，但真打起来也会造成不少伤亡。

双方都不说话了。

两军开始了对峙。

风声从河岸边掠过，吹起了阵阵涟漪，两个人面无表情地对视着。

李世民看出了颉利可汗的犹豫，他知道这个蛮夷头目并没有全面开战的决心。如果有心的话，他早就杀过来了。何况刚才一通数落也让自己的愤怒得到了宣泄，于是趁势抛出了橄榄枝，派人过去传达自己的意思。

"如果你愿意的话，我们俩可以单独聊聊。"

颉利可汗想了想，同意了。

突厥人的主要职业虽然是抢劫，但有时候却更像生意人，为了中原王朝的金银财宝，他们也需要像个会计从业人员一样仔细核算成本。虽然他们做生意的原则一向是全部赊账，一概拖欠，从不退还，但如果死人太多也是无法承受的。

颉利可汗终于肯坐下来谈了，他要的只是财物，不是唐朝的疆土，这个风俗地理知识郑元璹已经给他科普过了。只要钱不要命。这在抢劫犯里，已经算讲理的了。

于是，李世民命令唐军向后退却，自己策马到了桥上，颉利可汗也过来了。两人骑在马上，聊了很久。

具体过程就不细说了，无非就是颉利开个价，李世民还个价，颉利讲一下条件，李世民再提点修改意见。最后两家坦率地交换意见，共同回顾一番两国人民友好往来的历史，事情就算大事化小、和平解决了。

为了表明和平的诚意，两人还当场杀了一匹白马，确定盟约，然后各回各家。

突厥人终于走了，心满意足地走了。

皇帝练兵

李世民拖着疲惫的身躯回到宫里，故作轻松地和大臣们聊起了刚刚发生的事，群臣都被皇帝的英明神武和胆识气魄折服。

只用三言两语就退了突厥大军，古代的关云长（事实上是鲁肃）单刀赴会也不过如此吧。

但只有李世民自己知道，无论将来的史书上多么为尊者讳，无论大家怎样传言自己单骑退敌，他都明白自己内心是多么的愤懑。

自己刚刚继位，屁股还没坐热，百官还没认全，就遭到了突厥人的军事敲诈，实在是一件耻辱的事，奇耻大辱！他其实很明白，在家门口唐军虽然勉强可以防御，但还远不是突厥人的对手。他的义正辞严，他的剑拔弩张无非是为了掩饰自己的脆弱和不安。如果不是自己应对得体，突厥人又只要钱不要命的话，他的皇位很可能又会晃上一晃，关中的老百姓也可能要罹遭一次战祸。

可是身为一个中原的皇帝，他又怎能甘心受制于这些不讲信义的夷狄？

为了迎来洗刷耻辱的那一天，他要复仇。

……

一个月后的某天早上，显德殿前的庭院里出现了许多将士的身影，这些将士们正踩着整齐的步伐，听着雄壮的号令，一板一眼地操练，操练完了，还要立上靶子，练习射箭。

可显德殿是一个什么地方呢？这里是过去的东宫，却是现在的皇宫。李世民当太子时在这里暂住，当了皇帝后仍在这里起居办公。而在大唐律法里，对在皇帝住处携带武器的行为有着明文规定——绞死。

携带兵器就得死，这些人居然还敢练箭，真是活得不耐烦了。有些忠心耿耿的大臣和侍从闻讯赶了过来，怒气冲冲地来到队伍面前，要看看到底是谁吃了熊心豹子胆，竟敢触犯法令。

但当指挥操练的人转过身后，大家全都愣住了。

因为这个人正是皇帝本人。

李世民正在慷慨激昂地对士兵们训话。他说，自古以来那些戎狄就喜欢侵扰我们，从来也没有停止过。可从前的君主也太不争气（李渊，好像有人骂你），边境稍一安定，就放松了警惕，结果敌人来了就没法防御。现在，我不让你们修什么宫殿池苑、亭台楼阁,你们就踏踏实实待在这习武练箭。我要是没事,就过来当你们的老师。突厥人再来,可就要你们上战场啦!

目睹了这一场景,许多大臣都深受感动。皇帝肯在百忙之中亲自训练军队,我等还有什么好说的,都散了吧。

李世民履行了自己的承诺,在之后的日子里,他果然经常在这里指导兵士,对那些训练刻苦、成绩优秀的还要发给奖品,比如弓、刀、布帛等,激励大家的干劲儿。

但是有的人仍然不理解。行军打仗有将军们出征,日常操练也有教官们指导,陛下身为一国天子,何苦要屈尊做这些小事呢。再说了,这帮士兵可都带着武器呀,万一哪个家伙心怀不轨,对着皇帝来一下,那麻烦可就大了。

比如封同人同志就特别不理解,他此时正在外地担任刺史,听说之后,便假称有事,搭上官府的公车(驿马)赶到朝廷里,见到了皇帝。

他执拗地待在大殿上,苦苦劝谏。

"天子安危关乎国家根本,请陛下不要以身涉险。"

但李世民笑着告诉他。四海之内都如一家,普天之下都是我的子民。将士们跟随在我左右,我对他们每个人都推心置腹,您又何必对他们横加猜忌?

封同人一时不知该如何作答,有些愣愣地站着。

望着这位忠臣迷惑不解的眼神,李世民没有再说,他只是在心中默念,你以后会明白的。

其实,李世民的操练并不仅仅是为了操练,他这样做还是要表明一种不达目的誓不罢休的决心,一种不灭突厥誓不为人的态度。或许正是因为有了这种决心和态度,我们的祖先才能以无畏的勇气和信念守护华夏大地,我们的文明才能源远流长,长盛不衰。

几年之后,这些皇帝亲自带出来的士兵都将成为唐军最精锐的力量,而不可一世的突厥人将会匍匐在他们的马蹄之下,叩头乞饶!

封赏的技巧

李世民差点忘了一件事，一件关乎朝廷根本的大事。

连日来，他不是忙着清理门户，就是忙着招待邻居，后来又忙着训练士兵。现在，他终于可以办这件事了。

这件事就是封赏功臣。毕竟大家脑袋别在裤腰带上搞政变不是为了找刺激的，果子结出来了，也到了该收获的时候了。

但如何封赏是很见水平的，自古以来，赏罚分明就是治国理政中最重要的大事，赏赐和惩罚一样，处置不当都会严重影响大家伙的精气神儿。

打个不恰当的比方，赏赐要是不当，就和分赃不均一样会引起严重的后果。君不见那些抢劫银行的、杀人越货的，冒着吃枪子的生命危险都能共患难，但在事后分钱的时候，却经常打个你死我活。这在本质上和赏赐不均是很相似的。

当然，一个国家的赏赐要比这些不法分子高端大气得多，也复杂得多。

李世民看着朝堂上那些毕恭毕敬的大臣，就像在俯视芸芸众生，心里五味杂陈。他们有的忠心耿耿，也有的包藏祸心，有的心直口快，也有的沉默寡言，虽然他们表面上唯唯诺诺、言听计从，可是有几个不是想讨好皇帝来满足自己的私欲，有几个不想在他如日中天的时候来分一杯羹。假如有一天皇帝落难，又有几个不会落井下石呢。

有人的地方就有江湖，朝堂之上也是一个江湖，而且是可以影响整个天下的江湖。

要害部门一定要自己人，这个没商量。

李世民任命高士廉为侍中，房玄龄为中书令，长孙无忌为吏部尚书，杜如晦为兵部尚书，杜淹为御史大夫，这是文臣。

武将里头，秦叔宝为左卫大将军，程知节为右武卫大将军，尉迟敬德为右武侯大将军，段志玄为左骁卫将军，侯君集为左卫将军，张公谨为右武侯将军……

自己人安排完了，前朝旧臣也不能一概废黜，这和登基当年不改年号是一个道理，否则天下人会怎么议论我？萧瑀为左仆射，封德彝为右仆射，颜师古、刘林甫为中书侍郎……

当然，那些反对过自己的，更要树立几个既往不咎的典型，好让天下人都知道自己宽大。只不过，这个典型一定是要有能力的。魏征、王珪就不说了，连薛万彻这种旧太子悍将都给了一个右领军将军。

现在，这些功臣、老臣、降臣就算飞黄腾达有官儿做了，可谓人生圆满。但其实是不够的，至少对那些做出突出贡献的功臣来说还不够。

如前文所述，李世民给他们的只是官位。你做得了一时，却做不了一世，等到哪天年老体衰、江郎才尽的时候，说不定就会被炒鱿鱼了。想想吧，谁要是一把年纪了混个失业下岗，一家子都得喝西北风了。而我们知道，在皇帝面前可是没有那么多情分可讲的。

高官厚禄、荣华富贵，大家追求的是这些，却又不仅仅是这些。他们最渴望得到的其实是一种长期饭票，自己吃饱了不算完，还要能传给子孙，最好还是子子孙孙无穷匮也，这才是最保险的。

这种饭票就是食邑。

这种饭票并不容易混上，但是现在到了该发饭票的时候了。

饭票最大的那个人封了一千五百户，也就是说，这一千五百家的租税收入都归你了。虽然这收入不是直接打到你"工资卡"，而是通过太府库给你转账。但你也不要客气，该吃吃该喝喝就像自己赚来的一样。

获得这一殊荣的是裴寂，也只有裴寂。

对这位父亲的好友，李世民给足了面子，把所有功臣都甩在了后面，简直像是他拥立自己继位的一样。不过我们知道，李世民和他是有过节的，而且这过节还不小。早晚有一天，李世民会收拾他的。

只不过，不是现在。

长孙无忌、尉迟敬德、房玄龄、杜如晦一千三百户。

长孙顺德、柴绍、罗艺、李孝恭一千二百户。

侯君集、张公谨、刘师立一千户。

李世勣、刘弘基九百户。

高士廉、宇文士及、秦叔宝、程知节七百户。

安兴贵、安修仁、唐俭、窦轨、屈突通、萧瑀、封德彝、刘义节六百户。

钱九陇、樊世兴、公孙武达、李孟常、段志玄、庞卿恽、张亮、李靖、杜淹、元仲文四百户。

张长逊、张平高、李安远、李子和、秦行师、马三宝三百户。

……

从这份长长的名单中,我们可以看到,该赏的赏了,可赏可不赏的也赏了,甚至有些没必要赏的也赏了,李世民在群臣之间小心翼翼地走着钢丝,尽了最大努力来维系各派势力的平衡。

如果你现在还没有被赏,那只能说明一点——你没本事。

但有的人却不信这个邪。

其实大部分人对自己的感觉都是比较良好的,只不过他们多少还懂得一点换位思考的道理,知道旁观者清,当局者迷,自己可能没有想象的那么好,所以都尽量不让它露出痕迹。

但不得不承认,也有人是自我感觉良好得过头了,以致无论如何也掩饰不住内心深处的谦虚。

李神通就是这样一个人。

封爵诏令下达那天的宴会上,他气鼓鼓地向李世民发起了牢骚:

"当年太上皇进军关中的时候,可是我率先响应的啊,论资排辈,在座的有几个能比得上?可如今怎么样,连房玄龄、杜如晦这帮刀笔吏都骑到我头上来了,我不服!"

李神通实在有理由不服,他不仅是李渊的堂弟、李世民的堂叔,还是首举义旗的"原始股",搁现在即便比不过少小出征的元老,也是走过艰苦历程的老兵,凭啥被这帮小吏骑在头上?

但是,对这位叔父、长辈、开国元勋,李世民一点也没有客气,沉吟片刻之后，开始了逐条批驳。

"叔父，我知道您是首先起兵的，可是您这样做，难道不是为了避祸？如果不起兵，您能逃得过隋朝官军的追杀？再说您打的仗吧，窦建德兵临山东的时候，您全军覆没。刘黑闼叛乱的时候，您又望风奔北。房玄龄这些人虽然没上过战场，但是没有他们出谋划策，哪会有大唐一统天下。论功行赏，他们的功劳怎么不在您之上呢？"（义旗初起，叔父虽首唱举兵，盖亦自营脱祸。窦建德吞噬山东，叔父全军覆没；刘黑闼再合馀烬，叔父望风奔北……）骂人还用排比句，真的太不给面子了。

李世民顿了一顿，语气缓和下来。

"您是我的叔父，我对您的封赏毫不吝啬，但是您总得给我一个说得过去的理由吧。"

李神通被驳斥得哑口无言，脸上一阵红一阵白，恨不能找个地缝钻进去。

但他的反应已经不重要了。在场的群臣都开始了议论。

"陛下处事太公正了。"

"是啊，公正公正，连自己的叔父都不偏袒，我们还有什么好说的？"

"对，封赏不够就得怪自己没本事。"

……

不管李神通服没服，反正其他人都服了。

李世民这一招杀鸡儆猴玩得实在漂亮。

我也服了。

忠与奸

赏赐完了，按照剧情来说，下一步本应该罚了。

不过我们知道，李世民已经确定了宽大处理的原则，除了李建成、李元吉和儿孙们被处决之外，其余人等都已经赦免，所以处罚一事就算过去了。

这年十月，李世民下令把太子和齐王安葬，还正儿八经地上了谥号，李建成谥为"隐"，李元吉谥为"刺"。史书里把李建成叫做"隐太子"，把李元吉叫做"巢刺王"，来源就在这里。

这两谥号并不是什么好称呼，从谥法解上来说，"隐"有不称其位，以及哀怜的意思，其实这也还凑合，因为在李世民的眼里，这个哥哥肯定是不称位的，要不也不会和他争太子，这评价不算蓄意抹黑。相比之下，"刺"就比较差劲了，这是一个典型的恶谥，有乖戾、荒唐、违背常理的意思，基本是给罪大恶极的乱臣贼子量身定做的，看来他对这个弟弟的怨念实在不小。

不过，即便如此，李建成和李元吉下葬那天，李世民还是亲自出席了葬礼，并且准许魏征、王珪以及东宫、齐王府的旧僚属给他们送行。

在葬礼之上，李世民哭了，一把鼻涕一把泪，十分悲伤（哭之甚哀），就像他俩是被别人杀的一样。

在很多人看来，他的哭有刻意表演之嫌，人都是你杀的，还假惺惺地哭什么呢？

但是我觉得，他的哭未尝不是发自内心的。毕竟他们是亲兄弟啊，即便他们反目成仇，你死我活，但在早年的时候，又何尝没有血浓于水的亲情？如果不是没有退路，谁又忍心对兄弟痛下杀手？

现在，恩怨已经了结了。李世民一母所生的四兄弟，尚在人世的已只剩下他一个。到了这个告别的时候，触景生情，一下回忆起早年的事情，流下眼泪也是人之常情吧。

收拾完这些事，贞观之治已经进入了倒计时。

在这短暂而又充实的几个月里，李世民开始了高强度的施政计划，没日没夜地和群臣讨论政事。每当退朝之后，还要把一些没看完的奏表做成便签贴在墙上，一有空就推敲揣摩，往往捱到深夜才睡觉（比多上书言事者，朕皆粘之屋壁，得出入省览）。

可以看到，李世民确实干得很努力。

贞观前夜

但是，刚刚继位的他，在某些事情上还是有点急于求成了，并且不可避免地做了一件错事。

当时唐朝官场的风气不太好，虽然没有某些朝代严重，但贪污纳贿也算家常便饭。

李世民看在眼里急在心里，决心扭转这种风气。

或许就是在深夜辗转难眠的时候，他想出来一个办法。那就是——钓鱼执法。

你们不是喜欢收受贿赂吗，那我就送给你。有本事你就收下好了。

当然，这种背地里给人下绊子的事是不能公开的，他要让自己的心腹悄悄地出面（上患吏多受赇，密使左右试赂之）。

坦白地说，这个办法很多人都用过，但效果并不好。

比如战国时期申不害变法的时候，就教给了韩昭侯一些类似的方法，结果把大臣都折磨成了只会明哲保身的老油条。杨坚晚年猜疑心很重，也经常派人悄悄行贿来试探大臣，最终也是搞得满朝文武人人自危，严重影响了工作效率，毕竟，收下的人会死得很惨的。

但说一千道一万，年轻的李世民并没有意识到这个问题的严重性，他只知道，收受贿赂就是该死的，不管出于什么理由。

一个刑部的小官（司门令史）不幸中招了。

真是姜太公钓鱼愿者上钩啊。

看着自己亲手钓上来的鱼儿，李世民非常得意，立即决定杀掉他。

杀人立威，看你们以后还敢不敢再贪污受贿！

但一个人出面阻止了他。

这个人不是著名的谏臣魏征，也不是名相房玄龄、杜如晦，甚至这个人的名字说出来大家都有点意外。

这个人是裴矩，隋朝著名的大奸臣。

裴矩当年是以对杨广阿谀逢迎、善于投机钻营而知名的，估计贪污受贿的事情也没少干。但是到了李世民跟前，他居然敢忤逆皇帝的威严，犯颜直谏，实在是有趣得很。

他言辞恳切地说道：

"这个人贪污受贿，确实罪该当死。但是陛下您这样'钓鱼执法'（使人遗之而受，乃陷人于法也），恐怕不太符合孔夫子'道之以德，齐之以礼'的古训吧。"

听了这个老牌奸臣的话，李世民惊讶地愣了很久。但思考再三之后，还是听从了他的劝谏（太宗纳其言）。毕竟，在别人面前溜须拍马的奸臣到你面前就成了敢于进谏的忠臣，这是多么有成就感的一件事啊。何况人家说的也确实有道理。

人性嘛，总是经不起考验的。

随后，李世民召集五品以上官员举行了朝会，点名表扬了他：

"裴矩在位能做到据理力争，遇事不肯屈从于我，实在忠心可嘉。如果你们每件事也能做到这样，天下何愁不会大治？"

得知这反面典型成了模范榜样，群臣们都大为叹服，一个个山呼万岁，纷纷表示要向裴矩学习。

对于这件事，司马光有一段非常精彩的评论。我到目前为止还没有整段摘录过原文，但在这里，我觉得有必要把原文引用一下，与大家共飨。

"古人有言：君明臣直。裴矩佞于隋而忠于唐，非其性之有变也；君恶闻其过，则忠化为佞，君乐闻直言，则佞化为忠。是知君者表也，臣者景也，表动则景随矣。"

裴矩在隋朝是奸臣，在唐朝就是忠臣，是他的性格改变了吗？不是的。是主上听不进不同意见，他就甘愿当奸臣。主上喜欢听忠言直言，他就变成了忠臣啊。

橘生淮南则为橘，橘生淮北则为枳。是橘树本身有问题吗？不是的，是南方的水土好它就能长橘子，北方的水土不好它就只能长枳子啊。

南橘北枳，古人诚不我欺。

李世民，加油吧！

一个伟大的盛世在等着你！

第三章　贞观之治

乐舞传奇

贞观元年（627年）正月，李世民终于"注册了自己的账号"——贞观。为了这个盛大的节日，他筹备了很久，并在初三这天大宴群臣。

群臣们自然也很兴奋，不仅因为他们正在见证一个新时代的开始，也因为他们收到了皇帝赠送的一份特殊礼物。

这是一种感官享受，也是一种精神享受——《秦王破阵乐》。

《秦王破阵乐》也叫《秦王破阵舞》，这说明它不仅是一部音乐，还是一部舞蹈，俗称"乐舞"。

这部乐舞的创作源于李世民平定刘武周之战，那时候李世民还是秦王，山西的老百姓听说秦王打了胜仗，都非常高兴，跑到路上跳舞，士兵们也用军中旧曲填唱新词，欢庆胜利，遂有"秦王破阵"之曲流传于世。

李世民的音乐艺术修养很高，登基之后，亲自主持把这首乐曲编成了舞蹈，还让魏征、虞世南、褚亮填了歌词，然后又经过德艺双馨的宫廷艺术家们加工、制作、剪辑、发行……终于变成了一个气势恢弘、富丽堂皇的大型乐舞。

乐舞表演的时候，表演者达一百二十多人，披甲持戟，威风凛凛，且以大鼓伴奏，据说响声可传百里，真是震天动地、气壮山河，此外曲中还揉进了西域龟兹的音调，婉转高昂，极富感召力。

文武百官看了无不欢欣鼓舞，激动不已。

此后，唐朝历代皇帝也都极为喜爱这一乐舞，经常在宴请外宾的时候命人表演。而外国人看了之后，也往往情不自禁地跟着节拍手舞足蹈。后来，随着唐朝的国力越来越强，这支乐舞也流传到了许多周边国家，吸引了一批粉丝，影响力非常之大。

大到什么程度呢？

据说唐僧到西天——为了严肃一点，我还是说玄奘到天竺求佛法的时候吧，当地最有权势的戒日王和鸠摩罗王都和他聊起过秦王破阵乐。

您看那时候，咱们华夏文化的影响力真不是吹的。那时的唐朝可谓名副其实的文化输出大国，堪比如今的百老汇、好莱坞。

后来，随着战火连年、改朝换代，这支乐舞在中国失传了。

不过，舞蹈虽然没了，曲子还是能找到的。

日本遣唐使把这支曲子带回了国内，至今还保留着琵琶谱、古筝谱、笛谱等多种曲调。我国当代艺术家何昌林先生就把这些曲子整理成了新的乐曲，很大程度上复原了秦王破阵乐的原貌。

非常幸运的是，这首曲子在网上就可以搜到，大家没事的时候可以找来听一听。

虽然我不懂音乐，但我能感受得到它的气势，华夏民族鼎盛时期的艺术作品，的确不同凡响。

李世民请大臣们听了新年音乐会，看见大家精神焕发，自己也是心情大好。

他不禁动容地回想起了早年南征北战的岁月，但想到天下已定的时候还在舞刀动枪，不免有点不太应景，于是对众臣解释了一下。我当年总是外出打仗，因此民间搞出了这么个曲子。虽然打打杀杀的不太文气，但毕竟帮我成就了功业，所以一直不敢忘本。（朕昔受委专征，民间遂有此曲，虽非文德之雍容，然功业由兹而成，不敢忘本）

李世民的话说完了，群臣不能让他冷场。

老狐狸封德彝立即摆出一副意犹未尽的表情，说道：

"陛下多虑了，比起您的赫赫武功来，文德又算得了什么。"

封德彝是一个很有心计的人，平时经常两面三刀，玩弄权术。比如他和萧瑀同为宰相的时候，就经常客客气气地去跟人家商量事情，并愉快达成一致，但到了皇帝面前，却总是临时改变主意，搞得人家非常被动，后来被他整下了台。

但不得不说，封德彝这话是有些水平的。因为他是顺着皇帝的意思说的，并且还有一层劝慰和恭维的意味，陛下您哪都好，做什么什么好，怎么做怎么好。

一般来说，大多数领导听了这种话都会转憾为喜。毕竟没有人不喜欢别人巴结自己。

但李世民却不是这样的领导。

他让大家欣赏这个舞是军舞，表现的也是征伐之事，但他却希望大家明白"戡乱以武，守成以文"的道理。用现在的话来说就是，回顾早年的革命经历，珍惜来之不易的和平生活。大家看完之后，要把战斗的欲望转化成发展生产的精神动力，一起建设富强的大唐朝。

于是他正色说道：

"文武之道，各有各的用途，也会因势而变。你说文不如武，此言可谓差矣！"

此话一出，封德彝这马屁算拍到了马蹄子上，搞得灰头土脸，立刻叩头道歉。

其实，李世民这番话，并不是为了自谦说的场面话，也不是为了敲打封德彝说的较劲话，而是发自内心的真心话。这话不仅是说给封德彝听的，也是说给满朝文武听的。

因为唐朝已经不能再打仗了。

曾经最为富饶的中原一带，经过十多年改朝换代的大战乱，早已残破不堪。关西一带仗打得少，可情况也不怎么样，出产的粮食连当地百姓都养活不了，还得从别的地方调运。而现代最发达的广大南方地区，在唐朝时期还远未开发，几乎都是大片的荒凉之地。

此时的唐朝，放眼全国可以说是经济凋敝、百废待兴。

隋朝强盛的时候，全国共有八百九十多万户，五千多万人口，而到唐朝初年，却只剩下了二百多万户，一千多万人，连隋朝的四分之一都不到。

尽管王朝初年由于统计制度不完善，必然存在一些隐瞒户口的情况，但即便把数据再翻一番，那离早期的繁荣局面也还差得远。而且，就在这一年，关中还发生了旱灾，许多灾民都在四处逃荒，流亡乞讨。

李世民深刻地感觉到，偃武修文治天下已经刻不容缓了。所以他通过反驳封德彝传递出了这样一个明确的政治信号——俺要开始治国了。

只不过，在治国之前，他还要先办一件事，一件说大不大说小也不小的事。

罗艺造反了。

贞观第一枪：罗艺反了

罗艺很郁闷。

因为他站错了队，押错了宝。

我们前面说过，在平定刘黑闼的战役中，罗艺和李建成结成了同盟，成为他在河北地区最有力的外援。他派了骁将薛万彻等去给李建成当帮手，还送了不少精锐士兵进入东宫卫队。

可以说，他已经把自己牢牢绑在了太子的战车上。

有的人可能会觉得奇怪。

罗艺这样一个聪明过人、眼光毒辣（比如在大好形势下归顺李渊）的老江湖怎么会做出这么蠢的事？他就没想到李建成也会有失败的一天吗？

时隔千年，我们以事后诸葛亮的心态来议论古人是不太妥当的。因为在当时的政治形势下，李建成确实是占了压倒性优势的。一者在武德后期，他已有了和李世民并驾齐驱的军功，二者皇帝李渊也日渐青睐自己的长子，三者李建成常年协助皇帝处理政务，在朝中也有大多数人支持。

地处幽州边陲的罗艺，自然顺理成章地做出了判断——李建成一定会是下一个皇帝。

对一个搞政治的来说,保持中立当然能够保证安全,但如果还有点上进心,就不能首鼠两端,而是必须亮明自己的立场。就像一个赌徒,你不下注当然不会赔钱,但也肯定赢不到钱。既然这样你还赌个屁呀?来赌场凉快吗?

所以我们说,你只要上了赌桌,就得拿出本钱来赌。你下的赌注越大,收益就可能越多。当然,万一玩砸了,亏得也可能越多。

当时罗艺就是这样想的。为了将来的收益,为了自己的大好前途,他做出了一件疯狂的、让他彻底无法回头的事——和秦王决裂。

那时候,秦王府的人曾经到过罗艺的营地。作为一个边将,见到秦王的人,即使不能好吃好喝地伺候,表示一下必要的礼貌也是应该的。虽然秦王和太子有矛盾,那也是人家的家事,你不应该跟着瞎掺和。

但罗艺竟然当场发飙,把人给打了一顿(无故殴之)。

这件事做得确实太离谱、太不地道了。李渊知道以后非常生气,还把他关起来蹲了几天牢房。不过念在他素有威名,对朝廷有功的份儿上,还是很快释放,把他派到了泾州(今甘肃泾川)镇守。

如此一来,罗艺的身上就彻底烙下了太子党的标签。但在他心里,这样做可能是值得的。

为了将来的荣华富贵,受点委屈算得了什么。天将降大任于斯人也,必先苦其心志、劳其筋骨、饿其体肤、空乏其身……

但是,玄武门之变的号角把他的美梦击碎了,击得粉碎稀碎。

他实在想不通,如日中天的太子和齐王怎么在一夜之间就输了。

虽然李世民仍然给了他很高的待遇,食邑一千二百户,比侯君集、张公瑾都要高。但罗艺觉得,这是因为李世民还没有腾出手来收拾他,只要他皇位坐稳了,自己早晚跑不了。

这些做皇帝的,哪个不是两面三刀、心狠手辣呀,今天还嘘寒问暖,明天就能翻脸无情,对自己的兄弟都能下手,更别说自己这个外人了。

从此,他整日整夜在担惊受怕中度过。

这时，一个姓李的神婆来到了他的家里。

这个李神婆很有两下子，号称能够通灵，好多人得了疑难杂症被她一看就能治愈，所以非常出名，家中总是门庭若市。甚至李渊都知道了这个人，下诏把她请去了长安。

这类江湖人士总是喜欢和达官显贵交朋友，于是她和燕王罗艺家搭上了关系，认识了他的老婆孟氏。那一天，她盯着孟氏看了良久，直到左右都退下了，才一脸神秘地告诉孟氏：

"你的面相贵不可言，必当母仪天下。"

母仪天下？这是说我要当皇后了？孟氏是一个自我感觉良好的人，一直对自己很有信心。但是正常来说，如果要当皇后，那就只能做皇帝的老婆。而联想到自己的年龄，恐怕李世民是不会看上自己的。

那么既然如此，成为皇后就只有一种可能……

她又悄悄地让李神婆观察罗艺。

李神婆果然说出了她最想听到的话。

"您之所以贵不可言，都是因为燕王呀，燕王已经面露贵色了，十天之内必可登上大位。"

听罢此言，孟氏禁不住仰天长笑，原来我能母仪天下，都是因为这才华横溢的夫君呀。

可孟氏也不想想，你老公虽然是燕王，但目前的官位也只是一个小小的泾州镇守，何况又是李世民的重点监控对象，怎么突然还来了机会当皇帝呢？赐姓李就真把他当皇族了？还十天之内就能上位！这不是失心疯了吧。

要是换了别人，估计早就把这疯婆子乱棍打出门去了。

但是这回不仅孟氏信了，连罗艺都信了。

在两个老女人的煽动下，罗艺决定造反。

真是妇唱夫随呀！对此我表示非常无语。

很快，罗艺把泾州的军队召集起来，假称接到了李世民的命令，让他入朝，然后带兵离开泾州，往长安进发。

一路上他不停地计算时间，距离我登上大位还有九天、八天、七天……

来到豳州（今陕西彬县）城下时，地方长官赵慈皓出城迎接，他还不知道罗艺造反的图谋，客客气气把人迎进了城。

但是，李世民的消息是很灵通的，他提前得知了罗艺军队的动向。他知道豳州这地方离首都不远，一旦有变非常危险，马上命令长孙无忌和尉迟敬德率兵拦截。

这时候，赵慈皓也听说了朝廷大军即将到来的消息。眉头一皱，一下猜到了罗艺这家伙不对劲儿，便秘密和军官杨岌商量，抢先把罗艺逮捕。

但憋着劲造反的人总是非常警惕的，罗艺也发觉了他们的计划，于是先发制人，囚禁了赵慈皓。而杨岌在城外左等右等见不到赵慈皓的影子之后，料到大事不好，便独自率兵攻城。

罗艺带出来的兵向来是作战勇敢的，打败过窦建德，打败过刘黑闼。但那仅限于和敌人作战的时候，现在士兵们看到领导居然和官军打起来了，马上就觉得不对劲儿。于是士气全无，纷纷溃逃。

士兵一跑，罗艺就成了光杆司令。而光杆司令肯定是当不了皇帝的。

眼见大势已去，他也顾不得许多，连望夫成龙的爱妻都没有带，赶忙跑去投奔突厥，结果跑到乌氏（今宁夏固原）的时候，被随从杀掉，传首长安。

他的弟弟、老婆，以及那个李神婆也很快被抓获处死。

长孙无忌和尉迟敬德的大军还没赶到，事情就已经结束了，于是转了一圈就打道回府。

中国有句老话叫不战而屈人之兵，这是最好的。

一代豪杰罗艺的谋反就这样稀里糊涂地开始，又稀里糊涂地收场，实在有损他一世威名，留给人们的也只有一声叹息。这到底是为什么呢？他不反是否也难逃厄运？又或者他反了也在劫难逃？

李世民的法治精神

李世民终于可以开始治国了。治理国家不是一件容易的事，不过也不是无章可循。你没干过、没阅历、没经验都不要紧。因为这些东西前人都做过，你都可以拿来借鉴。

具体是如何借鉴的呢？

最省事的办法就是——抄。抄前人的法律，抄他们的制度。反正没有监考老师盯着，谁不抄谁是傻子。所谓汉承秦制，唐承隋制，天下制度一大承（抄），都不是没有根据的。

中国的聪明人大都喜欢参与政治，也做出了很多成绩。可是那些聪明的前人都已经作古，我们已不能当面聆听他们的教诲，但他们智慧的结晶、经验的总结却都融入了制度和法律中间，在其中熠熠生辉，闪耀着光芒。

从这一点来看，李世民是幸运的。

隋朝虽然二世而亡，但隋朝的制度是在北魏、北周这些巨人的肩膀上继承发展的，经过几百年的实践检验还算比较好用，所以唐朝继承下来，没有问题。前任李渊在位九年，除了平定各路群雄，在大后方也没有闲着，唐朝的制度法律在隋朝的基础上进一步完善，一切都运转良好。

而李世民本人也是世家大族出身，根正苗红的统治阶级内部成员，打小就熟悉这一套东方理论。

这些事情对他来说，自然得心应手。

李世民继位之初，唐朝通行的法律是《武德律》，这部法典是在隋朝开皇律的基础上修订的，各类条文规定比较完备。但是，这部法典毕竟不是唐朝的原创，属于转载修改版，几十年过后，到了贞观年代，和当时的社会情况已有些不太适应。

于是李世民命长孙无忌、房玄龄以此为蓝本继续修订，这就是著名的《贞观律》。

这部法典充分体现了"仁"的精髓。

概括来说就是以"德主刑辅，慎杀宽刑"为原则，极大地缩小了连坐处死的范围，还免除了很多罪名的死刑。

我们现在知道的五刑（笞、杖、徒、流、死）就是这时候最终确定的。

这其中，"笞、杖、死"的意思都比较直观，很好理解。

所谓"笞"就是用竹板、荆条来打人，三国杀游戏里黄盖对周瑜说"请鞭笞我吧，公瑾"，基本就是这个意思。但打的时候是不能随便打的，法律对被打的部位有严格规定，一般是打背或屁股（这两地方肉多），具体打哪里，犯人可以自己挑，并且中途还不允许更换行刑人。不然很容易行刑过重，直接把人打死。

"杖"和"笞"的意思比较相近，主要区别就是"笞"用的是小竹板或小荆条，而"杖"用的是大竹板或大荆条。通俗点来说就是，前者是揍，后者是狠揍。

"徒"就是徒刑，就是强制劳役、干重活儿，很像现在的有期徒刑，只不过古代没那么多粮食和地方来养犯罪分子，所以刑期比现在短得多，一般也就一到三年，每等之间相差半年，而且允许用钱来赎刑。

"流"就是流放，这个罪名我想多说几句，因为我们现代社会已经没有这个罪名了，许多人很难想象这是个什么情形。

单从字面意思上看，大家可能会觉得这个刑罚还凑合，既不用挨揍，也不用罚钱，还不用送命，只要离家远远的就行了，简直像一场说走就走的免费旅行，没罪我都想去试试。

其实，流刑这个罪名已经实行很长时间了，至少在秦汉时期就已出现，只是到了唐代才大量应用于司法实践。这个刑罚其实并非某些人想的那么轻松，因为既然是刑罚，就绝不会轻松到哪里去。到了流放地是要做苦役的，要不停地干活干活再干活，还要忍受狱卒的打骂，一天下来也能给你累得摸不着北。

但常言道，生活在于比较，即使这样，许多被判流刑的人也应该感谢李世民。

因为他们其中很多人原本是要被处以死刑或是肉刑的。

由于要贯彻皇帝陛下"宽刑慎杀"的指导思想，主持修订律法的长孙无忌和一些法官把很多罪名从死刑改成了断趾（砍掉脚趾头）。从砍人头到砍脚趾头，真是够仁慈，够宽大了。

但李世民却仍觉得太残忍，断趾头虽然比砍人头好得多，但毕竟还是肉刑，一朝给人斩断，以后就是想改过自新也接不回去了，于是下令采用其他刑法代替。

在四川一个小法官的建议下，他最终选中了流刑。

原本要砍头的人，可能要被砍一根脚趾头，这已经是天大的幸运。而现在，你连脚趾头都不用砍了，只需要流放到三千里外，服满刑期就可以恢复自由。

虽然你可能劳累，可能辛苦，但你仍然活着，你的身体也不会残缺。只要刑期一满，你就可以改过自新，开始新的生活，因为皇帝已给了你从头来过的机会。

这让我想起孔子说的那句话："仁者，爱人。"

不仅如此，就是对犯了死罪的人，李世民也不允许他们被轻易杀掉，在临刑之前，还要经过皇帝最终批准。

这个制度虽然不是李世民首创，但也是经过他完善推广的，我们今天的最高法院还在执行死刑复核制度，从根本上说也是源出于此。

这一制度从产生到发展经过了血淋淋的教训。

第一件事。贞观初年的时候，长安城里一个叫李好德的人被关在了监狱里，罪名是妖言惑众、妄议朝政。

李好德是一个精神不太正常的人，平时就疯疯癫癫的，喜欢胡言乱语。但正是因为这个病，也让他有点神秘莫测，偶尔歪打正着，也能说出点鬼神之事，有时还能应验，因此在民间小有名气。

有一次，李好德不知怎么的玩大了，居然说了一些宫闱秘事，触犯了皇家忌讳，被李世民亲自下令逮捕收监。

案件的主审官叫张蕴古，他冒着忤逆皇帝盛怒的危险，讲起了法律条文："李好德有精神病，按律不该处死。"

李世民怎么会和一个疯子计较呢，听张蕴古一说，马上就下令放了他。

但最终判决还没有下达时，事情却出现了转折。

御史权万纪突然上交一封奏章，弹劾了张蕴古。说李好德虽然是个疯子，但他哥哥却是个当官的，曾经和张蕴古一起共事，所以张蕴古很可能是在故意包庇，这是第一点。更让人气愤的是，皇帝的命令还未下发，张蕴古就兴冲冲跑去监狱，把消息透露给了李好德，还和他一起下棋庆祝呢。

我要严肃地告诉大家，虽然权万纪的人品是公认的不怎么样，但他这回说的却都是事实，而李世民也很快得到了确认。

这一下，皇帝真的出离愤怒了，你引经据典说得头头是道，原来还是别有用心呀。

他不顾众臣的劝阻，立即下令将张蕴古处斩。

但是，不久之后李世民就后悔了，因为张蕴古虽然可恨，也肯定有罪，但是按照大唐的法律，也只是犯了包庇罪、泄密罪，顶多几年徒刑就可以了，是罪不至死的。

于是李世民亲自下令。

"自今以后，犯有死罪，即便是斩立决，也要三覆奏乃行刑。"

另一件事。还是在贞观初年，交州（今两广越南地区）都督因为贪污被查办了，李世民就寻思着找一个好的继任者。

交州这地方天高皇帝远，地方官贪纵不法实在是太正常了，所以他需要一个正直、清廉的人，去为他治理好祖国的边陲。

大臣们一致推荐了卢祖尚。

李世民立即找他谈话，很是语重心长地叮嘱了一番，组织对你非常信任，决定把交州交给你，你去了好好干云云。卢祖尚当场表示同意，叩谢皇恩。

但没想到的是，他回家之后就反悔了，推辞说自己身体不好，不去了！

李世民还算是一个比较耐心的人，让杜如晦去了他家一趟。皇帝亲自谈话你可能有点拘束，有什么难言之隐也不好说出来，让阿杜去做思想工作大概能好一点。

但没想到，卢祖尚连杜如晦的账也不买，还是坚决不去（祖尚固辞）。

李世民一想，是不是阿杜跟他关系不熟，意思传达不到位啊？于是又吩咐卢祖尚的连襟去劝说，并开出了优厚的条件。

贞观之治 | 057

"人家老百姓说话都讲个信用,你这朝廷命官怎么还出尔反尔呢?你就快点去吧,三年之内,我一定把你调回来,绝不食言!"

如果是一般人,混到皇帝对你好话说尽,还给你打包票、许承诺的话,肯定早就感激涕零地上路了。

但卢祖尚还是拒绝了,他让我们见识了什么是花样儿作死。

"岭南那边瘴气很重,得整天喝酒才能抵消,我这人又不能喝酒,去了恐怕就回不来了。"

这话的意思概括一下就是,我酒量不行,所以我不去。

李世民非常生气,他也没法不生气。这个言而无信的小人!我连你都指挥不了,还怎么号令天下?!

于是马上把他抓过来,在朝廷上当场斩杀。

其实平心而论,卢祖尚这事确实做得不地道,别说李世民了,换作我也得当场把他宰了,我也敢说,和我有同感的一定不在少数。而且我们要说明的是,卢祖尚被杀前确实经过了三次覆奏。

但不久之后,李世民还是后悔了。

他对众臣说:

"死刑是最重的刑罚,我之所以设三次覆奏,就是为了能够深思熟虑。但是现在的法官往往一天之内就把三次覆奏完成,未免太草率了,以后就改为五次吧。"

然后,他下诏恢复了卢祖尚的官爵。

身为一国之君,掌握着生杀予夺的大权,在臣下先出尔反尔的时候还能如此反躬自省,李世民的作为,让我想起了那句孔夫子曰过的话。

君子博学而日三省乎己,则知明而行无过矣。

大家都知道"十恶不赦"这个词。在现代社会,这算是一个骂人的词,常用来形容那些罪大恶极、不可饶恕的人。

其实这个词,也和《贞观律》有很大的渊源。

只不过在当时,十恶并不是一句骂人的话,而是一个法律术语,其中包含着十个具体的大罪名：谋反、大逆、谋叛、恶逆、不道、大不敬、不孝、不睦、不义、内乱。

这些罪名不是李世民首创的，却是他在位的时候固定下来的。

这"十恶"当然不会仅限于十个，具体实践起来，还会派生出一些别的相关罪名。

如果你不幸犯下了这些大罪，那就奉劝你赶紧收拾收拾准备后事吧，因为就是宽厚仁爱的李世民都不会饶你的。比如谋反，这不用废话了，当然非死不可。比如不孝，我国崇尚孝道，你要是对父母长辈不孝顺，那别说李世民了，天下人也都觉得你该死。再比如大不敬、内乱等，这些罪过也都为当时的社会伦理道德所不容，死了谁都不会同情你。

死囚自归

以上是贞观朝法律的一些基本情况。

不过话说回来，法律定得再好，归根结底还在于执行。

而要想执行得好，就需要选拔好的执行人——法官。

戴胄就是一个刚直不阿、清廉无私的人，李世民对他非常欣赏，觉得这是一个很有潜力的法界人才，于是提拔他做了大理寺少卿（类似于现在的最高人民法院副院长）。

唐朝的时候，去古未远，还残留着很多贵族政治的遗风，很多人在官场混都特别看重门第族望，这些都是你个人简历中非常重要的组成部分，能很大程度上决定你的升迁。但是鉴于当时还没有网络甄别技术，刻假章、办假证都比较容易，因此篡改资历和冒用门第族望的人很多。

这些事李世民自然心知肚明，因为他老爹李渊就是造假的始作俑者。

据陈寅恪先生所说，李渊祖上本是出自河北南赵郡的破落户，但为了给自己脸上贴金，却硬是把十六国的凉王李暠拉来当自己的祖宗。李暠是飞将军李广的后代，成了他们的后人自然倍有面子。但为了标榜自己更高贵的出身，李渊又盯上了更久远、也更有文化的李姓名人——李耳（老子）。

在武德三年正式追封老子为始祖,并煞有介事地大兴土木,建造了祭祀的宗庙……

对李世民来说,老爹的做法他管不了,也没法管,但对这种做法他是不太感冒的。

你们弄虚作假,岂不让那些不造假的老实人吃亏了?

于是李世民下了一道敕令,让那些假冒门第的人限期自首。只要自首,一概既往不咎,但要是隐瞒不报被查出来的话,那就不客气了,等待你的将是——杀头。

然而,尽管很多人老老实实地坦白了,但存在侥幸心理的人也是很多的。期限过后,果然还是有人被揭发出来。

李世民非常生气。你们这帮人怎么就不听话呢?好言相劝你不听,非得敬酒不吃吃罚酒。

不废话了,杀!

皇帝都有言在先了,那就杀吧,谁也挑不出毛病。

但这道命令还是被戴胄顶回去了。他的理由是——据法应流(根据法律应该流放)。

李世民不禁冷笑了。

"难道你的法律比皇帝的命令还大?你为了遵守法律,就要让我失信于天下?"

面对皇帝的质问,戴院长辞色不屈地说了一番话,回答了到底是皇帝大还是法大的问题。

"陛下的命令固然不可违抗,却往往是出于一时喜怒,唯有法律才是朝廷最大的信用。陛下讨厌官员假冒门第,想要杀他们。但是,既然您把他们交给了我,就应该依法处理!"

听完戴胄的解释,李世民长长地叹了口气。

"还是你说得对啊,你如此执法,我还有何忧虑!"

此后,戴院长仍然多次犯颜执法,讲起法条来滔滔不绝。但李世民却从不觉得烦,总是尽量听从他的意见。

李世民苦心孤诣的"依法治国"终于结出了硕果，整个王朝路不拾遗，夜不闭户，治安空前好转，全国都很少出现冤假错案，一片清明的景象。我们就用一个故事来为贞观的法制建设结尾吧。

贞观六年，一个腊月的冬夜，夜深人静，李世民在昏黄的灯光下，翻开了全国死囚犯的名单。

这时，长安的居民区传来了噼噼啪啪的爆竹声，这声音不禁让他的心头为之一震。已经快到年关了，这些囚犯却要在寒冷阴暗的牢房中等待死亡，虽然他们犯了死罪，但毕竟也是人啊。

想到这里，李世民大笔一挥，下了一道命令。

让这些囚犯回家过年吧，等来年秋后再回来。

秋后正是历代死囚问斩的时刻，这样我也算对得起你们了，你们也不枉来世上走一遭。

时间一天天过去，转眼就到了来年的秋天。

让人惊叹的是，这些囚犯居然全部在临刑前回来了，整整齐齐地到监狱排队报道。

二百九十人（有说三百九十人），一个都没有少。

见此情景，李世民深受感动，人最怕的莫过于死，如今这些死囚却甘愿回来领死，这岂不是说明他们已经改过自新了？法律的目的不就是惩恶扬善、劝人改过嘛，既然他们已经改变了，又怎么可以再执行死刑？

于是，李世民又重新下了一道命令，把这些死囚全部赦免。

什么是权力？

当一个人犯了罪，法官依法判他死刑，这不叫权力，这叫正义。而一个人犯了罪，皇帝可以判他死刑，也可以不判他死刑，于是赦免了他，这就叫权力——《辛德勒的名单》。

李世民完美地行使了自己的权力。

第四章 三驾马车

善政者亦无赫赫之功

只要说到贞观之治,就不能不提到三个人——房玄龄、杜如晦、魏征。

鉴于房杜通常是连在一起讲的,而魏征和他俩还不大一样,我们就先介绍前面这两位吧。

这两人不仅是贞观朝的开创者,也是贞观之治的缔造者,以致后人说起唐代的贤相,首先必须提起房杜。

这两人的名气实在太大了,后人推崇的也很多,经常写一些让人看着费劲的话来夸奖他们。比如"房、杜二公,皆以命世之才,遭逢明主,谋猷允协,以致升平"。比如"盖房知杜之能断大事,杜知房之善建嘉谋……房则管仲、子产,杜则鲍叔、罕虎矣"。又比如"肇启圣君,必生贤辅。猗欤二公,实开运祚。文含经纬,谋深夹辅。笙磬同音,唯房与杜"。

书写到了这里,看资料看得我都要视疲劳了。

但是,有些细心的人可能会发现一个问题,就是房玄龄、杜如晦的名气如此之大,赞誉如此之多,为什么事迹却如此之少呢?

我不得不说,这一个非常值得思考的问题。我们都知道,中国历史上有很多著名的宰相,他们不仅权重一时,在正史里做到了青史留名,甚至在野史里都有很多精彩的八卦故事。

姜太公、诸葛亮这些如雷贯耳的就不说了,就是和房杜同在唐朝的姚崇,也有向皇帝上"十事要说",以及扑灭蝗灾的政绩。在民间也有死姚崇算计活张说的精彩故事。再比如晚明的张居正，他创立的一条鞭法、考成法等不仅功在当时，也在他死后延续了下去。他和李太后闹的绯闻，也被后人绘声绘色地八卦杜撰，成为茶余饭后的谈资。

唯独这来头更大的房玄龄、杜如晦，却是个例外。

我翻遍了《资治通鉴》和"两唐书"上的记载，上面对二人的评价都是毫不吝惜溢美之辞，但是一旦涉及政绩，就几乎是一片空白。野史里更是少得可怜，除了房玄龄老婆吃醋那个没有依据的三无段子，似乎根本没人有兴趣去八卦他们。

为什么他们名气这样大，事迹却如此少？难道他们根本就是两个平庸之辈，名声都是别人炒作的？如果真是这样，那后世所有人都被蒙蔽了吗？

对这个问题，我想了很久，终于想到了一个理由。不过要事先声明，这并不是什么定论，而是和几个朋友讨论之后得出的理解，在这里姑且与大家分享一下。

我们来看看房、杜二人的角色。

房玄龄、杜如晦在李世民帐下充当的角色是幕僚和智囊，瞧不上他们的称其为"刀笔吏"，但有心人会发现，他们的真实身份并不是什么小吏，而是领导的大秘，不论遇到什么事，李世民都会先和他们商量。换句话说，他们是决策圈的人。

一个人本事再大、能力再强，只要混不进决策圈，那也只是个干活的。只有进了决策圈，才是真正掌握权力的人。

而房玄龄、杜如晦恰恰就是掌握权力的人。

在战争年代，两人的主要职责是出谋划策、上情下达和保障后勤。这些工作是极为重要的，当然这工作性质也决定了——他们的成绩很难显山露水，不可能像前线的将士那样大出风头。

一个武将在战场上斩获多少首级，打下了多少城池，怎样长途奔袭，怎样坚守城防，大家都是一目了然的，也很容易受到感染。看看那谁，功劳可真大呀，又带回来多少脑袋。但是房玄龄、杜如晦的功劳却是无法量化，也无法计算的。你说我昨天给领导出了个主意，今天又给前线运了些粮草，明天又要去面见皇帝，谁要听呀？就是你要听人家还未必肯说呢？

但是，这并不代表他们的工作不重要，恰恰相反，他们的工作是最重要的。

没有周密的部署计划，武将再勇猛那也只是匹夫之勇，只能在战场上盲打莽撞；没有完善的后勤保障，就是再人多势众，没饭吃没衣服穿也打不了仗——没有他们协调上下，调剂关系，整个军队、国家都会变成一团乱麻。

一句话，他们的工作就是让大家能够工作。你说这重不重要？

房玄龄和杜如晦的故事让我想起了一位汉朝初年的名臣——萧何。

其实萧何和房杜的角色非常像，平时也是谦虚低调，不出风头，只是默默辅佐刘邦招贤纳士，打理后方内政。所以他的功劳也没什么亮点，说句不好听的就是乏善可陈。

但刘邦称帝之后，仍然把萧何的功劳排在了第一。

大臣们也一下子炸锅了，很多人明确表示不服，尤其是那些武将。我们在前线流血卖命，多的打过上百仗，少的也打过几十仗，攻城略地，无所不有。可萧何呢？不就是在办公室里舞文弄墨、捉刀弄笔吗，连前线都没有去过，凭什么骑在我们头上？

而刘邦却一反平时玩世不恭的常态，坚决维护了萧何的尊严，还以一个打猎的比喻，巧妙地解释了为什么他才是第一功臣。

你们都打过猎吧？打猎的时候，追杀猎物的是什么？是狗。指明猎物藏身之处的是谁？是人。你们诸位能抓到猎物，姑且可以比作"功狗"，而萧何呢，人家才是指明猎物藏身之处的人，是"功人"。你们这些"功狗"能立功还不是靠的"功人"？就你们这样还想跟萧何比，我看你们还差得远呢！

我们有理由相信，在李世民的心里，房玄龄、杜如晦毫无疑问就是扮演了"功人"的角色。即便他们的成绩不为别人所知，皇帝心里也时刻给他们记着一本账。

李世民登基之后，房玄龄和杜如晦主要干了两项工作。

拟定制度和选人用人。

关于这两件事，在唐书上，有一段非常简略的记载："台阁规模及典章人物，皆二人所定。"

这话虽然简短，也仍然没有说明具体的事迹，却道出了最关键的问题。

换句话说，就是他们参加了大政方针的制定，这个国家走什么路线，搞经济建设还是武力扩张，韬光养晦还是称霸天下，那都是他们说了算的。

同时，负责选人用人，也就是执掌人事组织大权，谁可以提拔，谁不能任用，谁能大用，谁能小用，那也是他们说了算的。

我以为，这就是为什么他们政绩不够多的奥妙，因为他们的政绩就是用自己的才能让大家发挥出各自的才能，他们的政绩早已经融化在了贞观之治的每一个细节、每一处角落。

正所谓善战者无赫赫之功，善政者又何尝不是呢？

房玄龄、杜如晦，他们两人和李世民一起成就了这个治世。

李世民曾在一次出巡的时候，提拔了一名叫李纬的官员，让他担任户部尚书（财政部长）。

当时房玄龄奉命留守京城。

这时恰好有人从京城过来，李世民连忙询问此人。

"房玄龄知道李纬升任尚书了吧，他说什么了没有？"

来的人一脸尴尬。

"房大人就是说李纬长了一把好胡子，别的就啥也没说了。"（但云李纬好髭须，更无他语）

李世民听后，立刻就明白了房玄龄的意思——李纬不可用。因为如果房玄龄赏识他的话，就应该夸奖他的工作能力，可他却光说人家胡子长得漂亮，那不就是转移话题，对人家不认可吗？于是李世民不假思索，立即免去了李纬的户部尚书职务，改为洛州刺史。

可见房玄龄发言权之重要，自不待言。

房玄龄执掌机要的时间很长，上镜的次数还算多一些。而阿杜（杜如晦）则去世比较早，贞观四年就撒手人寰，事迹就更少见了。

但李世民对他的思念丝毫不减。

有一次，李世民吃到了一个非常好吃的瓜，突然就想起了他，想得伤心不已。于是，他马上把剩下的一半留下，摆到阿杜的灵位上，加以祭奠。

君臣之间能结下如此深厚的感情，何其难得，也从一个侧面反映出了他在李世民心目中的位置。

房玄龄、杜如晦，这两位唐代最优秀的宰相，他们的名字将永远和李世民，和贞观之治伴随在一起，为后人铭记。

纳谏到底容不容易

治理国家是一件非常复杂的事情，仅凭一个人的精力是无法做到尽善尽美的。

即便李世民英明神武、聪明绝顶，他也只是一个人，不是神，因此他还需要发挥大臣们的积极性。

换句话说，就是集体的力量。

三个臭裨将都能赛过诸葛亮（皮匠原为裨将，后来以讹传讹才成了皮匠），更别说满朝数不过来的老江湖了。

像那种凡事总是皇帝圣明，大臣只能跪受笔录，然后创造出一个天朝盛世的传说，大概只存在于某些人的臆想和影视剧里。

要依靠集体的力量，就不能不听取大家的意见和建议。

对皇帝而言，就是我们通常说的"纳谏"。

这个纳谏环节中最重要的人当然就是魏征。

我们在史书上经常能看见李世民虚怀纳谏的故事，过程也好像很简单。

比如李世民说一，魏征说二，李世民说既然不行那就三吧，魏征说就是不行，就是二，然后李世民说好好好，就依爱卿之见。

纳谏结束。

皇帝博个虚怀纳谏的美名，大臣得到个敢于直谏的名声，然后史官在书上浓重地记上一笔，君臣皆大欢喜。

可纳谏真有那么简单吗？如果真的那么简单，为什么有的皇帝就纳不了呢？比如杨广，给他进谏的人不可谓不多，但基本上不是送了命就是免了官，没一个落到好果子吃的。

其实，纳谏里的学问可大了去了。

现在中国已经没有皇帝和大臣了，不过大部分人还都是上班族，咱们可以拿同事关系举个例子。

比如你辛辛苦苦工作了好几个月，然后按照预定计划休假。这时候你的同事过来说了，公司还有一些任务没有完成，这些任务说轻不轻，说重也不重，但他还是建议你先别休息，最好还要再加几天班。

这个建议就有点像同事给你进谏。

那你到底纳不纳呢？要知道这可是为了工作，人家没有私心哟。

但你心里会不会想，你谁啊？凭什么对我指指点点？我休不休假还要你管了。

看看，问题来了吧。

好，我们再给加点难度。

如果这个同事是你的领导，这倒还好说。因为一般来说，领导的命令是应该服从的。

但如果他是你的下级呢？

对，就是下级。你的下属建议你别休假，还要求你牺牲休息的时间加班。

你又会怎么想？这也太没大没小了吧，老子休不休息还要你来说三道四，还蹬鼻子上脸了？

你是不是就不打算听呢？

大家看看，纳谏确实不太容易吧。

而李世民就是当时所有人的上级，而且理论上几乎每个大臣都是可以给他提意见的，何况有些意见比我们例子中的那些事要复杂得多，也尖锐得多。

所以肯于纳谏对他来说就更加难能可贵。

对于这件事，我自己也深有体会。

比如在写这篇小文的时候，为了解读者的想法，有时候我会让爱人先看一看，提提意见。

大家可以想象成，我这是在准备纳谏。

当然了，提意见之前我们是讲好的，要知无不言言无不尽，不要留情面，毕竟这是为了我好。但等到她真的批评起我来，这儿结构太乱，那里表达不清楚，什么乱七八糟的老娘根本就没兴趣看的时候……我心里还是很不爽的。

一句话，喜欢听好话，喜欢别人顺从自己，都是人之常情。而人之常情往往也是人性的弱点，还是基因里带出来的。

要克服这种弱点几乎不可能的，能做到的大概只有圣人、伟人了。

而李世民偏偏就要克服，还要征服这个弱点，他就是要做圣人、伟人。

历史已经向我们证明，他真的做到了！

要说纳谏，当然离不开魏征。说起古代的谏臣、直臣，如果他排第二，恐怕没人敢排第一了。他的所作所为让我们见识了，什么叫全方位、多角度、立体化、无死角的进谏。

魏征第一次崭露头角还是在李世民刚登基的时候。

那时候，李世民刚接手皇帝这份工作，特别想把它干好，于是在朝会上和大家谈论起了实行教化问题。但对这个问题，他不是很有信心。

"天下刚刚安定，老百姓经历了那么多战乱，恐怕会变得世故狡猾，不好教化呀。"

可魏征马上表示了反对。陛下您这话不对，正因为老百姓经历了乱世，才会人心思定、渴望安定和平啊。要我说，现在实行教化明明很容易。反倒是承平日久的时候，人们容易骄奢淫逸，实行教化才更困难。

李世民一听，觉得这话有道理，可他刚打算认可，封德彝就唱了反调，他是这样说的。

"三代以后就已经世风日下,人心不古啦。要不秦朝怎么会用严刑峻法治国,汉朝以王道霸道治天下呢?你要说实行仁义教化,哪个王朝,哪个皇帝不愿意这么干?明明是世道变了没办法嘛。魏征一介书生,整天就知道空谈误国,要是听了他的话必然败坏国家。"

封德彝这话的意思就是对这帮老百姓还得上严刑峻法,马刀鞭子伺候。仁义道德?恐怕行不通。

李世民的目光又移向了魏征。

面对这个三朝老臣的奚落,魏征一点也没有打怵,大声反驳。

"你要说三代以后人心不古,那三皇五帝实行教化的时候,难道还把老百姓都换掉不成?黄帝灭蚩尤,商汤伐夏桀,武王伐纣以后,不也都是在天下大乱之后达到了大治吗?如果说上古的人淳朴,后来才变狡猾了,那到了今天,老百姓岂不是狡猾到变成了鬼魅了?"

封德彝被反驳得哑口无言,一句话也说不出来。

李世民最终听从了魏征的意见。

在孔子提出仁政思想一千多年后,在文景之治八百年后,在姨姥爷杨坚的开皇之治四十年后,李世民终于再次把它变成了现实。

事实证明,中国的老百姓不愧是世界上最勤劳、最聪明的一群人,只要统治阶级不瞎整、不折腾,他们总能以最快的速度投入生产、恢复经济。

距李世民注册账号"贞观"仅过了四年,古老的中国在唐朝的统治下就重新焕发出了勃勃生机。

这一年,全国出现了罕见的大丰收,一斗米的价格不过三四钱,人人都能吃饱喝足,连在外逃荒的饥民都相继回到了家乡。终其一年,天下被判死刑的只有二十九人。在东到大海、南至五岭的广大疆域之中,百姓夜不闭户、路不拾遗,行旅不带粮食,只需取给于道路。

而这一切,就包含着魏征不可磨灭的贡献。

因为正是他劝说李世民实行了仁政。

因此,李世民这样动情地对大臣们说:"上书者皆云人主当独运威权,不可委之臣下。唯魏征劝朕偃武修文，中国既安，四夷自服。"

魏征，我能有今天，多亏了你啊！

我们前面说了，魏征的进谏是立体式、无死角的，那么这就意味着他进谏的内容不会仅限于国家大事，还会包括皇帝的家事、私事……下面我们就看看他是怎么做的吧。

公主出嫁

疼爱自己的孩子是人之常情，而在众多的孩子当中，总会有一个自己很偏爱的，这事皇帝也不能例外。

李世民最宠爱的女儿是长乐公主，这位公主是他和长孙皇后的嫡女，天生美丽，聪明乖巧，满足了这位父亲对女儿的一切幻想。李世民平时对她疼爱得不行，捧在手里怕摔了，含在嘴里怕化了。甚至亲自给她起了一个形象的名字——李丽质。

后来，这个女儿要出嫁了，李世民准备了丰厚的嫁妆。要说明的是这些钱都是他自己出的，古代皇帝都有自己的专门金库，也挥霍不到国家的钱财，何况宝贝女儿一辈子就这一次婚礼，隆重点也没什么。

但魏征还是用他那双专门找茬儿的火眼金睛发现了不妥之处。

他发现长乐公主出嫁的时候，陪送的嫁妆竟然比永嘉公主高出一倍还多。虽然长乐公主深受皇帝宠爱，身份很高贵，但毕竟只是皇帝的女儿。而永嘉公主却是太上皇的女儿（李世民的妹妹）。所以，李世民还是错了，用当时的话来说就是逾制了。

于是劝谏道："今资送公主，倍于长主，臣以为不可。"

侄女比姑姑的待遇还高，这怎么像话。

李世民听后，恍然醒悟，立即下令，削减长乐公主的嫁妆。

而长孙皇后这个当妈的更加识大体，知道此事后，也对李世民感叹：

"我常听人说你器重魏征，但一直不知道为什么，直到今天，我才明白其中的缘故啊。我和陛下是结发夫妻，有时说话都要看您的脸色，魏征身为一个臣子，却能如此进谏直言。真为你感到欣慰。"

于是派人赐给了魏征四百缗钱、四百匹绢表示感谢：老魏，以后对我老公多批评！

一只小鸟

皇帝不是只知道工作的机器人，也是有自己业余爱好的。

李世民就是一个爱好广泛的人，除了文学、书法、音乐、艺术之外，他还喜欢小动物——鸟。

确切地说，应该是鹞。

鹞也叫雀鹰，是一种小型猛禽，善通人性，外形漂亮，而且可以在打猎的时候帮你忙。

李世民有次就得到了一只，爱不释手，放在手中欣赏。这时候已经是下班时间了，放松一下也不是不可以，难道皇帝还不能休息了？

但正在此时，魏征却突然声称有事要禀报。

李世民对这个直臣有些忌惮，眼看已来不及躲避，就赶忙把鸟藏在了怀里，召见了他。

但魏征这次的奏报却出奇地长，一句话掰成两句说，一件事也要分成两件办，不仅如此，还大谈特谈古代帝王贪图享乐、声色犬马以致亡国的道理，絮絮叨叨说个没完没了。

时间一分一秒过去了，魏征的事也终于禀报完了，然后转身告退。

望着魏征远去的背影，李世民迫不及待地掏出了怀里的小鸟，却发现鸟已经闷死了。

原来魏征早已看到李世民手中捧着一只鹞了，担心他玩物丧志、耽误朝政，才故意拖延时间。

李世民也是一个争强好胜的人，面对魏征一次又一次的诤谏，他有时候也感到实在受不了。

一次退朝回到宫里后，就怒气冲冲地骂道：

"早晚有一天我要杀了这个乡巴佬！（会须杀此田舍翁）"

长孙皇后听到后，赶紧询问缘故。

李世民气鼓鼓地说：

"魏征这家伙，经常当着文武百官的面，让我下不来台。"

听完之后，长孙皇后默默地退下了。李世民没有了倾诉的对象，只能一个人干呆着生闷气。

但片刻之后，他却发现皇后出现在了院子里，整整齐齐地穿戴着礼服，表情非常严肃。

李世民奇怪地走出去问她，你这是干什么。

长孙皇后这才缓缓地说：

"我听说主上英明臣下就会正直，如今魏征敢于直言，正说明陛下英明呀，我怎么能不以此道贺？"（妾闻主明臣直；今魏征直，由陛下之明故也，妾敢不贺！）

李世民的心头一下释然了，顿时转怒为喜，不再为魏征的事生气。

在这些一点一滴的小事里，魏征竭力地履行了臣下的职责，李世民也完美地尽到了君主的义务，而长孙皇后这个贤内助，更是将皇后的德行修为到了极致。

我以为，少了他们任何一个人，贞观之治都会黯然失色。

第五章　东突厥的覆灭

叔侄阋于墙

贞观三年（629年）八月初八，又是一个很吉利的日子，也是李世民登基三周年的日子。

这天，他在皇宫里接待了一群陌生的客人。他们的身材很粗壮，梳着长长的发辫，穿着窄小左衽的胡服，散发出一种浓郁的草原风情。

不错，他们来自突厥。

但他们却不像突厥人那么狂妄傲慢，而是恭顺谦卑，十分有礼。

这也不奇怪，因为不久以前他们就不再是突厥人了，不仅如此，他们还摇身一变成了突厥的敌人。

他们开始重新使用自己部落的名字——薛延陀。

薛延陀是一个由薛、延陀两部合并而成的古老部落，一直生活在漠北草原的最北方。他们力量并不强大，所以不得不从属于草原霸主突厥。突厥分裂以后，又就近归附了强大的东突厥。

谁的拳头大就听谁的，世界上的游戏规则从来就是如此，只不过这一点在草原上体现得尤为明显。

此时薛延陀的首领叫夷男，虽然他的部族被突厥人统治很多年，但他却一直怀着一种"恢复薛延陀，驱除突厥人"的雄心壮志，希望有朝一日能翻身做主人。不过他也明白，仅凭自己部落的力量是不足以撼动东突厥这个庞然大物的，他必须找一个强力的外援。

本着敌人的敌人就是朋友的原则,他顺利和唐朝搭上了关系。唐朝君臣当然不是榆木脑袋,也暗中和他进行了联络。一来二去,李世民还给了他一个名分——真珠毗伽可汗(真珠可汗),算是正式承认了其合法地位。

得到唐朝承认以后,夷男很够意思,马上带着一帮小弟们投靠了唐朝,这些小弟当中就有日后大名鼎鼎的回纥、拔野古、同罗、仆骨……

这一天,可能是因为双喜临门吧,李世民表现得格外高兴,又赐给了薛延陀使者一把宝刀和一支宝鞭。

"你们统属的部族,犯大罪的用刀斩决,犯小罪的就用鞭子抽他。"

刀和鞭子象征着中原王朝赋予的统治权,可以极大提升薛延陀的威望,但使者却不单是为这两件东西而来的,他们还要谋划一件更大的事。

灭亡东突厥。

如果时光倒流到三年前,相信李世民做梦也不会想到有这一天。但随着贞观之治拉开了帷幕,国力蒸蒸日上,大家都已渐渐明白,灭亡东突厥已不是遥不可及的梦想。

早在贞观二年,东突厥就遭遇了一场百年不遇的大雪灾,冻死的羊牛马不计其数。马死了,军事力量就削弱了,牛羊死了,食物来源就没有了。

当时,唐朝不少大臣也都建议去招呼一下,但李世民觉得,自己刚刚跟人家和谈不久就趁火打劫,从道义上说不过去。最主要的是,唐朝的国力也还没有完全恢复,再劳师远征怕百姓受不了,于是就没有动手。

但霉运一旦开了头,那是挡也挡不住的。

在此后的几年里,东突厥不仅经历了天灾,还发生了更要命的人祸——内斗。

突厥人是游牧民族,游牧民族生活的特点就是逐水草而居,居无定所。今天还是好邻居哥俩好呢,明天说不定就开始了说走就走的旅行。这个特点决定了他们很难建立稳定的政权。

当然偶尔稳定一下也是很可怕的。比如当年的匈奴,强盛的时候拥兵四十余万,把大汉朝都逼得不得不和亲结好。比如突厥还没分裂的时候,疆域横跨整个北亚洲，控弦之士百万，哪个邻国见了都得甘拜下风，连北周和北齐的皇帝都被他们损成儿子。再比如后来的蒙古，这个更厉害，成吉思汗和他的子孙们差点把世界都统一了。

不过幸运的是，他们分裂的时候很多，稳定的时候很少，这就给中原王朝提供了制服他们的机会。

突厥的继承关系太乱了。

他们至高无上的统治者叫做"可汗"，但怎样才能当上可汗，却一直没有确定的规则，有时候是父死子继，有时候却是兄终弟及。

这当然也是客观条件导致的。

漠北草原气候恶劣，条件艰苦。可汗就是再厉害，也敌不过风沙肆虐、日晒雨淋，寿命往往会比较短，活个三四十年就挂了。更不幸的是，他们也无法像中原皇帝那样养活众多的子嗣，成材的几率很低，而一旦可汗早逝，孩子又懦弱年幼，权力继承就会出现真空。

在这种情况下，他的小孩能顺利继位吗？不太现实。人家可不像中原王朝有君臣大义、儒家道统的约束。你一个乳臭未干的小毛孩子上台，谁服你呀？何况中原谋朝篡位的都不在少数，更别说凶悍好斗的突厥人了。

因此很多时候，这可汗之位就只能传给自己的兄弟，年龄大一点，经验多一点，多少还可以压得住阵脚。

我们前面说过，自启民可汗死后，突厥连续三代可汗的顺序是：始毕可汗——处罗可汗——颉利可汗。

要知道这三人可不是祖孙三代，而是哥仨儿啊。

颉利可汗被义成公主拥立之后，成了东突厥一言九鼎的人物。可能是念着自己大哥的好，又或者是觉得东突厥的地盘太大不好管理，就把始毕可汗的儿子封到了东突厥的东部，称为"小可汗"，这位小可汗就是许多人都知道的突利可汗。

内乱就此埋下了隐患。

突利可汗是一个没什么雄心壮志的人，虽然先后被两个叔叔占了本可能属于自己的位子，好像也没有觉得不平衡，颉利可汗给了一个小可汗的名分就已经很满足了。

但他的能力却差了点。小可汗主管的地方主要是东方的契丹、靺鞨等部，读过一点历史的都明白，这两部落都不是善茬儿，契丹在几百年后发展成了辽国这个庞然大物，而靺鞨则演变成了令人望而生畏的女真（女真不满万，满万不可战）。然而突利可汗丝毫却没有把这两部落当回事，在这里征税无度、横征暴敛，致使人心思变，经常隔三差五地闹个叛乱，造个反的，搞得自己狼狈不堪。

颉利可汗因此经常责骂他。

不久之后，薛延陀又造反了，突利可汗奉叔父之命带兵讨伐，结果再次大败，只带着手下一帮轻骑兵逃回（突利兵又败，轻骑奔还）。

这大侄子真是个扶不起的阿斗啊（如果他听过阿斗故事的话）！

颉利愤怒了。

于是把他叫过来，狠狠用鞭子抽了一顿。抽完了又关到牢里，拘留了十几天。

叔叔打侄子，本也不是什么违背伦理的事，你犯了错，当长辈的还不能教育你了？

颉利打了人，出了气也就当这事儿过去了，不久之后又把突利放走。但颉利却没有意识到，这顿鞭子已经抽到了突利的心里。突利已经是个成年人了，而且好歹是个在东部号令一方的小可汗，那也是有自尊心的，怎么能被你这样子羞辱？

梁子就此结下。

从此以后，颉利再从他那里征兵征钱，突利就不怎么听话了。再后来，他还暗中和唐朝取得了联系，甚至悄悄上表请求入朝。

盛极一时的突厥一分为二成了东、西突厥，不可一世的东突厥又一分为三，成了大可汗、小可汗，还有早已跳反的薛延陀。

更窘迫的是，东突厥早先在唐朝边境安插的棋子也都一个个反水了。盘踞定襄的苑君璋已经归顺了唐朝，控制朔方的梁师都也已兵败身死。

东突厥对唐朝已经没有可以打出的牌了，而唐朝对东突厥却还有大把的后招。

形势已经很明显了，两国的攻守之势已经掉转，东突厥的失败只是一个时间问题。

李靖献玉玺

八月初八这天，唐朝和薛延陀正式公开结盟。

几乎在同一天，大力士张公谨也上了一道奏章，列出了东突厥可破的六大理由。具体我们就不多说了，总而言之就是内乱不止、兵马衰弱、粮草断绝、众叛亲离等。

看看吧，敌人都衰到这德性了，我们岂能坐失良机？

那是绝对不能的。

经过反复讨论之后，李世民终于决定开战，派出了六路大军，兵力共计十余万，全部归李靖节度。

玄武门之变的时候，李靖是中立派，还一口回绝了李世民的拉拢。但李世民并没有因此耿耿于怀。你不帮我，我就不用你了，那可不行。而是一如既往地器重他，这次还交给他攻打东突厥的大任，真是不计前嫌。

年近六十岁的李靖已经不再风华正茂了，是一位名副其实的老将。事实上他和太上皇李渊才是同时代的人，两人都是"六零后"（公元560年以后），只比人家小五岁，现在李渊都退休在家颐养天年了，他却还要披挂上马，去征战沙场。真是够辛苦的。

不过，对一位伟大的统帅而言，这并不是什么苦差事，而是无上的光荣，他将用彪炳史册的战功告诉世人什么叫老当益壮、老而弥坚！

贞观四年（630年）正月，六路大军准备就绪，李靖指挥中路军率先发起了攻击。

李靖打仗的风格大家都见识过，一般来说是不会按常理出牌的，你以为他往东，他就偏往西，你以为他要进攻，他就偏要防守。你以为他要防守了，他却开始进攻了。嗯，要不怎么叫名将呢？这一次也不例外，他采用的方式是奇袭。

他挑选了三千骑兵悄悄进驻到恶阳岭（今内蒙古和林格尔），然后在当天夜晚，以迅雷不及掩耳之势袭击了定襄。

这里的定襄并不是现在的山西定襄县，而是在大同西北十五公里的地方，古代有时候也称为"云中"，是东突厥在漠南的大本营，他们的牙帐（首都）就在这里，颉利可汗平时也在这里上班。

三千骑兵数量虽少，却都是唐军的精锐，而且借着夜晚的隐蔽性、袭击的突然性，足以让任何敌人防不胜防。

果然，颉利可汗没料到唐军会来打自己，被一战击溃，急忙带上部众家眷，连夜逃窜。

定襄一战，李靖占领了敌人的首都，拔掉了他们在漠南的最高司令部，收获非常之大。不过话说回来，突厥人毕竟不是农耕民族，首都丢了也没什么，大不了换个地方继续打游击就是，实力并未受到毁灭性打击。

李靖此战最大收获其实是两个人——萧后和杨政道。

他们在亲信的劝说下向唐军投降了。

萧后大家都认识，是杨广的皇后。杨政道则是杨广和萧后的孙子，他一直和奶奶萧后在一起。杨广死后，娘儿俩被宇文化及绑票，宇文化及失败之后，又落到窦建德手里，后来，窦建德又在处罗可汗的要求下把他们送到了东突厥。

处罗可汗为什么要把萧后他们接过去呢？因为萧后长得漂亮，虽然窦建德不好色，但处罗可汗是好的，这当然只是一方面。更重要的是，当时杨广已经死了，子孙也基本团灭，能代表隋朝正统的只剩下了萧后和他的孙子。因此处罗可汗把他们接过去之后，就让他们在定襄安了家，参照隋朝的模式设立了文武百官，并且以此招纳心向隋朝的遗民。这就给唐朝立国的正统性造成了巨大的政治压力，李渊和李世民无不为此头痛不已。

现在，萧后和杨政道都被送到了长安，李世民终于可以了却这块心病了。

但是,李靖仍然铁了心要给李世民一个惊喜,而另一个天大的惊喜,与这个惊喜相比,甚至连萧后和杨政道都不算什么了。

这个惊喜就是传国玉玺。

传国玉玺本身就是一个传奇。

在印章文化发达的中国,玉玺就是皇权。

秦始皇一统六国后,为了彰显自己的天子权威,曾精心挑选了一块世所罕见的蓝田玉制作玉玺(一说是和氏璧)。并让当时最著名的书法家、丞相李斯在上面刻了"受命于天,既寿永昌"八个大字,作为天子奄有四海的标志。

秦亡之后,玉玺被子婴奉给了刘邦。

西汉末年,王莽欺负孺子婴年幼,企图篡位,派他的弟弟王舜去索要玉玺,结果太皇太后王政君怒而骂之,把玉玺摔到了地上,破了一角。

王莽命工匠以黄金补之。

这个破了一角的玉玺,并没有因破损了而贬值,反而像美人的眉角上多了一颗美人痣一样,又凭空增加了更大的魅力(完整的玉玺可以造假,破了一角的能造得了吗?)。

其后玉玺又转为光武帝刘秀所得。

沿至三国时期,董卓作乱,这块玉玺被一位嫔妃系在身上投井,后来的事情大家都知道了。孙坚发现了它,并偷偷藏了起来,结果被袁术知道,强行夺走,两人也因此闹翻(这个故事听起来非常野史,但却是真实的历史,裴松之注引《三国志》时就特意提到过)。

其后玉玺又相继被魏、晋所得,延至南朝宋齐梁陈,直到隋文帝杨坚灭陈才重新回到了中央王朝手中。

而隋炀帝杨广倒行逆施、国破身死之后,这块玉玺又归了萧后保管,她被处罗可汗接走以后,这块玉玺也辗转到了遥远的漠北。

唐朝的皇帝因为没有这块玉玺,也只能重新刻了"受命宝""定命宝"

等几块印章。虽然也能凑合着用，但总归给人一种山寨货的感觉。

现在，玉玺回家了。

我们可想而知，李世民的喜悦心情是无法用言语表达的，因为得到了它，就象征着李唐王朝是"受命于天"啊。只是此时的李世民还不会知道，这块玉玺终将在唐朝灭亡之后落入军阀之手，并最终随着后唐末帝李从珂的死去而埋葬，从此再无人知道它的下落，而传国玉玺也就成了一个后人永远可望而不可及的秘密。

"双李"败可汗

逃出定襄之后，颉利可汗心里产生了一个大胆的猜测。

李靖的攻势太不寻常了，唐军要不是倾国而来，他怎么敢孤军深入？

想到这里，他不由得又往马屁股上抽了几鞭子，继续向北逃跑。在无休止的内斗和灾荒面前，这位大可汗已经失去了当年兴师渭水的勇气，而是变成了一个毫无斗志的胆小鬼，心里想的只剩下了逃跑、逃跑、逃跑。好在突厥人的生活方式比较简约朴素，帐篷里也没多少家具细软，逃起来不算困难，打个包袱，用马一驮就可以走了。

他打算先到碛口（今内蒙古善丁呼拉尔）去避一避风头。那地方离两国边境很远，中间隔着茫茫沙漠，到了那里应该就安全啦。而且，李靖此时也刚刚占领定襄，一时半会是追不上来了。

但是，不要忘了，另一位姓李的朋友——李勣也不是吃素的。在李靖夜袭定襄的时候，他就已经带着大军从云州连夜出发，赶到了白道。

这里的白道不是我们平时说的"黑白两道"的意思，而是一条真正的道路。因道路的两旁都是山，唯独路上的土是白灰色而得名。它始建于北魏孝文帝时期，因为北魏的老家在漠北，所以要兴建这条路以便回去巡视。这条道路从呼和浩特一直绵延到北方边境的武川镇，自那以后就成了草原上最重要的交通要道。

李勣之所以会来到这个地方，就是因为他算准了，如果颉利可汗逃跑的话，是一定会经过这里的。

情况不出所料，颉利可汗果然风尘仆仆地跑到了这里，遇到了以逸待劳的李勣大军。一番混战下来，又被打得丢盔弃甲。可谓刚挨了李靖一记掏心拳，又被李勣来了一脚扫堂腿，被揍得苦不堪言。

好在他运气还算不错，总算是杀出了包围圈，又带着一部分兵力逃到了铁山（今内蒙古白云鄂博）。

此时的颉利手下还有数万人，按说是实力尚存。

但是，李靖和李勣神出鬼没的战术已经把他吓破了胆，这个曾不可一世的可汗已经完全没有勇气再和唐朝对抗了。赶紧给写一封检讨信，派使者送到了长安。陛下我错了，您就放我一马吧，以后再也不敢惹事了，云云。并且表态，只要你们肯停战，哪怕让我入朝谢罪都可以商量。

颉利可汗派来的使者是我们的老熟人执失思力。他上次是盛气凌人地来，垂头丧气地走，这次则是垂头丧气地来，千恩万谢地回去。

因为李世民已经答应了他的全部条件。

不仅如此，李世民还派了鸿胪寺卿唐俭前去安抚他们。鸿胪寺卿是负责接待外国来使和少数民族事务的官员，相当于现在的统战部或是民宗委，唐俭也是李渊在晋阳起兵的从龙功臣，在朝中有很高的地位。

这样的礼节可谓隆重。

但是你要以为李世民已经一心和谈，放弃了对敌人穷追猛打的机会就大错特错了。

他的思想哪会有这么简单？

要知道在派唐俭出使突厥的时候，李世民还给李靖下了命令，让他去迎接颉利可汗。至于这个"迎接"到底是怎么个接法儿，大家可以自行理解，而且我们相信，对其中的意思，李靖同志是能够深刻领会的。

在"迎接"颉利可汗的路上，李靖在白道和李勣会合了。

两位不世出的名将早有惺惺相惜之感，此刻又见了面，彼此都非常兴奋。

几句寒暄之后，李勣一把拉住李靖的手，说出了自己的看法。

"颉利虽然打了败仗，但军力还很强大，如果让他跑到了碛北一带，仍然可以东山再起。那个地方路途遥远又交通恶劣，到时候恐怕就追不上了。现在，唐俭他们已经到了突厥营地，颉利一定会放松戒备，如果我们挑选一万精骑，带着二十天的粮草去袭击，一定可以不战而胜。"

李勣侃侃而谈的时候，李靖一直盯着他的眼睛看得出神。等他说完之后，李靖眼睛里也迸发出了兴奋的光芒，突然抬起手，拍掌大笑。

"你这一番话，乃是韩信灭田横之计呀！"（公之此言，乃韩信灭田横之策也）

真是英雄所见略同。李勣被老爷子夸了，也觉得很兴奋。

但中路军副统帅张公谨却不同意。"陛下都答应人家投降了，我们还去打，这样不太好吧。何况，我们的使者（唐俭）还没回来呢。"

看到大力士的心眼儿这么实诚，李勣不再说话了，因为这事他不方便表态，而要由主帅决断。

面对张公谨的反对，李靖一锤定音。

"打这一仗是为了国家，牺牲唐俭他们几个算什么？出了事责任由我承担！"（你再说一遍试试？——唐俭）

将在外君命有所不受，李靖敢于在战场上临机决断是需要很大勇气的。千百年后，我们在史书上读到这句话，也依然佩服他这种勇气。

于是唐军连夜出动，李靖部队在前，李勣部队在后，快马加鞭向铁山奔去。一路上，李靖马不停蹄越过了阴山，还俘虏了一千多帐的部众。

此时的颉利可汗正在铁山的大帐里，失落的心情里带着庆幸。

不幸中的万幸呀。虽然我军此战打得不顺，但李世民毕竟还是嫩了点，想当年在渭水的时候，放他一马已铸下大错。现在他居然也不把握机会，实在天助我也。就这样吧，先用和谈来稳住他们，等来年秋高马肥的时候再去算账。

不过表面上，他还是装出了一副诚心归附的样子，和唐俭等人就归附之后的事宜讨价还价，那个我的首都户口能不能解决，那个我老婆孩子是不是要安排个工作呀……

但李靖的部队已经越来越近了。

为了达到出其不意的效果,李靖命令苏定方率二百骑兵为前锋,袭击突厥大营。

苏定方这个演义中的大反派,其实是之后高宗朝最厉害的武将之一。不久前他刚刚从乡下被朝廷起用,虽然目前还只是一个给大名将李靖跑龙套的小军官儿,但很快他就将崭露头角。

这天夜里,突然下起了大雾。苏定方带领手下,在夜色和浓雾的掩护下,悄悄摸到了敌人的营帐附近。直到距离七里远的地方,惊惶的突厥军队才发现了他们的身影。

这支军队是从哪里来的?他们究竟有多少人马?突厥人并不知道。不知道的事情总是让人恐慌。与此同时,在苏定方的突然袭击下,他们发现组织反击也来不及了,于是只能在恐慌中溃败逃散。

苏定方抓住机会,乘胜追击,杀死了数百名敌人。

不多时,李靖的大军也迅速赶到,两军和并一处,将剩下的敌人全部歼灭。

不过,颉利可汗还是跑掉了,这倒不能怪唐军动作太慢,而是因为他的装备太好,逃跑的时候骑的是一匹千里马(颉利乘千里马先走)。可见当可汗还是有好处的,至少配的"公车"就比别人高级。

总的来说,唐军此战的战果非常可观,消灭突厥军一万余人,俘虏十余万,获得牲畜数十万头。除此以外,还杀死了义成公主,这个隋朝的宗室女就此结束了她坎坷传奇的一生。

唐俭等人也趁乱逃了出来,我们不知道他见到李靖时是一种什么表情,不过纵使嘴上埋怨,心里也想必会欣慰吧。因为李靖胜利了,而胜利者是不该受到指责的。

颉利在逃跑的途中很是郁闷,说好的和谈呢?谈着谈着你们就动手了,我当初跟你们谈的时候可不是这样的,唐朝君臣的良心真大大地坏了。不过,天无绝人之路,我们大突厥幅员辽阔,在漠北还有广大的领土,只要到了那里,将来一定要你们加倍奉还!

颉利一边想着,一边到了去往漠北的必经之地碛口。

但是非常不好意思。李勣又在这里等他很久了。

他和李靖一起出发之后,并没有去袭击铁山,而是一口气到了碛口,专门等着招呼颉利可汗。这当然也是他和李靖早早商量好的。

这就是兵法的玄妙之处,也是名将的过人之处,在你还没出招之前,他们就已经料到了你的后招,你的棋子还没落下,他们就算准了你的下步。和名将打仗就像和高明的老千赌博,只准你输只许我赢,你即使委屈即使不服,也只能干瞪着眼,因为你根本就看不出破绽。

颉利的北逃计划狠狠地撞在了两位名将为他量身打造的铜墙铁壁上,又狠狠地弹了回来,于是不得已再度踏上了逃亡的道路(还能逃出来,可见千里马真是有用)。

不过,逃走之前,颉利可汗的表现还是一如既往的大方,他留给了李勣一份厚礼——五万俘虏。

东突厥幅员辽阔,这不是吹出来的。即便在如此山穷水尽(牙帐被端,铁山大败,碛口再大败)的境地下,颉利可汗仍然有地方可去,这也可见当年的突厥是何等强盛。

颉利现在要去投靠的这个人叫苏尼失。他是启民可汗的弟弟,算下来还是颉利的叔叔。此人能力很强,治下的部落靠近灵州,局势一直比较稳定,本人没有二心,和他关系也不错。所以侄子突利可汗投靠唐朝以后,颉利可汗又让这位叔叔当了小可汗。

但是皮之不存,毛将焉附?偌大的东突厥都崩了,区区一个苏尼失又怎么能庇护得了他?

唐朝灵州方面军统帅李道宗很快得知了消息,率兵进逼,给苏尼失传了一句话。

"把颉利给我交出来!"

在大唐雄师的声威之下,苏尼失表现得非常果断,立即带人去找颉利,拿绳子一捆，交给了李道宗。同时自己也顺势过来投了个降。东突厥的那些头头脑脑们知道以后，也全部带着部众家眷们，前往唐军的大营报道。

从开皇三年（583年）到贞观四年（630年），东突厥享国四十七年，历十一代可汗，最终画上了一个对我们来说很是圆满的句号。从那之后，漠南地区为之一空，困扰隋唐数十年的边患一朝解除了，李渊、李世民父子曾承受的屈辱和不忿也烟消云散了。

东突厥灭亡了，一次伟大的胜利！

我不知道对这场胜利该如何评价，或许其中也有运气的因素，东突厥遭了天灾人祸，内乱不已，薛延陀又在背后偷袭。但是，唐朝开国仅仅十二年，贞观之治刚刚开始四年，就能消灭北方的大患，取得如此辉煌的胜利，实在是历代王朝里绝无仅有的。这不仅是李靖、李勣作为绝代名将的胜利，李世民作为千古一帝的胜利，也是整个大唐王朝空前的胜利。

这样的胜利，绝不是最后一次。

父子解心结

李渊已经很久没露面了，此前他刚刚从太极宫搬到了大安宫。

自从退居二线之后，宫里就变得冷清了许多，原先群臣膜拜、山呼万岁的景象已经不复存在，取而代之的是门可罗雀、少人问津。没人就没人吧，人总是要认命的，我既然不再是皇帝，这难道不是很正常吗？只要让我平静地度过晚年就可以了。李渊心里还算能看得开。

但就在几个月前，他却听到了一个悲伤的消息。

裴寂去世了。

他的死和李世民还有莫大的关系。

其实李世民刚登基的时候，对裴寂还是很客气的，官位俸禄一切照旧，论功行赏的时候给他的待遇也是举朝最高（食邑一千五百户，我们前面讲过）。

但是对这种事情，裴寂自己也很明白，这不过是皇帝安抚自己的手段罢了，同时也是做给太上皇看的。自己当年和他结下了那么大的梁子（害死刘文静），怎么可能跳得出人家的手掌心？

裴寂没有猜错。这些年来，李世民不仅没有忘记二人之间的恩怨，而且随着时间的流逝，反而记得愈发清楚。

这种怨念总会在有意无意之间流露出来。

贞观二年，李世民带领群臣到长安南郊祭祀。回来的时候，他热情地邀请长孙无忌和裴寂一起乘坐自己的马车。

"搭我的车吧，我亲自送你们回去。"

长孙无忌自然不用客套就上去了，大舅哥和妹夫谁跟谁呀，但裴寂怎么好意思？自己这个"前朝余孽"能保住脑袋就算不错了，哪还敢再蹬鼻子上脸。

于是极力推辞。

但李世民却意味深长地说了一句话。

"公有佐命之勋，无忌亦宣力于朕，同载参乘，非公而谁？"

这话表面上说得何等漂亮，"佐命""功勋"，非公而谁。可实际上我们稍加思索就会发现其中饱含的深义：你是太上皇的人，无忌是我的人，所以才请你俩上我的车。

是啊，我是太上皇的人，却不是皇上的人。我能上车也不是因为皇上器重我，而是因为太上皇的面子，既然如此，我又何必再矫情呢。

话都说得如此直白了，裴寂无法再拒绝。

他不得不硬着头皮上了车，但这一路却比爬回去还要难受。

回去不久，他就上表请求辞职。

但李世民却拒绝了。辞职？这么快就想全身而退，那也太便宜你了吧。

几天之后，一个叫法雅的和尚落网了，罪名是妖言惑众。

李渊在位的时候，这个和尚经常出入皇宫大内，吃香的喝辣的，还被奉若上宾，李渊退位后，这些佛道术士之流都被禁绝，一下失去了往日的尊宠。法雅因此心生怨恨，散布了一些反动言论。按理说，散布妖言也不是什么大案要案，该杀杀，该罚罚，依法处理就可以了。

但李世民却从他口中得到了自己想要的东西。

因为法雅说了一句话。

"这些话（妖言），裴寂都知道。"

裴寂？裴寂怎么会知道呢？那就只有天知地知你知我知了。按说法雅这句话只是一面之词，仅凭这个是无法立案的。但就是靠着这句话，李世民免去了裴寂的一切官职，把他赶回了山西蒲州老家。

裴寂没有说什么，收拾收拾家当就赶紧回去了。从那以后，他就闭门谢客，深居简出。

这样，或许还可以保全余生吧。

但是不知怎么的，那些搞邪门歪道的人却还是像认准了他一样，削尖了脑袋要找上门来。

另一个妖人出现了。

这人对裴寂的家童说"裴公有天分"（做天子的福分）。家童把这话告诉了管家，管家又把话上报了裴寂。

裴寂听后大惊失色。

如果是李渊在位的时候，他肯定不用犹豫就向上汇报了，而李渊也肯定会一笑了之，裴寂当天子？那就让他来当好了。但现在不同了，本来皇上就对自己有意见，天天等着揪小辫子，自己要是再去厚着脸皮说"有人说我要当皇帝，陛下您看怎么办？"那不是没事找抽嘛。

这时，那个妖人已经去世，裴寂便决心拿家童开刀，立刻命令管家把他杀掉灭口，免得再传出去节外生枝。但是，这位管家和家童却是有感情的，他没有听从主人的命令，而是悄悄把人放了。

不久之后，裴寂发现，这个管家不仅没有把事情办利索，还贪污了家里的钱，十分恼火，打算把他抓起来治罪。

而为了保住自己的小命，管家也索性先下手为强，跑到长安，向李世民告了裴寂的状。他竹筒倒豆子，把"裴公有天分"到企图杀人灭口全都一五一十地揭发了出来。

李世民听后顿时大怒，对着身边侍臣历数了裴寂的四大罪状，大意是

"结交妖人、目无尊上、匿而不奏、杀人灭口"。这几条罪名逻辑清晰、用词准确,而且滴水不漏、一气呵成,真不知道李世民为此打了多少遍腹稿。

裴寂啊裴寂,你的死期要到了吗?

但李世民的心还是不至于这么狠的,他虽然有时很冲动,但处事还是很宽大的。而且考虑到裴寂在前朝的巨大影响,以及和老爹的交情,最终还是把他免去死刑,流放到了静州(今四川旺苍)。

静州虽然没有交州的瘴气,但对裴寂这个出身山西的北方人来说,气候也是非常潮湿、闷热的。

气候不适、年事已高,再加上心情抑郁,裴寂最终死在了那里。

本来因为玄武门之变,李渊父子之间的关系就已经降到了冰点,现在自己的好友又撒手人寰。李渊不能不把这笔账算到李世民头上,你到底还让不让我好过了?皇位都让给你了你还想怎么样?!

回忆起几个月前的事,李渊非常伤心、失落、愤懑,满腔的怨怒之情无处发泄。

正在这时,宦官过来禀报,皇上要过来拜见。

皇上总是会例行过来请安的,这也很正常。

古代社会都崇尚孝道,即使李世民是逼父退位,父子闹翻,但是在面子上也必须表现得恭恭敬敬的,否则,他就一定会被天下人耻笑。

听着李世民过来的脚步声,李渊并没有表现出应有的亲热,而是生气地把脸扭到了一边,等待着他例行的问候,然后识趣儿地退下。

但今天李世民却表现出了少有的兴奋,自从父子闹僵之后他还从没有这样兴奋过,他这次也带来了一个不同寻常的人。从脚步声听上去,其中有着中原人少有的粗犷,但看他的神态,却比中原人更为拘谨。

李渊忍不住回过了头,看到了这个人,失声喊了出来。

"这难道是颉利……?"

他惊诧地张开了口,似乎不敢相信自己的眼睛。

但李世民用坚定的眼神告诉父亲,他没有看错。

颉利怎么来到这里了？李渊的好奇心已经完全盖过了他的愤怒，父子之间的话匣子一下打开了。

李世民赶紧向前走了一步，把东突厥如何分裂衰落，自己如何排兵布阵，李靖、李勣如何长途奔袭，以及李道宗如何把颉利生擒都绘声绘色地描述了一遍。

听完之后，李渊仿佛还意犹未尽，长长叹息了一声。

"当年汉高祖在白登被匈奴围困，至死也未能报仇。现在我儿子能一举灭亡突厥，足以证明我托付得人啊。既然如此，夫复何忧？"（吾托付得人，复何忧哉）

这天晚上，太上皇李渊在凌烟阁设下了宴席，召集十余个旧臣，以及诸位亲王、王妃和公主来赴宴。

酒喝到兴处，李渊饶有兴致地弹起了琵琶，李世民也情不自禁地跳起了舞。

李世民这一跳，化解了父子之间多年的隔膜。公卿大臣见状也打心底里高兴，大呼万岁，纷纷起身为太上皇祝寿，一直欢庆到深夜。

真是难忘的一天呀。

在这里，我要特别说明一下舞蹈。

很多人看到李世民跳舞的描述可能会觉得不可思议，堂堂一国之君，在众位大臣面前，上蹿下跳的有点不像样子吧？

对此我要说，您多虑了，其实，舞蹈本就是华夏民族表达感情的一种很重要的方式，尤其唐代又受到游牧民族影响，更加热情奔放。不管在什么场合，不管是什么身份，都可以用舞蹈来表达自己的情感。当年苏威以八十多岁高龄拜见李密的时候，就曾兴奋地跳起了舞，李白作别汪伦的时候"忽闻岸上踏歌声"，这里的"踏歌"也是一种民间流行的舞。这些舞蹈，一直到了宋朝还经久不衰。

只是后来随着理学的发展，大家都变得越来越严肃、越来越古板，不再流行这个了。我无论如何也想不出朱元璋、朱棣、康熙跳舞会是什么样子。

东突厥的覆灭 | 091

就这样,我们的华夏民族渐渐和能歌善舞无缘了,我们也成了世界上最少年老成,最老气横秋的人们。谈及此事,似乎可为一叹。

第六章 天可汗时代

请进来？赶出去？

东突厥灭亡了，四方部落的首领都见识到了唐朝的声威，纷纷过来抱大腿，为了以示尊崇，他们还一致给李世民上了一个别出心裁的尊号：天可汗。

其实刚听到这个称呼的时候，李世民是拒绝的。因为你不能让我当，我就马上当（我为大唐天子，又下行可汗事乎），第一，我要考虑一下，自己是不是真的可以，要不然大家一定会骂我。第二，我也得研究研究这天可汗到底是个啥意思。但是满朝文武大臣，还有四方首领都来劝谏"大家已经共同推举了，非您莫属。""普天之下都是您的子民，又何必推辞。"李世民才终于不再推崇，接受了这个称号。

也是从这时起，李世民就不再仅仅是中原的皇帝，也成了当时天下的共主。理论上来说，四方的部族都应该听从他的号令。

安史之乱后的一段时间，唐朝变得藩镇林立，不复昔日的盛况，而北方的回纥则兵强马壮、盛极一时，但是骄傲的回纥人却仍然用天可汗来称呼当时的皇帝唐代宗。

只因为百年之后，天可汗的威名依然存在。

"天可汗"这个称呼，不仅象征着李世民划时代的武功，也是他给后人留下的一笔无形的遗产。

东突厥的崩溃使唐朝空前拓展了疆土，获得了大批降众，这批降众里不仅有突厥人，还有很多中原人。

这些中原人里，很多都是为了躲避隋末战乱跑到塞外的，据户部统计，仅大战前后从塞外归来的就超过了一百万，再加上过后回来的自然更多。这些人是比较好安置的，从哪里来就回哪里去，背井离乡的日子里，他们受尽了苦难，现在终于能回家了。

回家吧，这个王朝不再是群雄混战的隋朝末年了，这个时代也不再是视人命如草芥的时代。这个时代有一个新的名字，叫做贞观。在这个时代里，你们不要被强迫去服什么苦役，不要害怕土匪流寇抢劫，不要担心官府欺压。你们可以像历史上最太平、最安定的时代的百姓一样，安居乐业。

回家吧，想种地的就去种地，想读书的就去读书。你们将和其他的百姓，一起见证这个伟大时代的进步和成长！

中原的百姓算是有着落了，但是，那些土生土长的突厥人该如何安置却成了一个棘手的问题。他们的人数也不少，算下来也有个十多万。

围绕这个问题，唐朝高层展开了激烈的争论。

在史书记载里，几乎每个有名有姓的大臣都提出了自己的意见，并且毫不相让。

由于篇幅所限，我们就仅说说其中两个代表性的观点吧。我们姑且把双方称为"鸽派"和"鹰派"。

鸽派的代表是温彦博，看姓氏就知道了，这家伙肯定是那种温文尔雅、文质彬彬的人，不管对谁都是慢条斯理的，对突厥人自然也宽容得很。

他觉得突厥人的国家都灭亡了，百姓都无处可去。如果朝廷弃而不纳，是不符合天地之道的。所以他主张把突厥人安置到黄河以南，充斥边疆，同时保全他们的部落风俗，这样就可以永远成为中原的屏障。

对这种观点，鹰派的代表人物魏征不屑一顾。

突厥人历来就是塞外的强盗、国家的仇人。这帮人简直就是人面兽心啊，你强大了他就归附你，你衰弱了他就欺负你。对他们有什么好客气的，不全部杀掉都算他们走运。

什么？你还说要把他们迁到黄河以南搞同化政策？拜托，当年的五胡乱华已经让我们吃够苦头了，还不长点记性！突厥人现在虽少，也有个十来万，只要让他们在国内待上几十年，人口就能翻倍。嘿嘿，到时候你就看吧，必定后患无穷。

依我之见，不如把他们全部远远地驱逐到塞外，从哪里来就滚回哪里去，谁都不欠谁的。

鸽派温彦博依然不温不火，又不紧不慢地开始引经据典。

君王对于天地万物都要有所包容。现在突厥前来归附大唐，岂有拒而不受之理？孔夫子曾经曰过——有教无类。我们教育人不要分什么民族、种族。如果我们在危亡之际拯救了突厥人，然后教他们生产生活，学习仁义礼教，几年之后，他们就会感恩戴德，妥妥地变成我大唐子民。像那些首领、酋长什么的，可以挑选他们入朝宿卫，一来可以看住他们，二来他们也会敬畏唐朝的天威，又能有什么后患呢？

其实客观来说，双方的观点都不是没有道理，但魏征却有些偏激了。虽然他深爱着自己的国家，憎恨那些来中原烧杀抢掠的强盗，但现在形势已经今非昔比了。

因为唐朝已经不是几年前那个一穷二白的唐朝了，而是一个朝气蓬勃、蒸蒸日上的东方帝国。李世民也不要只做中原的皇帝，他要做一个控御四海、万国来朝的天可汗。

对付突厥人，他有这个自信。

于是这一次，他非常罕见地没有听取魏征的意见。

在李世民的授意下，朝廷把突厥上层人物颉利可汗、阿史那思摩、执失思力、契苾何力（铁勒部）等人都安排做了官。整个部落除了逃走的，基本都保留游牧习俗，迁到黄河以南。唐朝还在东突厥故地设置了州和都督府，原先的酋长也摇身一变成了唐朝的地方领导干部。

这个统治策略就是所谓的羁縻政策。

按这个词本意来说，"羁"就是马笼头，"縻"就是牛缰绳，又是笼马又是牵牛的，凑一起就可以引申为笼络控制。那么羁縻政策用书面语来说就是，一边用军事和政治压力加以控制，一边以经济和物质利益给以安抚。

它还可以有个更形象的叫法——大棒加胡萝卜。

说句实在话，李世民不是没有好大喜功过，民族政策也确实够宽大，但很多事情上他并不纵容。为了安抚人心，他给过突厥人一些好处，但在大家的提醒下，也没有超过必要的限度。对突厥人违法乱纪的行为，他也绝不姑息，绝不会因为你是少数民族，不懂中原法律就罪减一等，在史书上我们能看到不少突厥官员因罪被判刑流放的记载。

总而言之，他采用的是民族平等政策，而不是民族歧视政策，既不歧视少数民族，也不歧视主体民族。

自古皆贵中华，贱夷狄，朕独爱之如一。（李世民）

这种观念无疑是超越时代的，也是值得后人借鉴的。

老将李靖

谁都不会否认，唐灭东突厥一战最大的功臣是李靖，他以六十岁的高龄出征塞外，立下赫赫战功，完全可以媲美于古代的伟大名将卫青、霍去病。

但李靖凯旋回到长安后，迎接他的却不是鲜花掌声和高官厚禄，而是一纸弹劾的奏章。

奏章的上报者是御史大夫（类似于中纪委书记）萧瑀，他在其中指责李靖治军没有法度，抢掠突厥的宝物（御军无法，突厥珍物，虏掠俱尽），并请求皇帝把他逮起来，交付司法机关审查。

萧瑀出身南梁皇族，是简明帝萧岿的儿子，萧后的堂弟，此人一向心高气傲、性格强硬，做事也严厉刻板，不太善于搞人际关系。

但他这次弹劾李靖，却还有另外一层原因——为姐姐出头。

他的堂姐萧后在突厥待了很多年，在这个陌生荒凉的地方，她一度过得非常苦闷，甚至觉得生命都失去了乐趣，在那个时候，正是义成公主热情地向她伸出了双手，照顾她、安慰她，才让她坚强地活了下来。两人因此结下了非常深厚的感情。

但是没想到，李靖却连声招呼也不打，直接就把义成公主给杀了，这让失去闺蜜的萧后悲痛不已，整日哭泣不停，以泪洗面。

说真的，我很奇怪萧瑀是从哪得到李靖抢掠宝物的证据，也不知道怎样才算治军有法，可李世民却偏偏相信了这一面之词。

尽管他把案子压了下来，到底没有真的把李靖交给大理寺（法院）审判，但还是把他叫来，狠狠骂了一顿。你说你那仗怎么打的，治军就不能严格点吗？要不是念在你有功的份儿上，我一准把你撤职下狱。

面对同僚的恶意排挤，皇帝的无端训斥，李靖表现得非常平静。没有辩解，没有争论，就是把帽子一摘，不停地叩头谢罪。陛下我错了，您看着处理吧，怎样我都没意见。

李靖这种处事态度实在超脱、淡泊，看起来就像一个佛系男子，什么都可以容得下。

这种态度终于让李世民觉得不好意思了。过了一段时间以后，他想起了这件事，于是召见李靖，封了一个左光禄大夫，赐给绢一千匹，食邑五百户。

这些赏赐是非常够意思的。左光禄大夫是个从一品的散官，品级已经非常高了，而品级直接决定了你的工资待遇，多少奖金，多少补贴。至于绢，在当时是当钱用的，可以和货币铜钱无缝兑换，一匹绢就相当于好几百文，那么一千匹的购买力大家可以算算。而食邑五百户，更是开了一张长期饭票，可以子子孙孙代代享用了。

李靖终于可以扬眉吐气像个打胜仗的样子了。

可李世民觉得对李靖的补偿好像还不够，没多久又再次赏了两千匹绢，还任命他当了宰相（尚书右仆射）。

"以前有人说你的坏话，现在我已经醒悟了，你可不要挂在心上呀。"

李靖再次拜谢。

自古以来，出将入相就是无数有识之士的终极追求，也是考验一个人是否才兼文武的最硬标准，但可惜的是，由于这项成就对天资和努力的要求太高，能达成的人实在寥寥无几，在李靖之前被人记住的大概也就只有姜太公、周公旦、吴起、诸葛亮等几个人，两只手就可以数过来。

而李靖是唐朝的第一人。

但是出将入相的李靖却没有居功自傲、沾沾自喜，而是变得比之前更加佛系了，每次宰相们开会要发言的时候，都恭谨地像是说不出话来（每与时宰参议，恂恂如不能言）。

有人可能会觉得奇怪，李靖当宰相分明是当之无愧的啊。不管是论才能，还是排资历，他都完全有资格，何苦要这么小心？甚至是畏首畏尾呢？你纵横沙场，追亡逐北的气概都跑哪去了？

其实这层原因即使李靖不说，许多人也能明白。

因为他不是李世民的嫡系。虽然他曾被李世民救过一命，也一起打过几仗。但在唐朝立国的大战中，他的主要精力都是用来平定萧铣、辅公祏等人的，和李世民共事的时间并不多。玄武门之变中，他又保持中立，从此失去了成为李世民嫡系的机会。

虽然李世民不会记恨他，但也总不会完全信任他吧。

李世民并不像史书中总是一副慈眉善目的形象，如果真有那样的人，他是当不了皇帝的。任何人只要坐上那个宝座，就再也做不回普通人了。宝座之上高处不胜寒，他要保持高度警惕，整日提心吊胆，要时时刻刻提防别人谋害自己、欺骗自己、掌控自己。他要对别人使用一些驾驭的手段，既要让他们踏踏实实干活，又不能让他们翘尾巴。

萧瑀的弹劾可能是真的，也很可能是假的，但李世民仍然本着宁可信其有不可信其无的原则当真了，这就是他的帝王心术，也是对李靖的一种敲打。

"不要以为打胜了就万事大吉了，你要时刻记得，我是你的老大！你要乖乖听我的！"

幸运的是，李靖足够聪明，也够有悟性，从这点上来看，他比日后那位不成器的学生要强得没边儿了。

封禅不封禅

唐朝的国力越来越强盛,军事力量也越来越强大,李世民难免有些心高气傲,有时候也忍不住想搞一些腐败活动。

他开始让人修建一些宫殿和园林,甚至还想重建洛阳宫,这可是当年他下令拆掉的呀。好在朝中还有魏征、张玄素等人拦着、劝着,并十分不客气地拿着夏桀、商纣、杨广等著名暴君和他作比较,他才暂时放弃了这些念头。

不过,有一个古往今来帝王的终极梦想,他还是很想实现的。

这个梦想据说从舜、禹那时候就已经开始了,一直到秦汉王朝都还在实践着,甚至连沉默寡言、喜怒不形于色,貌似对汉室忠心耿耿的刘备都渴望自己有那么一天。

这个梦想就是封禅。

封禅两个字可以分开解读,"封"就是祭天,"禅"就是祭地,连起来当然就是祭祀天地,古代那些德高望重的帝王都会在太平盛世、大功告成的时候举行这一典礼。

典礼举行的地点就在泰山。

因为泰山是辽阔的华北平原上最高的山,古人认为这里离上天最近,帝王作为天子,自然要到这里向上天汇报自己的功绩。

秦始皇一统天下后曾经去过,在那里留下了为自己歌功颂德的石碑石刻。汉武帝平定匈奴后也去过,为了纪念这件自己生平中最重要的事情,他还把当年的年号改为了"元封"。光武帝也去过,他打败了王莽,剿灭了赤眉军、绿林军,恢复了大汉朝的正朔,自然也是有理由去的。甚至据守四川一隅的刘备都梦想着要去,虽然他最终也没有去成,但他给两个儿子起名刘封、刘禅早都让这份野心"昭然若揭"。

李世民当然也想去,因为他知道自己有这个资格。

尽管他一直没有说，但大臣们可不肯放过这个表现的机会。

从贞观五年开始，李孝恭、武士彟（武则天的父亲）等人就请求李世民去泰山封禅。

但李世民全都回绝了。

直到贞观六年正月十九日这天，文武百官突然像约定好了似的，几乎异口同声地再次请求李世民去泰山封禅。

他依然没有同意。

"你们都觉得去泰山封禅很光荣是吧？我却不这么看，如果天下安定，百姓富足，即使不去封禅，又待如何？以前始皇帝喜欢封禅，汉文帝却不搞这一套，后代难道就觉得汉文帝不如始皇帝好了？"

"何况祭拜天地有的是时间，也有的是地方，何必非要去泰山上封建几个土台子呢？我看这事儿就大可不必了吧！"

但文武百官还是极力请求。

因为请求封禅就像夸人，一个劲儿地夸皇帝厉害，虽然不见得能捞到什么好处，至少不会挨批评吧。

李世民终于心动了。

虽然我之前说没必要，但既然大家都让我去……

然而，魏征还是非常及时地给他浇了一盆冷水。

"陛下不能去！"

李世民有点生气了。

本来我也没说非要去，都是大家一致要求。现在我拗不过他们，我不抬杠了，你又出来搅和什么呢？

以下是问答内容，请大家耐心看完。

"你不让我封禅，是认为我的功劳不够高吗？"

"够高。"

"德行不厚吗？"

"很厚。"

"大唐不安定吗？"

"安定。"

"四方蛮夷不归服吗？"

"服了。"

"这几年收成不好吗？"

"很好。"

"符瑞没有到吗？"

"到了。"

李世民的鼻子都要气歪了，那你还跟我较什么劲？故意找茬儿的吧？

魏征顿了口气，缓缓地说道：

"陛下虽然有这么多理由去封禅，但我却觉得还不够。"

"你说，哪里不够？"

"我们国家起自隋朝大乱之后，户口还没有恢复，粮仓也还空虚。陛下的车驾去泰山，一定会有大量的车骑随从，路途劳顿，必然耗费巨大，难以承担。而且陛下封禅泰山，四方国家一定会派来使节，现在从长安到泰山，人烟稀少，灌木丛生，这等于是向人家示弱呀。而且人既然来了，赏赐供给也少不了，到头来还得让老百姓承担。这种慕虚名而处实祸的事情，陛下怎么能干呢？！"

魏征滔滔不绝地说完之后，李世民不说话了，朝会因此不欢而散。

而魏征似乎也有点乌鸦嘴，说完没几天，黄河一带就发了水灾，大家都忙着抗洪抢险，封禅这事也就顾不上讨论了。

佛家里有句话叫"无欲则刚"，意思是说一个人如果没有欲望的话，他就什么都无所畏惧，什么都不会害怕了，这象征了一种至高的人生境界。

但我想说的是，没有人能做到"无欲"，绝对没有。

因为每个人都有七情六欲，没有欲望那是不可能的，上学的想考个好成绩，当农民的想要个好收成，上班族想多挣点钱不加班，当老板的则想人家光干活不要钱。这些欲望或大或小，都是人的本性决定的，没什么好遮掩的。即便修行的人，不也在追求死后上天堂或是去极乐世界吗？那也是欲望的一种啊。

所以我觉得，我们应该退而求其次，不追求没有欲望，而要追求克制，克制那些不好的欲望。

比如我们今天想睡懒觉却还要上班，那就不能睡了，得赶紧去啊；今天想打游戏但作业还没做完，那就别玩了，赶紧做吧；比如小偷想扒个钱包，但是突然意识到别人赚钱也不容易，就停下了第三只手……如果能做到这些，也算是个不错的人了。

当然了，即使我们能做到这些，比起李世民来也还差得远。

因为皇帝身份决定了他几乎是无所不能的，同时也决定了，除了魏征这样的人，几乎每个人都会迎合他。

他想打猎肯定有人牵马，想盖宫殿就有人征地，想不上班也指定有人鼓掌劝他好好休息保重龙体，想去封禅，依然会有大大小小的各级官员上书怂恿。

他克制自己的欲望要比我们这些普通人困难得多。

可李世民还是做到了，自魏征劝谏之后，唐朝的经济继续恢复发展，国力继续蒸蒸日上，武功也一天强过一天。虽然他还是萌生过去封禅的打算，但他却明白，有些事情要比封禅这面子工程重要得多。于是，终其一生，也没有成行。

李世民，虽然泰山上从没有留下过你的足迹，但我知道，你比任何人都有资格登上它。

温暖的王朝

现在有很多专家教授都喜欢炒作地球变暖，听起来似乎吓人得很。二氧化碳浓度越来越高了，气温越来越热，环境也越来越恶劣，我们地球人要怎么活啊？

我虽不才，也觉得这观点有哗众取宠的嫌疑，而且还要再送他们四个字"杞人忧天"。

因为地球上的气温本来就是呈寒冷交替变化的。

有时候就是很热，比如远古时期，曾热到现在的京津地区都能遍地跑大象（想象一下，西单王府井生长着茂盛的热带雨林，象群慢慢悠悠经过的场景）。有时候也很冷，比如冰川时代，冷到岭南两广地区都被白茫茫一片冰雪覆盖了。

到了文明时代，气候变化不是那么剧烈了，当然，也可能是我们文明诞生的时期太短，还没有赶上气候剧变的时候。但由冷到热再由热到冷的规律是没有改变的。

就在我们中国短短几千年的历史中，气温也经历了温暖期和寒冷期交替变化的过程，这些都有历史记载可循。冷的时候我们就不说了，现在就不怎么暖和，单说热的。

比如商朝的时候"商人服象，为虐于东夷"，就是商朝人骑着大象去攻打东夷人，考虑到大象只在热带、亚热带生存，足见当时气候之温暖。

比如春秋时期"橘生淮北则为枳"，虽然这意思是橘子长在淮北不好吃，那毕竟也能生长啊，现在好像连存活都难吧。

再比如唐代，也是一个典型的温暖期。

那时候，四川还能出产荔枝，杨贵妃因为生于四川，所以偏爱这种童年记忆的口味。杜牧的诗"一骑红尘妃子笑，无人知是荔枝来"。就是历史上的真实写照，而我们现在要种植荔枝，恐怕只能到两广和海南去经营了。

当时，关中地区曾经连续近四十年冬天不下雪，气温常年保持在0℃以上，长安有大片的竹林生长。山西那边植被茂盛，沃野千里。西北地区的陕北、甘肃也是气候宜人，一度富甲天下。

温暖期有很多好处，至少冬天不用挨冻了，节约能源还节约布料。降水也更为充沛，不用总是眼泪汪汪地去龙王爷那求雨。相应地，农业产量变大了，同样的耕地可以养活更多的人。

更因为气候温暖，塞北一些本不适宜耕种，只能生长牧草的地方，这时也可以开垦农田了。以前，中原王朝即使打下北方的土地也不能长期占领，现在，唐朝人居然欣喜地发现他们已经可以在此立足。

正是借助着温暖期,我们这个农耕民族把国境线向北推进到了极致。

这个时期就是唐朝。

唐朝的强大不能仅仅归功于气候,但至少离不开气候。

话说回来,老天是公平的,温暖期也不会只温暖你一个国家、一个王朝,那时候唐朝周边的政权也空前绝后地旺盛,原本名不见经传的民族、部落,也都在这一时间雨后春笋般冒出来了,有的还给唐朝造成了很大麻烦。

我们就从它开始讲起吧。说的就是你,吐谷浑。

吐谷浑既是一个部落名,又是一个人名,虽然名字里带个吐,但其实一点也不土,反而还挺洋气的,他们的姓氏是慕容。

没错,就是姑苏慕容复那个慕容,虽然武侠小说里慕容复想要复兴的是燕国,但如果他的历史原型真实存在的话,说不定也要把吐谷浑一块恢复了。

因为不管是"燕"也好,还是"吐谷浑"也好,都出自同一支祖先——鲜卑慕容部。

鲜卑也是一个古老的部族。

在很久很久以前,匈奴被两汉王朝打得落花流水之后,草原出现了权力真空,填补这个真空的就是他们。东汉时期,鲜卑大人檀石槐一度统一了大半个草原,给中原王朝带来了巨大的边防压力。三国时期,鲜卑分裂,不过实力还尚存,读过《三国演义》的一定会知道那位鲜卑大人轲比能(他死得很惨)。

到两晋时期,五胡乱华,鲜卑人争先恐后南下,成了作乱的主力。慕容部、宇文部、拓跋部等先后入据中国故地,建立了国家。其中拓跋部建立了北魏,宇文部则在后来建立了北周。

这个慕容部虽然不如另两部发展得好,但起兵却是最早的。慕容部生活的地方在辽东,所以建立的政权大都以邻近的"燕"地命名,如前燕、后燕、南燕、北燕。又因为慕容部是从辽东起家,所以诸燕控制的地盘也主要局限在东北、华北一带。可唯有这吐谷浑是个例外,居然扎根在了大西北,还是在高原上。

这里面有个典故。

慕容吐谷浑是鲜卑慕容部酋长的儿子,他的弟弟是前燕开创者慕容廆(wěi),两人的感情本来非常好(注意是本来)。既然说了是本来,就说明他们后来不好了,其原因也无非是受到了小人的挑拨,有了误会,以致越闹越大,最后分了家。

当时慕容部还很穷,即使兄弟俩都是酋长的儿子,也得出去放羊、牧马,维持生活。

有一次,不知怎么的,兄弟俩的马群发生了冲突,结果弟弟慕容廆的马受伤了。他非常生气,派人去责备慕容吐谷浑。

"我们早就分家了,你放马的时候怎么不离远点?故意欺负人吗?"

吐谷浑也一肚子委屈。

"马是畜生,畜生为了吃草喝水打个架不是很正常嘛?你怎么能因为这个埋怨我?你要真想恩断义绝,也行,我现在就走,走出一万里去!我成全你!"

说完之后。吐谷浑就头也不回地走了,带着他的部下,赶着他的牛羊马儿,直奔西去。

慕容廆本来还在气头上,但是看着哥哥越走越远,心里也越来越不是滋味,终于后悔了,急忙派人去追。

吐谷浑见到了来劝他的人,但他的心意却早已坚定,于是平静地对来人讲了一个故事。"我们的祖上曾经算过一卦:先父的两个儿子,福泽都会遗传给子孙后世。我虽然是哥哥,却是家里的庶子,而弟弟才是嫡子。嫡庶有别,按说没有一起兴盛的道理。我们因为马匹的事情相争,或许就是天意吧。"

为了确信这究竟是不是天意,吐谷浑使用了自己的证明方式。他继续对着来人说。

"你们就试着把我的马往回赶吧,只要能把马赶回去,我就跟你们走。"

慕容兄弟生活在一个兵荒马乱的年代,那时候人们但凡出门,都得带点武装，以防被人劫财劫色，而慕容廆派来的人就带着大队骑兵，足有两千人。

两千骑兵赶一群马，按说是件很容易的事情。他们熟练地驱赶着吐谷浑的马匹向东走。但是，仅仅走出了三百步，这些看起来驯服的马儿居然全都高声大叫，掉头西跑。任他们鞭打阻拦都无济于事。

来人还不甘心，又一连试了十余次。

但是很遗憾，马儿还是不听话，仍是可着劲儿向西走。

这下他们不得不承认，只有用天意解释才能说得通了。于是全部翻身下马，跪倒地下。

"我们都看见了，这真不是人力所能改变的（此非复人事）。"

吐谷浑深情地看了他们一眼。

"回去转告弟弟，我们的子孙都会繁荣昌盛的。"

言罢，他义无反顾地踏上了西去的道路。

来人也都和他挥泪作别。

吐谷浑踏上了漫漫的西行之路，一直走到了陇西，在这里，正好赶上了西晋大乱，于是随着胡人的乱兵南下。

因为他胆识过人，意志坚定，再加上有点私人武装，所以一来二去就慢慢占据了甘陇地区，成了西部边陲一支举足轻重的力量。

吐谷浑除了事业有成，在某些方面也很生猛，居然一口气生了六十个儿子，这数量真是让人叹为观止，足够编成一个加强排了。而且就像卦辞上说的那样，他的子孙也个顶个的争气，继承他的遗志，不断发展壮大，最后把青海、甘肃都给拿下了，并且以"吐谷浑"这个名字为自己的政权命名。

他弟弟的后人，还有慕容部的其他人建立的诸燕政权，虽然兴盛一时，却不过是昙花一现，都是短短几十年就走向了覆灭。

而吐谷浑政权居然一直延续到了隋唐时期，单从时间上看就已经接近三百年，这不能不说是一个奇迹。

第七章　摧毁吐谷浑

大忽悠慕容伏允

　　对他们自己来说，吐谷浑立国的故事是一段传奇，但对中原的百姓来说，就几乎称得上是一场噩梦了。

　　因为他们是游牧民族。

　　只要是游牧民族，就难免会染上喜欢抢劫的毛病。

　　这也是没办法的事。虽然那时候是温暖期，高原上的气候好了很多，粮草物资也比以前更丰富，但有更富足繁荣的中原摆在眼前，他们也不会放过这块肥肉。仅仅在隋、唐两朝，吐谷浑侵扰边境的记载就屡见不鲜。

　　可中原王朝偏偏奈何不得他们。因为他们的家在高原啊，世界上最高的高原！尽管比起另一个邻居来说，他们的海拔还差了那么一点点，但也有个四千多米了，这已经足够让任何王朝的军队视若畏途。

　　不过也有例外，至少杨广是不信这个邪的。

　　虽然他干了很多混账事，穷兵黩武、好大喜功，但我们不得不承认，他还是干了一些实事儿的——尽管方式有很大问题。杨广曾经两次派大军征讨吐谷浑，占领了大片土地，并设立了四个郡，一度压迫得他们非常难受。

　　但不久之后，隋末大乱，吐谷浑又得到了喘息的机会，渐渐又恢复了以前的旧地，甚至变得更加强大。

　　连李渊在平定李轨的时候，都派人去拉拢过。

有了老李和吐谷浑这层关系，唐朝和吐谷浑算是沾上了一点传统友谊，但吐谷浑对边境的侵扰仍然频繁。唐朝那时候因为根基未稳，国内的事情太多，皇帝大臣都忙得很，也只能对其采取防御政策。

直到李世民登基后，还不断地派使者去搞友好邦交。

李世民的安抚似乎有了效果，贞观八年（634年），吐谷浑居然破天荒地派了使团来朝贡。但在回去的路上，他们的老毛病又犯了，一时手痒难耐就把鄯州（今青海乐都）抢掠了一番。

李世民不得不过问了，派去使者责问，要求他们的可汗入朝。

此时的可汗叫慕容伏允，他也已经是身经百战，见得多了，和隋朝唐朝的无数大将、大军都交过手。收到李世民这居心叵测的命令，他怎么会乖乖就范入朝？想绑架老夫就直说嘛，还假惺惺地找借口。于是马上推托，我年纪大了，又有病，去不了。直接撅了唐朝的面子。

这也就算了。

可气的是他居然还厚着脸皮向唐朝求婚，请求嫁一位公主给他的儿子。

李世民想了想，答应了，毕竟想求婚说明他还不想把事情闹大。

让你儿子来迎亲吧，我批准了。

但是迎亲这事却让慕容伏允犯了难，因为他这人生性多疑，生怕儿子去迎亲会出意外。要是留下当个人质，索要点赎金啥的就麻烦了。所以在他看来，你唐朝要是真心和亲，就该把公主送来，让我们去迎亲，那是绝对没门儿的。

于是李世民左等右等，却迟迟等不来他们迎亲的新郎，岂止是新郎，连个伴郎都没看到。

他愤而断绝了这门亲事。

慕容伏允涮了唐朝一回，但他并不知道自己摊上了事儿，此后依然在花样作死的道路上越走越远，一如既往地侵犯边境。有一次还扣留了唐朝的使者，一直交涉了十余次才得以返回。

慕容伏允已经老了，他这么折腾其实很无聊。但他之所以敢这么做，很大关系上还是听从了天柱王的主意。这个天柱王是他的心腹，一向比较贪婪狂妄，谁都不放在眼里。在我们看起来他是嚣张得过头了，但其实人家是有充分理由的。

一者我远。这可真是天高皇帝远啊，离长安好几千里，你就是气得跳脚也拿我没办法。

二者我穷。光脚的不怕穿鞋的，只要打你我就赚了，什么金银珠宝、粮食物资可以随便抢，但你要来打我就赔了，不仅抢不到什么值钱的东西，反而会花上一大笔军费，弄不好还得搭上巨额的抚恤金。

三者我高，我这里是高原啊，高原反应你怕不怕？没有人不怕的。

所以，我就是要打你、抢你。不服？不服来咬我呀。

李世民依然在忍耐，他再次召见了吐谷浑的使者，苦口婆心地劝说，晓以利害。能不能少让我操点心呀？你就不怕我真去打你吗？

但慕容伏允依然我行我素，摆出一副要杀要剐悉听尊便的架势，始终没有悔改之意。

好话已经说尽了，李世民已经无话可说。

贞观八年（634年）十月，他派段志玄率大军出征。

这一仗打得还是很不错的，史书记载他大破敌军，追奔了八百余里。但是，段志玄追到距离青海湖三十余里地方时，却突然停下了脚步，不敢再追，致使慕容伏允带着部下、赶着马儿从容逃走了（驱牧马而遁）。只有副将李君羡在别路打了一下，缴获了二万余头牛羊。按说段志玄这种开国大将的胆子是不小的，此刻却连残兵败将都不敢追了，难道是听到了什么青海湖的神秘传说，担心遭到报应？

开个玩笑。总之李世民很不满意，下令免去了段志玄的官职。

但事情并没有就此结束，因为李世民从来就是一个不达目的不会罢休的人。

从知道段志玄铩羽而归的那一刻起，他就在构思一个更庞大的、一劳永逸的计划——摧毁吐谷浑。

彻底摧毁！至少，也要让他们在我有生之年不得翻身。

但他遍历了朝中武将，却不由得叹了口气。

谁能带兵

跟着自己打天下的那帮铁杆是指望不上了,段志玄都这样了,别人又能强到哪里去?

我自己倒是可以,但谁叫我当了皇帝呢,为了这个蕞尔小国兴师动众的还不至于。

有人可能会说,派尉迟敬德和秦叔宝呀,他俩总行吧。

其实,这两位大英雄最突出的特点是武力值比较过人,适合当先锋,冲锋陷阵没问题,真要充当独当一面的统帅,李世民心里还真有点不放心。

何况此时秦叔宝由于打天下的时候太生猛,受伤太多,现在已经疾病缠身,不敢再让他出征了。

尉迟敬德呢,就更别提了。自从玄武门之变立了功之后,就开始居功自傲,处处觉得自己高人一等,这个瞧不起,那个看不上。长孙无忌算老几?房玄龄有什么本事?皇帝的命都是我救的,你们也配跟我比?搞得大家见了他都绕道儿走。

贞观六年(632年)九月的一天,李世民在宫里大宴群臣,可能是摆宴席的官员一时疏忽吧,居然把尉迟敬德的座次排得低了那么一点点,让人坐了他的上位。这个人是宇文士及。

尉迟敬德不禁勃然大怒。你算个什么东西,也配坐在我的上头!

没等宇文士及回嘴,一旁的李道宗看到情况不对,赶紧过来劝和。消消气吧,为这点事儿动怒不值得的。

虽然是皇族、王爷、名将,李道宗为人却很和气,见人都是笑眯眯地打招呼,人缘也一向不错,威望也颇高。

可回应他的却是尉迟敬德的拳头。

老子正烦着呢,你又过来添乱!我叫你多管闲事!尉迟敬德怒不可遏,一记重拳打在了他的眼眶上。要知道这可是一双打过铁的手呀,也是杀人无数、杀人如麻的手，谁的眼睛都不可能承受得住这只手的重击。

李道宗被当场打倒在地，一只眼睛都差点瞎掉。

而尉迟敬德就在那气呼呼地站着，就像一头余怒未消的倔牛。

见此场景，李世民拂袖而去，宴席不欢而散。

从此，他对尉迟敬德也失去了信任。

那到底该派谁去呢？

李世民在心中锁定了一个人，却没有太大的把握。在朝会之上，他说出了自己的顾虑。

"李靖倒是不错，就是太老了。"

是啊，自从灭掉东突厥回来，李靖的身板就不像之前那么硬朗了，此后好几年都说身体不好。就因为这个，李世民赐给了他一支拐杖，同时还发明了那个著名的头衔——同中书门下平章事。身体不好不要紧，别的宰相每天都要上班，你只要三两天来一次就可以了，工资照发不误。只要你来，还可以像中书省、门下省的宰相们那样办公（这就是同中书门下平章事最初的含义）。可即使这样，李靖的身体也还是一天天衰老下去，还要求辞去相位呢。

嗨，这样的老爷子哪里还能带兵呢。

"谁说我老？我一点也不老！"

李靖已经知道了这个消息，当着满朝文武的面，他挺起胸膛，主动请缨挂帅。

"我年纪是大了那么一点点，但打个吐谷浑还是没问题的。"

李世民不禁细细打量起了李靖。他和李靖已经认识这么多年了，但这样认真地打量他还是第一次。

五年前，就是这个人出征塞外，一举灭掉了不可一世的东突厥，让自己一洗当年的耻辱，成为了如今的天可汗。事后虽然遭到谗言诋毁，却一言不发，只顾任劳任怨地埋头干活。五年后，这个人又不顾年事已高，主动请求去条件恶劣的高原作战，征讨那些侵扰大唐的敌人。

这个曾经风流倜傥的老帅哥须发都已花白了，英俊的脸上平添了许多皱纹，他已不再年轻。但是，他的眼神却依旧很锐利，炯炯有神、目光如炬，任何人只要看上一眼就不会忘记，就明白那里面蕴藏着无穷的奥秘和无尽的力量。

李世民看着李靖的眼睛，同意了他的请求。

这年十二月，老帅哥李靖在凛冽的寒风中跨上战马，再次出征。只是他并不知道，一场未知的命运正等待着他。

像往常一样，李世民给他麾下安排了六路大军。

侯君集、李道宗、李大亮、李道彦、高甑生分统其众。细心的同学们会发现，上面只列出了五路。

不过请大家放心，数量是绝对不会搞错的。只因为这第六路部队还是第一次参加唐朝的战争，所以我们需要特别点明一下，以示重视。

这支部队就是突厥兵。

统率他们的将领是契苾何力，虽然他不是突厥人，而是铁勒人，但两个部落风俗相近，沟通起来没什么障碍，让契苾何力领导他们理应没什么问题。而突厥骑兵的战斗力，是毋庸置疑的。

唐朝喂了那么多胡萝卜，现在终于到了收获的时候了。

从平原到高原总要有个适应的过程，所以唐军的速度并不算快，一直到次年四月，李道宗前锋部队才在库山（青海湖东南）遇到吐谷浑军队，并打败了他们。

虽然史书上没有写明战斗经过，但这却是一次非常重大的胜利，因为李道宗击败的很可能是他们的主力。证据就是慕容伏允被打怕了，经此一败之后，他就吓破了胆，索性把粮食全都烧掉，带着轻兵跑到了大戈壁。

当然，这只老狐狸是不会白跑的，在逃跑的同时，他还烧掉了当地非常有限的草地。

这一招就是坚壁清野、敌进我退。

当年李世民打仗的时候，最喜欢的就是这一招，现在慕容伏允也对着唐军使出来了。你不是很厉害吗？你不是很强大吗？是是是，我都承认，但是我不怕你,因为我根本就不想跟你打。只要不跟你打,我就不会输。而你……当然也不会赢。

看着自己占领的这片光秃秃的土地,唐军众将领得胜的喜悦都在一瞬间变成了泄气。

战士缴获不到粮食了,马也没草吃了,敌军也跑到大戈壁去了,这仗还怎么打?喝西北风吗?不如我们也干脆班师吧。反正慕容伏允已经逃了,我们回去也能交差了,相信陛下一定不会怪罪的。

将士们七嘴八舌地议论着,有些脾气急的还收拾起了包袱。一旁沉默很久的侯君集却突然开口,表示反对。事后的发展证明,正是他的力排众议让唐军赢得了最终胜利。

侯君集说,你们先别急着走,听我说。

侯将军要说什么呢?大家都好奇地看着他。

上次段志玄打的那仗你们还记得吗?开始不是也打赢了嘛,但是结果怎么样?他刚刚回到鄯州,敌人的大军就追到了城下。这说明什么?说明他们的实力还很强大。但是这次李道宗打了他们一下,吐谷浑就鼠逃鸟散了,连个侦察兵都没留下。这又说明什么?说明他们已经被打垮了呀。现在他们君臣离散、父子相失,已经到了强弩之末,平定已经非常容易,你们为什么还要退兵?

这番分析深得李靖欣赏。

这段日子里,侯君集一直在跟他学习兵法,没想到这么快就入了门,跟自己想一块去了,他不由得在心里感叹,这小猴子真是个可造之材啊。

李靖当即狠狠表扬了侯君集,随后下令全力追击。

但是具体怎么个追法,这里头是有学问的。

李靖把大军分为了两路。

一路由自己亲率李大亮、薛万均兄弟等部向北,切断吐谷浑北逃的退路,并迂回到吐谷浑的首都伏俟城(今青海共和县),然后相机歼灭敌人。

一路由侯君集、李道宗率所部向南,切断其南逃的路线,然后到吐谷浑西部,和北路军会合。

两路大军一包抄，吐谷浑就等于被包了饺子，只能在唐军为他们安排好的路程里走了。

北路军的进展非常顺利。

长途奔袭是李靖的强项，每一次使出来都可以上教科书，秒杀这群敌人自然得心应手。二十三日，李靖在曼头山（不是馒头山，在今青海兴海县）大败敌军，斩杀了慕容伏允的爱将慕容孝隽，缴获大批牲畜。二十八日，李靖又在牛心堆、赤水源接连取胜，击破了天柱王的数个部落。兵锋所指，势如破竹。

南路军的条件就非常艰苦了。

侯君集、李道宗经过的是一片杳无人烟的无人区，这些地方气候十分苦寒，连盛夏季节都天降霜雪。

尽管长年下雪，这地方却很缺水（饮用水），将士们没有水喝，只能人吃冰、马吃雪，硬是咬着牙走了几十天，行军整整二千余里，穿过了巍峨险峻的逻真谷和汉哭山（看名字就很可怕）。

五月，南路军终于在乌海（今青海玛多县）追上了吐谷浑的军队，一场激战之后，取得了大胜，俘获其部落首领、军队无数。

这时，吐谷浑的主力已经基本被打垮，但首要分子慕容伏允仍未被抓捕归案，他带着部分残余力量，一直向西败逃，此时已差不多到了西部边境。看样子很可能要冲出高原，投奔于阗。

鉴于这里气候恶劣、地广人稀，来一趟实在不容易，所以李靖非常珍惜这次来之不易的机会，决心好人做到底，送佛送到西，争取在这里多待几天，一次性解决慕容伏允的性命。

毕竟做不干净、留下了尾巴，以后是会非常麻烦的。

于是，李靖再次指挥北路大军进行了第二次迂回。

这一次，薛万均、契苾何力率轻骑担任了追击的先锋，一路上，行军的条件仍然艰苦，最大的问题还是缺水。而且，他们这回经过的是戈壁滩，连冰棍儿雪糕都没得吃，没办法，只能去喝马血（刺马血而饮之）。

不过考虑到最终辉煌的战果，我想大家一定会认为，不论付出多大的牺牲和代价，承受多少艰难困苦，都是值得的。

二人率领的唐军先锋部队攻破了慕容伏允的牙帐（临时政府），俘获了他的妻子、儿女，杀掉敌军几千人，缴获牲畜二十多万头。

就在这时，侯君集和李道宗的南路军也一路势如破竹，千里迢迢抵达了柏海（黄河源头，在今青海鄂陵湖附近），与李靖的部队胜利会师。

吐谷浑彻底失败了。

慕容伏允这一败，为他的儿子慕容顺提供了上位的机会。

其实慕容顺本是慕容伏允的嫡子，是理应继承汗位的。但是在隋朝的时候，他被杨广邀请到了长安留学，看起来是学习科学知识和汉语言文学，实际上却是当了人质。由于长期不能回家，慕容顺接班人的位置被兄弟抢走了。

后来，他总算回到了故国。但因为失去了名分，早已没有了久别回乡的喜悦之情，反而像是在寄人篱下，整日闷闷不乐。唉，早知今日，就不去留学了。

直到老爹打了败仗，他才发现自己迎来了翻身做主人的机会，于是趁机杀掉了天柱王。

我们不得不说，他杀得太好了。天柱王这个扫把星，天天怂恿可汗出去惹是生非，这回可算把唐朝大军招来了，搞得老百姓流离失所，大家能不恨他吗？

于是慕容顺争取了雄厚的政治资本，得到了百姓们一致拥护。然后，他一不做二不休，索性向唐朝请求，举国投诚。

军事失败，儿子造反，百姓离心，慕容伏允这老狐狸可谓尝到了众叛亲离的滋味儿，没有办法，只身带着一千多名骑兵逃走。几天之后，一千多人又只剩下了一百多。一百多呀！这点兵力撑死了就一个连，对付个土匪黑社会都嫌费劲。慕容伏允受不了如此重大的打击，找到一棵树，搭上一根绳，上吊自杀了。

收到慕容顺的降表和慕容伏允的死讯，李世民非常高兴。

唐军将士深入高海拔地区作战，击败了如此难缠的敌人，要给大家点赞！只不过，投诚这件事就大可不必了，吐谷浑那地方穷山恶水，吞并了对国家也没什么好处，归根结底还得靠他们自己人来治理（吐人治吐）。于是顺水推舟，封慕容顺做了新可汗。但是考虑到他还年轻，可能应付不了错综复杂的国际国内局势，便通知李靖给李大亮留数千精兵，让他暂时驻扎在吐谷浑，作为后援。

后来，吐谷浑又发生了内乱，慕容顺被杀，儿子诺曷钵继位，但是因为年纪小，大臣互相争权，局势仍然很混乱。

李世民又再次派侯君集支援，稳固了诺曷钵的地位，而且还真答应了他们的和亲，从宗室当中挑选弘化公主嫁给了他。唐朝和吐谷浑的关系，到此算得上是实现了和平。真是来之不易啊。

世界上哪有无缘无故的和平？是把你打服了，你才会跟我和平啊！

人心不古

写到这里，吐谷浑算是告一段落。

但还有个问题，不知大家注意到没有，就是前面说的六路大军，有两路根本就没有在战争中露面。

这当然不能怪我不写，只因为他们根本就没来！

没来……这到底是怎么一回事呢？

我们就先说李道彦吧。

这位仁兄就是常败将军李神通的儿子，而且综合他的所作所为判断，我也敢肯定，这一定是他的亲儿子。

李靖在进攻吐谷浑之前，曾给附近的党项人送了礼物，让他们充当向导，因为他们世代生活在这里，道儿熟。

党项人起初是很犹豫的。你们这些中原人，总是言而无信，打隋朝那时候起就老欺负我们巴拉巴拉……好吧，从前的事就不提了。如果这次你们不欺负我们，我们就给你们当向导，还要给你们粮草。但你们要是再说话不算数，我们就凭高据险，阻截你们前进。

言而有信、不计前嫌，可见党项人是一支多么淳朴的民族呀！

众位将领听完，也觉得这实在不算个事儿，我们都有征讨作战的要务在身，跑步前进都怕来不及，谁有空搭理你呀。于是全都一口答应，还煞有介事地订立了盟约。

但是李道彦带着军队过来以后，看见党项人没有防备，却一时鬼迷心窍，非常手欠地偷袭了人家，抢走了几千头牛羊。

党项人愤怒了。

不管隋朝还是唐朝，你们这些人都是天下的乌鸦一般黑！

于是真的凭险据守，挡住了李道彦的部队，还杀伤了好几万人。李道彦不得不撤退到松州，也因此延误了军期。战后，他被朝廷流放到了边境地区。

另一路的将领高甑生，也是延误了军期。不过他的情节应该不太恶劣，所以史书上没有记载缘由。但延误军期本就是很大的错误，身为军队主帅，李靖还是小小地弹劾了他一下。

大兵团作战，军纪一定要严。李靖没杀他，已经很够意思了。

但这一弹劾却让高甑生记在了心里。

好你个李靖，居然连我也敢弹劾。

他也索性撕破了脸，上书密报李靖谋反。而他之所以敢这么做，也是因为他有一个特殊的身份——秦府功臣。

换句话说，他是李世民的人，也就是皇帝的人。你军队主帅怎么了？老子一句话就能让你人头落地！

但他显然高估了自己的分量，也低估了李世民的判断力。

李靖这么"帅"的人怎么可能谋反呢？经过有司查验，这完全是污蔑之词、一派胡言！

于是高甑生被数罪并罚，免于死刑，判处流放。

要特别说一下的是，高甑生犯下如此下三滥的罪名，居然还有人为他求情。

陛下陛下，高甑生是秦王府的功臣，俺觉得应该宽大处理。毕竟是自己人嘛，罚酒三杯，下不为例就可以啦。

然而李世民生气地拒绝了。这小子违抗李靖的指挥，又诬告他谋反。这都可以宽大处理，还有什么不能宽大的？你们把法律当摆设吗？要说功臣，我们大唐从太原起兵的功臣多了去了，谁不比高甑生功劳更大？如果高甑生这样的都能赦免，那些人岂不是可以拿国法当厕纸了？坚决不行，请求驳回！

在李世民保护下，李靖安然无恙地度过了危机。尽管如此，他仍然觉得很受伤。

经历了这件事，又联想到平定东突厥时被告状的事，李靖受到了很大刺激，他深切地体会到了什么叫"木秀于林风必摧之，行高于人众必非之"。为什么受伤的总是我呀……我都六十多岁的人了，还跟你们这些卑鄙小人纠缠不清，惹不起我还躲不起吗。

从此以后，他关门谢客、深居简出，在家当起了宅男，即使是亲戚也不能随便见面。什么，你说非见不可？那也要提前预约（阖门自守，杜绝宾客，虽亲戚不得妄进）。

第八章　逝去的亲人

高祖身后

平定吐谷浑是一件举国欢庆的喜事，但正当李靖、侯君集在青藏高原上纵横驰骋的时候，唐朝还发生了另一件大事——丧事。

太上皇驾崩了，享年七十一岁。

真是一个令人悲伤的消息。

其实，李渊在生命的最后几年过得还是不错的，自从颉利可汗被俘之后，他和李世民的父子关系就已经缓和了。从那以后，李世民加大了去探望李渊的频率，父子俩也经常能坐下来，心平气和地长谈，这算是他晚年最幸福的一段时光了。

李渊年轻时喜欢打猎，不过上了年纪之后就不轻动了。李世民继承了这一爱好，每次狩猎之后都会给父亲送点战利品。有时是几只野鸡，有时是几只野兔，虽然并不贵重，却足以让年迈的父亲感到宽慰。

李世民去探望李渊的时候，为了活跃气氛，有时还要特意带上一个逗哏。"幸运"充当这一角色就是颉利可汗。

李渊对这个逗哏一点也不见外。都是老熟人了，谁跟谁呀。

有时酒宴到了兴处，李渊和李世民爷俩就会心照不宣地看向满头黑线的颉利可汗（该来的总会来，你就别绷着了）。而李渊也总是会笑呵呵地开口：

颉利老弟，跳支舞吧。那什么，你再唱首歌啊。颉利你再……停停停，你快打住吧，怎么唱的比哭的还难听呢，哈哈哈！

每到这时，宫内总会充满了欢声笑语。

李渊、李世民爷俩都很高兴。

颉利可汗却抑郁了。

因为喜剧明星是不好当的，据说周星驰这人特别高冷，卓别林、憨豆都有抑郁症，而某著名相声演员回到家连句话都懒得说。

颉利可汗回到家，也常常躲在被窝里偷偷哭泣。堂堂突厥大可汗沦落成了一个搞笑卖唱的，又怎么会甘心呢。要知道人家当年可是一呼百应，连李渊爷俩都是来讨好他的呀。可是现在，居然到了这种境地。不久之后，他就抑郁而终。唐朝于是按照突厥的风俗把他火葬。

亡国之汗能善终也算不错了，颉利你就知足吧。

李渊晚年的幸福生活也没有持续太久。几个月后，他的身体突然变差了，尤其对气候的变化非常敏感。他倒不太怕冷，却很怕热。特别是到了夏天，长安总是非常闷热，而大安宫和皇城又地势低洼，容易积水，这不仅让闷热的天气更加潮湿，还滋生出许多蚊虫，实在难受得很。

从遗传学角度来说，怕热的不只他一个。李世民也是如此，年纪不大就患上了气喘。每到夏天，在长安是待不下去的，照例要去九成宫避暑。九成宫在今陕西宝鸡市境内，是一个非常出名的行宫，欧阳询的《九成宫醴泉铭》写的就是这里。而且从地理上看，九成宫的位置处于渭北高原，气候比长安凉爽多了。

这里一直是历代宫廷的避暑胜地。

有如此的好地方自然不能不孝敬一下老爹，李世民热情地邀请李渊一起去，但李渊却一口回绝了。

他回绝得非常干脆。

因为在隋朝的时候，九成宫还有一个名字——仁寿宫。

据说隋文帝杨坚就是在这里被杨广害死的。

李渊非常厌恶这个地方，虽然他已经原谅了李世民，但真要到了这种地方，他不能不触景生情。杨坚是他的姨夫，杨广是他的表弟，想起那些陈年旧事，再联系到自己儿子手足相残的惨痛记忆，他的心里一定不会好受。

眼看父亲时日无多，怎样才能让他过几个舒服的夏天呢？李世民一筹莫展。

就在这时，大臣们给他出了个主意——新建一处宫殿。

长安虽然闷热，皇城虽然地势低洼，但是长安城的东北角却有一块好地方。那里地势很高，排水很好，靠近灞河，气候也凉快许多。重要的是，那里是一块空地。

对于手握土地审批大权的皇帝来说，一纸诏令就可以让项目开工，还不需要付拆迁安置费。

李世民当即表示同意，各路施工队伍迅速投入了建设。

但遗憾的是，新宫殿开工不到一年李渊就因病去世了，他得的是风疾（注意这个病，它会隔代遗传），很难治愈。这处宫殿随之停工。

不过在不久的将来，它还是会再次投入建设的，那时它将有一个举世瞩目的名字——大明宫。

太上皇驾崩，按照惯例要上一个谥号。经过众位大臣的讨论，最终议定了"大武"。

古人讲究盖棺定论，李渊盖得还算可以，因为"大武"在谥法解里算个好称呼（克定祸乱曰武），只比文差那么一点点（这个被授给李世民了）。这个评价是比较准确的，李渊在位的九年，正是唐朝大展武功、南征北战的时代。虽然他建国后就没怎么上过战场，但如果没有他居中策划、举贤任能，唐朝是否统一，什么时候统一将是不可想象的。

当然像李渊这样的开国皇帝，也是应该有庙号的。

庙号这玩意儿在早些时候并不常有，因为它珍贵。很早以前，帝王死后，国家会建设一个专属的家庙来祭祀他，但大部分在几代之后就必须毁掉。因为祭祀的场地是有限的，每个人都占一个位子赖着不走，难免会变得很

逝去的亲人

麻烦。设想一下到了王朝末期,一次祭祀要把十几个帝王都挨个拜一遍,那也搞得太形式主义了。

所以庙号只留给做出重大贡献的人。

比如西汉,有庙号的也不过刘邦(太祖)、刘恒(太宗)、刘彻(世宗)、刘询(中宗)……连平定八王之乱的刘启都没有,搞得大家只能叫他汉景帝。

李渊的庙号就是"高祖"。

所以咱出去聊天的时候,千万不要说李渊谥号高祖,这是庙号。

谥号和庙号一定要分清楚。

李渊这一辈子,生于安乐、死于安乐。年少时春风得意,中年时飞黄腾达,晚年君临天下。人世间最幸福的莫过于此。与此同时,又是幼年丧父,中年丧妻,晚年丧子。人世间最痛苦的也莫过于此。

李渊在幸福至极和痛苦至极之间进退失据,这不仅是他个人的悲剧,也是一个王朝的悲剧。

而究其原因,我们只能说,他处置失当了。

他没有处理好父子间、儿子间的关系,致使同室操戈、骨肉相残。

好在幸运的是,故事的结局并不坏。

因为李世民是一个合格的继承人,他超越了自己的父亲,他没有辜负自己的使命。

只不过,在另一事上……

随着李渊的离世,另一项重大的工作也紧锣密鼓地开始了。

那就是编修《高祖实录》。

中国人自古就有记载历史的习惯,大家也都喜欢评论历史。于是乎历朝历代就有专门的史官(如太史令、著作郎、起居舍人等),把君王的重要言行和国家大事记录下来,不仅可以作为后人了解当时社会的依据、治国修身的借鉴,也还能满足一些人青史留名,或者娱乐八卦的愿望。

唐朝自然不能例外。

但也就是在唐朝，中国的官修史书开了一个先例，也是一个恶例。

这个恶例的始作俑者就是李世民。

为了保证历史记载的真实性、避免当权者干预，在位的君主是不可以看自己起居注的，活着的时候也不会为自己修实录。

你敢在领导盯着你的时候说他坏话吗？

这是一条不成文的规定，也是大家必须遵守的游戏规则。

一定要让后人看到最真实的历史！很多史官宁可冒着杀头的危险也要秉笔直书，就是为了这个目的。

唐代以前，这个惯例保持得还算可以，几乎没有人敢去触碰这根底线。反正不管骂我什么，也比不上骂我篡改史书更难听，爱说说去吧，我不在乎。

但李世民很在乎。

他不仅是一个雄才大略的人，也是一个爱惜羽毛的人，更是一个充满好奇心的人。尤其是他发动玄武门之变以不光彩的手段夺取了帝位，自然更害怕后世因此非议自己，每想到这里，他就不由得头晕目眩、体冒虚汗，浑身起一阵鸡皮疙瘩。

终于，在私心的驱使下，李世民摇摇晃晃来到了掌管起居注的褚遂良面前。他摆出一副十分关心的表情。

"看你天天忙活个不停，挺辛苦吧，那书上都写的什么？"

"其实也没什么，陛下干啥我们就写啥呗。"

"我做了错事你也写吗？"李世民试探着问。

"那当然了，这是我们史官的职责，就是我不写，天下人也会记着的！而且……陛下您不要搞得这么紧张好不好？"

"嗯嗯，你说得不错。"李世民干笑地夸奖道，"那个，要不你把书给我看看吧。我……"他终于忍不住说出了自己此来的目的。

向来温文尔雅的褚遂良突然暴走，跪下磕起了头。

"陛下、陛下，按祖制、惯例，陛下是万万不可以看的！臣万死不敢奉命。"

李世民脸上挂不住了，他实在不知道，是一种什么力量让这个小官做出这么大的反应？自己只不过要翻翻史书，居然搞成这样。赶紧安慰褚遂良几句，灰溜溜地走了。

翻阅起居注的要求就这样被顶了回去。尽管李世民仍然不死心，但也不好意思再出面了，于是决定让房玄龄亲自督办。而且交给了他更重要的任务，不仅要编修《高祖实录》，还要把自己的实录也修一部分，就是所谓的《今上实录》。

房玄龄是何等聪明的人，一点就透。而且他本身也是李世民抢班夺权的积极参与者，修改一下历史，不仅能把皇帝美化一番，顺带着自己的形象也可以变得高大一点，何乐而不为呢？

在他的一手包办之下，初稿很快就呈了上来，但李世民却不满意。

至于哪里不满意，你不知道策划晋阳起兵的是我吗？哦，你还真不知道，那时候你还没跟我呢。你不知道平定霍邑的首功也是我吗？哦对了，你也不知道，那时候我们还不认识。看我这记性。可父亲老早就想把皇位传给我了你总该知道吧？什么？忘了？再想想……好好想想……呵呵呵……想起来了吧。这就对了。

要认真啊。李世民意味深长说道。

听了皇帝的一席话，房玄龄吃了一惊。皇帝这哪里是要修改史书，而是要篡改啊，这太可怕了，从前哪有人敢这么干？可是，谁叫我是忠臣呢，忠臣就该听皇帝的话呀。篡改就篡改吧，就让我来吧，我不入地狱谁入地狱？赶紧痛定思痛、端正了态度，以大无畏的精神重新组织唐朝国史团队，投入到了紧张的新版史书创作中去。

经过来回七次的反复讨论和修改，两本实录终于定稿了。

里面把李世民的形象大大美化了，几乎塑造成了一个千古完人的形象，李建成、李元吉等人则成了一无是处的小丑，不仅能力平庸，人品卑劣，生活作风还一塌糊涂。甚至老爹李渊都因此躺枪，成了一个没有主意的老好人，很多本该属于他的功劳都算到了李世民头上，至于一些不足为外人道也的深宫秘闻，更是不见了踪影。

以前，历史是一个任人打扮的小姑娘，虽然涂脂抹粉，春秋笔法，好歹能看出本来的样子。但到了李世民这里，历史成了一个任人手术的韩国姑娘，直接变得面目全非了。要不是有《大唐创业起居注》这张证件照留下来，大家就再也不知道她从前长什么样子了。

无论如何，翻阅着呈上来的杰作，李世民终于放心了。

若干年后，世人将只会看到我光彩照人的一面，而忘记我那些不光彩的历史。我不是要在今后做一个完人，在我过往的岁月里，我也将是一个完人。至于父亲、大哥、兄弟，就委屈你们一下吧，我会用努力工作来回报你们的牺牲的。

在坚强的外表下，李世民终究还是藏着一颗敏感的心。他只是一个人，一个未能摆脱世俗羁绊的人。

嘉偶良佐 长孙皇后

噩耗接踵而至。

贞观十年（636年）夏天，长孙皇后去世了。

帝王是很少有爱情的，因为他们有无数的后宫佳丽、美女妃嫔，任何人到了这种境地，都难免会在万花丛中迷失自己，从而失去爱的能力，仅仅把女人当成了玩物。比如汉武帝，说是要在金屋里藏阿娇，最后把人废了。曹丕那么喜欢甄姬，到头来杀了她。英国的亨利八世，更是连杀带换地换了六个老婆。

这看起来很变态，却又几乎是一种常态。

因为，皇帝只爱自己，不爱别人。于是乎女人也不爱皇帝，而只爱他的权力。

但李世民却是个例外，他是有爱情的。他的子孙们似乎也继承了他多情的特点，李治和武媚娘、李隆基和杨贵妃，无一不谱写了为后人口口相传的爱情故事。

李世民和长孙皇后的爱情没有子孙们那么浪漫，但历经血与火洗礼和考验的感情才是更坚固的。

从少女时代起，长孙皇后就嫁给了这个大自己三岁的哥哥。虽然是包办婚姻，但两人却少见地情投意合。

长孙皇后喜爱读书、性格温柔，她经常和李世民谈论历史，吟诗唱和，伉俪情深令人艳羡。

她曾希望两人长相厮守、永不分开，但战火连天的年代让丈夫身不由己，常年出征在外。她只能默默地把思念深埋在心底，只是静静地在家守候，盼望丈夫能够平安归来。

在那场旷古未有的储位斗争中，她如履薄冰，孤身一人在后方料理家事，小心翼翼地维持好和后宫嫔妃、长辈亲戚的关系，让李世民能够安心地为实现抱负而努力。

李世民登基后，她变得更加谦虚谨慎，为了做好表率，还一再请求免去哥哥的相位。李世民因政务的烦恼迁怒臣属（比如魏征）的时候，又是她以女人的柔情一一化解。

她深爱着李世民，和李世民的帝位无关。

李世民的身体曾一度很差，差到生命垂危。长孙皇后就在这时暗暗藏下了毒药。她决心只要丈夫死了，自己就会仰药自尽，誓不苟活。好在李世民后来康复了，她才没有死去。尽管她的行为在现在看来有些愚昧，但不能不说是出自内心的深情。

她总是时时想着爱人，却唯独忘了自己。

直到弥留之际和李世民诀别的时候，她仍然有气无力地进行了生命中的最后一次劝谏。

陛下，把房玄龄召回来吧。

李世民愣住了，他本以为妻子会有千言万语要对自己倾诉，没想到临终时还惦记着这些身外之事。

长孙皇后仍然絮絮叨叨地说着。

房玄龄侍奉陛下多年，一直忠心耿耿，任劳任怨，现在却因为犯了小错被赶回了家，多可惜啊。臣妾希望陛下，千万不要怪罪他。

好，我答应你。

谢陛下，而我的家人呢，靠着皇亲国戚的关系位极人臣，已经很过分了，希望陛下不要再给他们荣华富贵，只要能让他们安稳过一生就足够了。

至于我的后事，我活着的时候也没做过什么大事，死了更不愿麻烦别人，丧事一切从简就可以了。

好，好，我都听你的。

我希望陛下亲君子、远小人，不要大兴土木，不要伤财劳民。这样，臣妾虽死无恨。

好吧，臣妾就在这里和陛下永别了。

说完，长孙皇后平静地闭上了双眼，李世民早已泣不成声。

三个月后，长孙皇后被安葬在了昭陵。

对这位同甘苦共患难的贤妻，李世民思念不已，他在宫里的后院建起了一座观望台，朝会之余就会登上去，远眺昭陵的方向，缅怀她。

有一次，李世民问跟在身边的魏征，你能看见吗？

魏征的身体也大不如以前了，他患上了眼病，于是推辞说自己看不见。李世民只好亲自指给他看。

魏征这才故作惊讶地说，我还以为是献陵呢？

献陵是李渊的陵墓，尽管唐代的风气很开放，但父子之情也是高于夫妻之情的。魏征说这话是在委婉地告诉他，这样做是不合法度的。

李世民心领神会，不久便让人拆毁了观望台。

他并没有责怪魏征，因为在当时来看，魏征的观点是对的。他只好把长孙皇后写的一首诗装裱起来，小心翼翼地放在了自己的书桌上。

每当李世民工作劳累了，就会抬起头读一读这首优美的小诗，娟秀的字迹映照在眼前，就仿佛她又回到了自己的身旁。

上苑桃花朝日明，兰闺艳妾动春情。
井上新桃偷面色，檐边嫩柳学身轻。
花中来去看舞蝶，树上长短听啼莺。
林下何须远借问，出众风流旧有名。

长孙皇后安详地离去了。

她还给李世民留下了三个儿子：太子李承乾、魏王李泰、晋王李治。

这是一位英雄母亲为王朝做出的另一项贡献，因为有了儿子，王朝就有了继承人，宗社就有了传承。

此时，这三个儿子都在茁壮健康地成长，关系倍儿好，身体倍儿棒。至于他们后来打得你死我活，甚至把父亲逼得寻短见，那竟是谁也没有想到的。

第九章　大唐的对手们

吐蕃：一个公主引发的血案

贞观十二年（638年）八月，唐朝西南边境爆发了一场军事冲突。

消息传到长安，李世民和众臣都很惊讶。都什么年头了还敢来惹我们？这是吃了熊心豹子胆，还是嫌自己国运太长了？

然而更出人意料的是，胜利者并不是唐朝，都督韩威居然中了敌人的埋伏，吃了败仗。

但如果李世民能想起不久前收到的那封让他哭笑不得的信的话，就一定会料到有这一天的。

信的内容就不说了，落款大致是这样写的：

"若不许嫁公主，当亲提五万兵，夺尔唐国，杀尔，夺取公主！"

真是好大的口气，居然敢威胁天可汗！

可这个来信的人我们却都认识，他就是吐蕃的赞普、高原上的霸主——松赞干布。

至于哪个高原就不用我说了吧。呀啦嗦，那就是青藏高原！

吐蕃人是现代藏族人的祖先，历史非常悠久，几乎和汉人的历史差不多。但在唐朝之前却一直默默无闻，甚至新唐书上也不得不老老实实地承认"其种落莫知所出也"。

不过现代学者一般认为，吐蕃是出自西羌中的一支，先民也历经了原始社会、部落联盟，直到奴隶社会。

吐蕃之所以不太出名，并不是因为他不厉害。相反，吐蕃人是非常厉害的，而且剽悍好斗、悍不畏死到了恐怖的程度。

如果家里连续几代都有人战死，搁别的地方妥妥是个悲剧，但在吐蕃这却是莫大的光荣，大家会称呼这家为"甲门"，甚至路过的时候都要投上羡慕的眼神，那意思是说，我家里怎么就不战死几个呢？

可如果你临阵脱逃了，受到的羞辱也将十分酸爽，都不用政府出面，父老乡亲们就会自发修理你，他们会在你头上挂一条狐狸尾巴（还不许摘下来），以表明这是个胆小鬼。这个标识实在太过明显了，以致我读到这里，总会想起后世绿帽子的典故。

可如此骁勇善战的吐蕃为什么不为人知呢？

其实就一个原因——分裂。

这个道理无论在哪里都是适用的，突厥人何尝不勇敢？吐谷浑又何尝不善战？但只要内部出了问题，就会成为一盘散沙，只有任人宰割。

青藏高原就长期处于群雄混战的状态，吐蕃、雅隆、象雄、苏毗等部，互相争斗不已，极大地消耗了内在的力量。不过幸运的是，他们生活的地方海拔实在太高了点，所以周边部族也没有心情去瞎掺和。

但邻居们都没想到的是，一朝吐蕃统一起来，就会变成一个多么可怕的国家。他不仅让那些弱小民族纷纷跪倒在膝下，甚至给强盛的唐朝都造成了极大的麻烦，成为终唐一世最大的边患，没有之一。

一统青藏高原的人就是松赞干布的父亲——朗日松赞，他建立政权的时间也很巧，和唐朝立国居然是同一年（618年）。

但在当时，吐蕃的政治基础是很脆弱的，就像秦始皇并吞六国那样，一口吃下去很容易消化不良。不久之后，朗日松赞就被毒死了。

而当时松赞干布只有十二岁。

在这个危急关头，松赞干布在叔父论科耳和宰相尚囊的拥戴下继位，首先查出毒杀父亲的凶手，其后对分裂势力进行坚决镇压。仅仅过了三年，吐蕃又重新掌控了青藏高原，而这一次，吐蕃的统一变得更为彻底。

敢炸刺的、敢冒头的统统清理干净了。剩下的都是老老实实，听从赞普号令的人。

好了，接下来，按照剧情就应该开始治国了。

松赞干布的才能也真不是吹的，一手组织创立了吐蕃的文字，从此这个落后的国家步入了文明社会。一边又完成了迁都，这个新都城地理位置优越，风景秀丽，土地肥沃，不愧是一个定都的最佳地点。这个地方就是拉萨，当时它的名字叫逻些。

靠着这些功绩，松赞干布成了吐蕃历史上最伟大的君王，其在藏族人民心中的地位大概相当于我们汉族的夏禹加商汤加周文王再加上秦始皇吧。

现在，吐蕃已经成了气候了。

设想一下，如果你是松赞干布，下一步你会做什么？

答案很明显：扩张呗。

连我都会做的一道简答题松赞干布怎么会不知道。

他马上把矛头指向了一个一衣带水的邻居——吐谷浑。

我们前面说过，吐谷浑已经被唐朝打服了，也打残了。虽然唐朝王师在这里驻军，但人数也不多，主要作用是维持秩序，充其量也就算个治安军。扶老太太过个马路，抓个小偷还凑合，真打仗是不能参与的。

而吐蕃也找到了一个绝好的借口。

一段时间以前，松赞干布派使节来到长安，带着大批金银财宝，请求迎娶公主。在当时，娶到唐朝公主是一件很有面子的事。

但李世民没有答应。说什么，咱们还不是很熟，这节奏是不是太快了。你先不要急，我们先了解一下，过段时间再说。

使者悻悻地回去了。

可仅凭这句话是无法交差的，闹不好还会被赞普扣一个办事不力的帽子修理一顿。我叫你求婚，你就这么对付我？于是这使者就编造了一个理由。至高无上的赞普呀，您之所以娶不上公主，都是吐谷浑从中作梗，他们总是处处和我们作对，见不得我们好。

松赞干布勃然大怒，立刻带着军队找吐谷浑算账去了。

听说你们娶了唐朝的公主，你姓吐我也姓吐，凭啥你就能娶公主？你也不瞅瞅自己长得那样儿，还不如我呢！你凭啥？我叫你背后霍霍我！我叫你……

于是，吐谷浑就从重度残疾被打成了植物人，故地几乎全被占据。

但打完了吐谷浑，人家的头面人物包括公主都及时逃走了。

松赞干布虽然胜利了，仍然没有抢到公主。他余怒未消，就给李世民写了那封态度蛮横、口气骄狂的信。

李世民当然也很不爽。这家伙怎么这样呢？不是说了先了解了解再说嘛？怎么莫名其妙就逼起婚来了。你说娶公主我就让你娶，把我们大唐当什么了？婚介所吗？

这封信就被随手扔到了一边。

可松赞干布并不是说着玩的，而是非常认真的。好，你不给是吧？不给我就自己过来抢好了。

他以初生牛犊不怕虎的勇气，亲率二十万大军来到了唐吐边境松州（今四川松潘）。当然了，即便这时候，他也仍然带着许多金银财宝，准备一有缓和的苗头就用来当聘礼。不得不说，吐蕃人的心眼就是实在。

后来的结果我们都知道了，松州都督韩威轻敌失败，躲到了城里。

李世民终于开始重新审视起了这个邻居。翻阅了吐蕃的档案之后，他不由得倒吸一口凉气。这个邻居的实力真是不容小觑啊，要对付他们，西南那点兵力怕是不够看的，看来还得让中央军出马。

按照以往的惯例，李世民一般是要么不出手，一出手就是大手笔。于是他命侯君集、牛进达督步骑五万击之。

五万人是一支很庞大的军队，行军起来自然不会太快。于是牛进达带着唐军先头部队先行出发，抵达了松州。

此前，吐蕃一连攻城十多天，始终毫无进展。

牛进达这人非常勤快，一看形势紧张，连招呼都没打就投入了战斗。

当然，根据我们古代博大精深的兵法，打仗是要讲究谋略的。九月六日夜晚，他挑选部分精锐发动了夜袭，措手不及的吐蕃军登时被斩杀一千多人。

松赞干布有点害怕了，他虽然纵横高原，从没遇见过对手，但到了唐朝地盘上，也不得不掂量掂量。一个先头部队就这么厉害，那后边的主力得成什么样子？

正在这时候，吐蕃内部也出现了分歧，一些大臣不同意再打下去了，纷纷劝谏。吐蕃人都是天生的战士，所以劝谏的方式也很生猛，那就是——自杀，一时间先后自杀了八位大臣。

看着那些忠心耿耿的大臣就这么毫无意义地死去，松赞干布心如刀绞，终于熬不住了，很快收兵回家。然后，他向唐朝送上了谢罪的书表，并再次请求迎娶公主。

出人意料的是，这一次，李世民居然答应了。

这是他反复考量的结果。

李世民深知，吐蕃已经是一个成了气候的强国，而且地处苦寒险远的高原。对这样的国家，如果铁了心去打他们，胜利或许不是没有可能，但代价和收益实在是不成比例的。难道要为了一片能攻却未必能守的冰天雪地，就让将士们去流血牺牲吗？那也太对不起他们的家人父母了。所以，眼下最好的办法就是笼络吐蕃，化敌为友。把敌人变成朋友，也是在消灭敌人嘛。

而且，我不是被逼和亲，我是胜利者，有主动选择权，是我选择和亲。

接下来的事情就是一段谱写出民族友好篇章的佳话了，而且也隆重载入了史书，千百年后，这段佳话仍然被后人传颂。

收到李世民赐婚的消息之后，松赞干布大喜过望，派他的心腹大臣、大相（宰相）禄东赞来到长安迎亲。

禄东赞是吐蕃历史上的名臣，大家应该都知道。他的真实姓名是噶尔·东赞（姓噶尔名东赞）。那为什么又叫他禄东赞呢？其实"禄"是吐蕃语中"贵族"的音译，有时候还写作"论"。大论就是大相，小论就是小相，相当于咱们的宰相。禄东赞的故事我们以后还会讲到，包括他那些彪悍的儿子们。

禄东赞带来了丰厚的聘礼，单是黄金就有五千两，此外还有不计其数的珍宝古玩。可见唐朝时娶个媳妇也不容易，虽然不见得要车要房，这彩礼也不是个小数目。

李世民自然非常高兴，乐呵呵地收下聘礼之后，就开始了准备工作。

他要为松赞干布挑选一位姑娘。选哪个姑娘呢？

这个姑娘不能是自己的女儿，皇帝的心也是肉长的，怎么忍心让亲生女儿远嫁？以前历朝历代都没有这种先例。但这个姑娘的身份也不能太低微了，要是弄个宫女、丫鬟去应付也不合适，这容易让人觉得受到轻视。到头来可能搭上一个姑娘还不讨好，赔了夫人又折兵。

所以这个姑娘既不能太寒碜了，也要拿得出台面。

思来想去，还是从宗室里选个姑娘最稳妥。身份足够高贵，嫁出去也不至于让自己心疼。

于是，文成公主光荣进入了李世民的视线，承担了嫁给松赞干布的使命。

事实也证明了，这个姑娘确实很靠谱。

关于文成公主的身世，史书上只说她是宗室女，并没有明确说是谁家的姑娘。但许多学者都认为，她是李道宗的女儿。

证据一：李道宗曾被封为任城王，而文成公主就出生在任城（今山东济宁）。

证据二：文成公主入藏的时候，李道宗亲自护送，而松赞干布向他行了子婿之礼。

所以即便史书不说，文成公主是李道宗的女儿也基本是定论了。

贞观十五年（641年）正月，李道宗怀着坚毅又不舍的心情护送文成公主上路了，一连走了数十天，终于进入了吐蕃国境。抬眼看去，松赞干布也早已带着迎亲队伍等着他。

李道宗走上前去，做了自我介绍。松赞干布听后，赶紧过来，亲切拜见了岳父大人（见道宗，执子婿之礼甚恭）。

　　然后，他看见了那位梦寐以求的公主。这位公主是什么样子呢，那时的文成公主只有十六岁，穿着粉红色的披风，挽着高高的发髻，神态端庄、容貌秀丽，就像一朵含苞待放的花朵。

　　松赞干布也是个只有二十四岁的小伙子，他高大威猛、血气方刚，不仅是这片高原的主宰，也是青年人中的勇士。

　　他目不转睛地看着这位美丽的公主，一直看到她羞怯地低下了头。

　　初春的时节，万物复苏、冰雪消融，空气散发着泥土和青草的味道，远处的雪山寂寂无声。

　　在最好的年纪，遇见了最好的你。

　　松赞干布在那一刻喜欢上了这位女子，他决心要让她住世界上最美丽的房子，要为她建一座城。这座城就是后来的布达拉宫。

　　"我父祖未有通婚上国者，今我得尚大唐公主，为幸实多。当为公主筑一城，以夸示后代。"

　　从此，王子和公主幸福地生活在了一起，这似乎并不是遥远的童话。

　　后世对文成公主入藏评价很高。

　　松赞干布送了唐朝丰厚的彩礼（主要是钱），文成公主也不是空着手去的，她陪送了价值不菲的嫁妆，这其中有药材、种子、书籍，还有农业、手工业技术。后来，她还主持设计建造了大昭寺、小昭寺，为吐蕃留下了划时代的物质遗产。

　　在西藏地区，就流传着这样一首诗歌：

　　从汉族地区来的文成公主，带来了各种粮食三千八百种，给吐蕃粮库打下坚实的基础；从汉族地区来的文成公主，带来各种手艺的工匠五千五百人，给吐蕃工艺打开了发展的大门；从汉族地区来的文成公主，带来了各种牲畜共有五千五百种，使西藏的乳酪酥油从此年年丰收。

　　这诗歌的内容或许有些夸张，但足以看出文成公主入藏，极大促进了吐蕃社会经济的发展。

但正因为如此，也有人对这一行为颇有微词。他们觉得这是在养虎为患啊！因为若干年后，发展起来的吐蕃终于给唐朝造成了极大威胁，而糊涂的唐朝统治者竟然没有料到这一点。

真的糊涂吗？恐怕不见得。

那时候，国与国之间没有技术壁垒和专利保护，互相之间学点技术，买点东西其实很容易，即使唐朝不给吐蕃，人家也有别的渠道。且不说他们非得去唐朝吧，就是邻近的波斯（萨珊王朝）、印度也都是文明古国呀，这些国家或许不如唐朝发达，但也不落后多少，从他们那学点技术、挖点人才说来也不难。

因此，唐朝所做的只不过是稍稍加快了吐蕃发展的进程，说养虎为患是夸张了。

而且，厚待吐蕃给我们带来的好处也是显而易见的。从文成公主入藏到松赞干布去世，再到之后的几十年里，吐蕃和唐朝再未发生过大规模战争，而是成了睦邻友好的国家，吐蕃派了大批贵族子弟到长安留学，学习诗书文化，让中华文化的影响深入到了雪域高原。

两国百姓得到了非常安定的生产环境，唐朝也得以腾出手来对付东、北方向的敌人，去消灭薛延陀、征讨高丽。如果唐朝和吐蕃关系敌对的话，能不能干成这些事都不好说，至少要付出更多的代价。

不仅如此，吐蕃还在一些国际纠纷中坚定站在唐朝一边，成为唐朝在西部强有力的盟友。

比如后来王玄策出使中天竺的时候，适逢其国内大乱，遭到围攻，结果使团人员全被俘虏。之后王玄策侥幸脱身，却也无计可施。此处离唐朝太远了，吃了亏也是白吃。但事后的结果证明，正是他从吐蕃借兵把中天竺打败，才最终营救出了其他使节。要不然，这使团恐怕就要团灭了。

到李世民驾崩，李治即位的时候，松赞干布更是非常体贴地发来了问候："陛下刚即位，国内还不安定，大臣要是有不服的，俺去帮您收拾他们。"（天子初即位，臣下有不忠者，当勒兵赴国讨除之）

这样可爱、可敬的唐朝人民的老朋友，去哪里能找着？

至于后来唐朝和吐蕃发生战争，那原因就复杂多了，可不是一个养虎为患、目光短浅能说清楚的。

高昌：海外华人回归了

吐蕃安顿好了。天可汗李世民又把目光瞄向了更远的远方。西域那一片的国家，似乎很久没人来了。

我们不得不佩服，李世民的记性真的很好。

他们确实很久没来了。

位于西域的伊吾等七个小国自从东突厥灭亡之后，就投靠了唐朝，而且此后都会定期来朝贡，但是这段时间以来，却连个影子都看不到了。

但说实在的，他们并不是不想来，而是有人不让他们来。

这个人就是麴（qū）文泰——高昌国王。

高昌是一个什么样的国家？

首先，这是一个汉人国家，他们的祖上大多是汉朝的戍卒，或是来避难的中原百姓，直到唐朝时候还在说汉语、用汉字。当然，离开祖国久了，偶尔也会出些语法错误和错别字（比如敦煌文书里，把黄金千金写作"皇金千金"等），有时还要用点外语（兼用胡书），但那些文化人还是要研究如《论语》《毛诗》《孝经》等国学典籍的，可见中华文化的向心力实在强大。

其次，这是一个地理位置极其重要的国家，正好处在丝绸之路的交通要道上（中道），大致在今天的吐鲁番一带。大家看一看地图就知道了，这里南边是一望无际的塔克拉玛干大沙漠，北边是连绵起伏的天山，你要是从西域过来，基本上都会经过这里。要是他心情不好，把大门一关，你是完全没有办法的。

麴文泰的祖先也是汉人，还做过汉朝的大官，后来惹了祸，逃到这里立足，然后发展成了当地大族。再后来，居然一不小心当上了国王，等传到鞠文泰这辈的时候，都已经是第九代了。

这样看来，麴文泰还是一位小有成就的海外华人。

但大家也知道了，这位华人对故国实在是不怎么友好。

当然，他的不友好也是有理由的。这个理由是：断了财路。

自古以来，从西方到中原要走丝绸之路。但在西域这里，丝绸之路并不只有一条，而是三条——北道、中道、南道。只不过北道相对远一些，而南道又早已废弃，所以大家多数都走高昌所在的中道。于是，高昌因此成了丝绸之路上最大的中转站，垄断了大部分国际贸易，富得流油，十分有钱。

看到高昌的日子过得这么滋润，丝绸之路南道上的焉耆眼红了。有啥了不起的，不就是占着条道吗？要是南道修好了，我过得比你强！说干就干，有了想法之后，焉耆国王马上向李世民打了报告。陛下，我们想把南道重修一下，以后再来看您也方便点。

李世民同意了。多个朋友多条路，多条路也能多个朋友啊，条条大路通长安，何乐而不为？马上批准了。

可是，断人财路如杀人父母呀，得知焉耆要抢自己的生意之后，麴文泰勃然大怒，立刻带着军队过去了。高昌这个国家虽然不大，但在西域还算不小。他很快把焉耆打败，还顺带把人家国内的金银财宝洗劫一空。

当然，他也因此记恨上了焉耆背后的唐朝，于是联合西突厥向唐朝的属国伊吾发起进攻，大有掐断丝绸之路，并吞河西地区，独占西域之势。

相应地，此后不仅本国不朝贡，连其他国家朝贡都不让去了。

李世民知道麴文泰在闹情绪，但是情绪归情绪，你不能动手啊，动手就是你的不对了。你不来朝贡，还不让别人来，还打人？不讲理！既然这样，你就来长安一趟吧，咱俩当面谈一谈。

旨意很快到了高昌，麴文泰当然不会听。这道理和慕容伏允是一样的，我去了难道还能回得来？

他不去的理由也和慕容伏允差不多——"我有病"。有病自然出不了远门，有本事你给我药啊。

李世民不甘心，又三番五次叫他过来。来一趟吧，真的想跟你谈。

但麹文泰怎么肯听？到了后来，他连有病的借口也懒得找了，干脆摇头晃脑地对唐朝使者说：

"鹰飞于天，雉伏于蒿，猫游于堂，鼠噍于穴，各得其所，岂不能自生邪！"

你走你的阳关道，我走我的独木桥，离了你，我还活不了了不成？！

麹文泰敢于如此和李世民叫板，看上去是有些丧心病狂了，但如果我们仔细了解一下高昌这个国家，就会发现他的确有点资本。

他最大的资本就是远。

高昌离唐朝真的太远了。吐谷浑、东突厥虽然也很远，但好歹算是唐朝的邻国。只要唐朝下定决心去讨伐，无非是多花点时间，多备点粮草，十天半个月也能到了。

但高昌却远得让人绝望。

高昌和中原之间隔着长长的河西走廊和塔克拉玛干沙漠东段，光这就差不多有个四千里，而且让人恐惧的是，这其中有足足两千里都是沙漠。从雪地上走两千里，实在不行可以吃雪饮冰，从沙漠里走……我相信没有人会吃沙子的。

除此以外，高昌这里的气候也很恶劣，我们今天全国最热的地方吐鲁番盆地就在这里，《西游记》里火焰山就是以此为原型，迄今为止还保持着我国气温最高纪录——49.9℃。跟这里一比，什么三大火炉、四大火炉都要凉爽到飞起来。而在气候属于温暖期的唐朝，这里只会更热。你唐军想过来吗？嘿嘿，来吧，小心中暑。至于冬天，有纬度摆着这儿，也是冷得可以。春秋天呢？有沙尘暴。

就像麹文泰说的那样，我们大吐鲁番，冬天寒风如刀，夏天热风如烧，你大军怎么可能过得来呢？

除了这些客观优势，麹文泰也有一些主观考虑，他不相信唐朝的实力。

早在十年前，他就曾来唐朝访问过，还受到了李世民的接见。但麹文泰那次唐朝之行除了观光旅游以外，却带着不可告人的目的——观察虚实。他仔细观察了沿边的风土人情和经济状况，结果让他一阵窃喜。秦、陇（陕西、甘肃）北部一带城邑萧条，人烟稀少，和隋朝相比已不可同日而语。于是据此判断，这个国家已经穷得不成样子，仗是一定打不起来的。

然后，他就成了一名唐朝崩溃论的坚定信奉者，自然也就疏远了唐朝，并渐渐抱上了一个新大腿——西突厥。

东突厥已经被唐朝从地图上抹掉了，可西突厥的实力并未受损，仍然掌控着辽阔的大草原西部。而且高昌和西突厥也算是邻国，关系一度搞得非常密切，唐朝要是敢来犯，两国就可以表里呼应，想来是非常难对付的。

当然了，惹怒唐朝总归不是件愉快的事，为了以防万一，还是要应对一下。

麴文泰在国内开展了大规模的基础设施建设，深挖壕沟，大修城墙，营造防御工事，摆出了一副人若犯我我必犯人的姿态，号召高昌人民团结起来，准备随时击退任何来犯之敌。

同盟有了，战备搞了，麴文泰似乎还要打算一条道走到黑，他又打起了薛延陀的主意。在他眼里，这是一个可以争取的对象。

于是，麴文泰开展了露骨的外交攻势，派使者去见夷男（薛延陀可汗），使用了非常拙劣的激将法。

"李世民是可汗（天可汗），您也是可汗，既然都是可汗，就应该平起平坐嘛，干嘛老是看人家的脸色？"

面对麴文泰的极力拉拢，夷男表现得非常干脆，马上派使者赶到长安，向李世民传达了自己的意思。

"陛下要是想讨伐高昌的话，别忘了带上俺！"

做人到这份儿上，麴文泰好像有点失败……

李世民是一个什么样的人？毫无疑问是一个伟大的人、可敬的人，甚至是可爱的人。他虚怀若谷、宽厚仁慈、英明神武，就是一个明君的典范，谁不喜欢这样的人？

但对敌人来说，他实在是一个恐怖的人。他身上仿佛有一种魔力，不论在什么情况下都能保持高度理性，让人抓不到破绽。在战场上，他不打无把握之仗，总是要坚壁不出，先轻兵袭扰，再断你粮道，直到把你耗到筋疲力尽，才出动精锐，一击必杀。

面对外敌的时候，也是如此。你强大的时候，他跟你和谈。当然这和谈不是无原则的，而是亮出自己的獠牙，让敌人知道欺负你也会付出代价。但是，当敌人衰弱的时候，他却会抓住机会，毫不留情地灭掉你，东突厥就是这么亡国的。至于那些难以征服的敌人，他也会从实际出发，吐谷浑那样的，就打你，打服了再撤。吐蕃那样的，也打，打完了再和。可以说，直到如今，他在类似的重大问题上还没有犯过错误。

那么，对待高昌这样的国家，他会怎么做呢？打。打完了还要吞并你。

贞观十三年（639年），李世民命侯君集为交河道大总管，带领大军出征高昌。

此时的侯君集，已是贞观朝冉冉升起的一颗将星。

其实他很早就跟李世民混了，但此前应该长期担任的是参谋工作，一直没有多少表现的机会。直到参与玄武门之变，助李世民登基后，才崭露了头角。之后数年，又跟李靖学习精深奥妙的兵法，还在吐谷浑、松州立下战功。只不过在吐谷浑之战中，他是受李靖领导，松州之战，又没有真正开打。唯独这一次，才是独自带兵出征异国，成为了独当一面的大将。

侯君集知道，自己是一步一个脚印走到今天的，是从血与火中拼杀出来的。他无比珍视这一次出征的机会。他知道，如果能打胜这一仗，他将会成为与自己的老师——李靖并驾齐驱的国之大将。他早就期待着这一天了。而这一天，已经到来了。

他胸有成竹地带领大军向高昌赶去。

几个月后，高昌国内知道了唐朝出兵的消息，众位大臣都人心惶惶，怎么说来就来了呢？到底是该逃跑呢，还是不逃？那投降也行吧……

但麴文泰却泰然自若地告诉大家。

"不要怕，他们来不了！"

来不了？众臣的脑筋一时转不过弯儿来，都惊奇地看着他。

久经考验的军事家麴文泰看出了大家的疑惑，面带微笑，语重心长地分析道。

我们这里天高路远，敌人来这里补给会非常困难。如果唐朝发兵太多，粮草一定供应不上。可要是发兵少了呢，又肯定不是咱们的对手。

因此寡人断定，唐军的兵力应该在两三万人之间，不会超过三万（够精确）。可是，三万以内的兵力又有什么用呢？等他们兵临城下，我们就坚壁不出。不出二十天，必然粮尽撤退。到那时，我就可以非常轻松地追击并且俘虏他们了。

哈哈哈，李世民、侯君集，他们赢不了我的！

这番分析摆明了自己的优势，指出了敌人的不足，逻辑严密、有理有据、使人信服。众位大臣听后，都对国王的远见卓识深感佩服。

麴文泰也飘飘然沉浸在了美梦当中。然而那话说完不过几天，唐军就在侯君集的率领下旋风般地赶到了碛口。

这里的碛口并不是李靖、李勣突袭东突厥时的碛口，而是当时一个普通名词。碛就是沙漠，口就是入口，碛口就是沙漠入口的意思。而这里的碛口就是沙漠边缘通向高昌的入口。

到了这里就说明唐朝大军已经距离高昌很近很近了。

我不太清楚侯君集是怎样突破千难万险到达这里的，应该是从草原走了北路。但无论如何，唐军已经快到了。

而麴文泰听到这个消息之后，简直无法相信自己的耳朵，一时急火攻心、又羞又恼，居然卧床不起，然后两眼一瞪、两腿一蹬——死了。

他是被吓死的。

高昌国内顿时陷入了一片混乱。

历史就这样为我们演出了一场滑稽剧，而麴文泰注定就是那个死跑龙套的。

唐军前哨很快报告了麴文泰的死讯，并探明他不日就将下葬，而那时候，高昌的文武百官都会去送行。

众将听后都兴奋极了。

真是天助我也！一个绝好的机会！我们正可以趁机把他们一网打尽。

但在这关键时刻，侯君集保持了冷静。

"我军此次前来，是讨伐不义的。如果我们趁着人家葬礼的时候偷袭，岂不成了强盗？"

众将的脸面瞬间齐刷刷地红了，意识到这样干确实不地道。可是，老话说得好，兵贵神速，兵不厌诈呀，都到这时候了还讲那些迂腐的礼节，有这个必要么……他们并没有来得及说出这些话，因为侯君集不待大家质疑，就用严厉的语气下达了命令。

"传令下去，擂起战鼓，张开旗帜！"

"我们要光明正大地打败敌人，不要搞那些阴谋诡计，听明白了吗？！"

对侯君集的做法，很多人可能并不理解，但军法无情，也只能照做。然而事实证明，侯君集的决定是正确的，他不愧有大将风范，他的眼睛看着战场，心里却能想到更多的东西。他明白，有些时候，光明正大地去打仗，远比多杀几个敌人、多打一场胜仗重要得多。尤其对高昌这样同文同种的汉人国家，就更不该单纯以战场上的胜负论英雄。

于是唐军将士们擂着战鼓，高举旗帜，发起了进攻，情况倒也顺利，半天就攻下了邻近的一座城池，然后势如破竹，抵达了高昌的都城——高昌城。

在这里，侯君集给高昌的新国王——麹文泰的儿子麹智盛写了一封信，晓喻祸福。

"你都看到了，我们是正义之师。只要乖乖投降，大唐会善待你们的。"

麹智盛虽然年轻，处事经验却老道，很快回复了侯君集，在信中打起了太极。

"得罪大唐天子的是先王，现在上天已经惩罚他了（死了）。我是个年轻人不懂事，还望尚书大人多多提携。"

大唐的对手们

侯君集言简意赅地告诉他。

"你不用那么多废话，要真想解决问题就出来投降。"

然后，就没有什么然后了。

因为麴智盛想要的是和谈，并不是投降。他一个国王当得好好的，怎会甘心臣服别人。

可面对唐朝的精兵强将，他能顶得住吗？

这个嘛，还真不一定。

高昌都城的坚固是出了名的，这个国家立国已经快两百年了，中间历经风云变幻、风雨沧桑，为了应对可能的威胁，他们在这些年里一直在不断加固城防，仅城墙厚度就达十几米，远远超过某些人的脸皮。还有许许多多的箭楼、门闸，可谓固若金汤。而且，他们的盟友西突厥就在附近，可汗欲谷设有一支部队正驻扎在不远处的浮图城，与这里只隔着一座天山，没事来关照一下还是非常方便的。

侯君集没有再写信。

事到如今，他已经猜到了高昌的筹码。当然，他也有自己的办法。

几天之后，麴智盛惊奇地发现，侯君集带着一部分军队离开了，他们当然没有回国，而是去了附近的树林。去树林里做什么呢？砍树。甩开膀子就开始砍树，叮叮当当。很快，树木被接连成片地砍倒了，都城周围的树林都为之一空。

麴智盛更不明白了。侯君集这是怎么了，突然间就当起了伐木工人。烧火做饭也用不了这么多木头呀。难道是打不到我们的人，就砍树来泄愤？又或者是要用火攻？那也不对呀，你人都进不了城，又能火攻谁呢？

更让人惊奇的还在后边。

侯君集很快又指挥军队把这些木头运到了城外，一起运来的还有一堆一堆的土，他们也没有点火，而是又叮叮当当地做起了木工活。

这难道是要盖房子，准备修建长期定居点？可也用不着在这儿住吧，抬头不见低头见的，一不小心见了面多尴尬。

答案很快就要揭晓了。

几天之后，麹智盛突然发现，城外拔地而起了许多高台和木楼。高台和木楼高达十余丈，唐军正在上面随意走动，可以俯瞰他们的都城。更惊讶的是，在高台和木楼的下面还有许多双轮驱动的木头车，车行进的速度非常缓慢，要几个人才能推动，但是后面却拖着一根长长的绳子，绳子的末梢还绑着一块块大石头。

那一刻，他连想死的心都有了。

只因为那木轮车就是当时最恐怖的攻城武器——抛石机！

绝对不会错的。

在当时，抛石机是最先进的攻城设备。不仅做工复杂，构造精巧，还充分利用了杠杆、滑轮、扭力等多种物理学原理，一旦发动起来，足以产生超出人类想象的破坏力，简直不亚于后来的红衣大炮。

想想看吧，一块重达几十斤的大石头从几百步外飞来，砸在城墙上是什么后果，那要是砸在房顶上，砸在人头上……

早在攻打王世充洛阳城的时候，唐军就体验过抛石机的巨大威力。攻克之后，自然没有忘记发展这一项秘密武器。政府的各级领导始终高度重视，还组织专家学者开展了深入细致的研究，进行了广泛的应用和操作实践，并且完成了批量化、标准化、多样化生产，真正做到了就地取材、制造方便、简单易学、容易操作。侯君集这次出征，就随军带着工程专家姜行本，专门负责技术指导。

科学技术是第一生产力，科学技术也是第一战斗力呀！

战争机器就这样轰隆隆地发动了，这机器让麹智盛震惊到来不及后悔。

看似坚不可摧的城墙很快被打得千疮百孔，城内的飞石如雨点般落下。因为当时没有防空洞和避险设施，大家只好战战兢兢地躲在屋里。

但出人意料的是，唐军并没有凭着火力优势去狂轰滥炸，欺负老百姓，他们的目标只是军事设施，而不是民居。偶尔有老百姓出来了，唐军也并不难为他们，只是隔着城墙远远地从木楼上喊话。

"我们要打哪哪了哈，你们最好离远点。"

常言道攻城为下、攻心为上，唐朝本来就有强大的军事优势，现在又加上了心理攻势，可谓上下兼备了，高昌人终于承受不住了。

听说侯君集的攻势如此恐怖之后，原本被他们倚作靠山的西突厥也吓破了胆，可汗欲谷居然连夜西逃一千多里，把部下们都晾在一边。剩下的守军当然不敢再战，把浮图城拱手让给了唐军。

内外交困之下，麴智盛绝望了，这个敌人太恐怖了，不投降就是死路一条啊。几天之后，不得不打开城门，找侯君集报道。

此战，侯君集率领大军攻下城池二十二座，拓地东西八百里，南北五百里。不仅让高昌这个汉人国家回归祖国的怀抱（说回归没问题吧），还从西突厥那里捡了些便宜。

然后，他根据李世民指示，在此设立了州县和都护府。

这个都护府就是著名的安西都护府，治所位于高昌附近的交河城，统辖着这片新开拓的广袤疆土。

侯君集取得了一场教科书般的胜利，他从率军出征到长途奔袭、再鼓行而进然后全力攻城，最终锁定胜局。整个过程一气呵成，势如破竹，如入无人之境，毫不拖泥带水。

高昌一战也伴随着他的名字载入了史册。

侯君集已经完全成熟了，他成长得如此之快，如此完美，短短几年间就成为了可以与李靖、李勣一较高下的国之大将。这真是朝廷之幸、国家之幸呀。

不过唯一可惜的是，在某一方面，他比李靖、李勣还差了那么一点点。

正是差的那一点点让他最终付出了生命的代价。

十二月初五，唐朝宫廷举行了盛大的献俘仪式，侯君集把麴智盛和一些高级俘虏都带到了观德殿，供大家尽情围观。然后，李世民在朝中大摆宴席，一连三日才散。

但宴席散罢，一个仪式中最重要的人物却不见了踪影——侯君集。

他已被关在了狱中。

我们前面说过，高昌国是丝绸之路上的重要中转站，把持过境贸易，十分有钱。侯君集在攻灭高昌之前，是以正义之师自居，也确实是这么做的。但打了胜仗，看到了高昌国内如此富裕之后，却选择性健忘，私下捞了不少金银财宝。

人为财死，鸟为食亡，侯君集终归还是一个俗人，在金银财宝面前，他没能管住自己的手。

可他管不住不要紧，上梁不正下梁歪，道貌岸然的主帅都当了盗窃犯，手下们的心理负担也没了，于是有样学样，争先恐后地偷盗去了。侯君集自己的屁股都不干净，只能对大伙的行为睁一只眼闭一只眼。

偷就偷吧，我就当不知道，你好我好大家好。

可是，这些行为肯定是违犯了唐朝军纪的，朝廷的监察机关也不是白吃饭的，御史台这帮人天天吃饱了没事儿干就知道琢磨人。看到你侯君集立功了还能不盯上你？于是，他刚一回国就遭到了弹劾。

只是为了确保献俘仪式按期完成，李世民才格外开恩，在他表演完之后才正式下达了逮捕令。

此刻，侯君集正落寞地待在狱中，等待朝廷的发落。死刑应该不至于，但给个纪律处分，负个刑事责任都不是没有可能的。

宰相岑文本感到了事态的严重性，马上面见了李世民，请求对侯君集宽大处理。不管怎么说，人家是立了功的。

但李世民面无表情地说：

"侯君集犯了法。"

"他是犯了法，但我们却不能这样对待国家的大将。"

"为何不能？"

"武将的职责就是打胜仗，只要能战胜敌人，他就是一个好将军，贪点钱财其实是可以容忍的。反过来说，如果一个武将连仗都打不赢，就是再清廉无私，又有什么用处呢？"

李世民沉默了，琢磨着岑文本这句话。

岑文本喘了口气，继续说道：

"这些当武将的，大多修养不高，没什么文化，贪财好利是难免的，所以古代的汉武帝、隋文帝对他们都会网开一面，扬长避短。功是功，过是过，不能因为有了过错，就把功臣一棍子打死啊。所以我觉得，应该把侯君集释放。"

李世民考虑片刻，同意了岑文本的请求。

命令传到了狱中，狱卒从侯君集的身上解开了镣铐，他终于被释放了。

是无罪释放，陛下居然法外开恩了，这也算不容易。

但李世民并不知道，在这一抓一放之间，侯君集的自尊心已经被深深伤害了。

侯君集和李靖这种佛系名将不一样，没有人家那么高的境界和修养。他是一个粗人，一个性格浮夸的人，一向傲慢自负，自我感觉非常良好。

有一个例子可以说明他的性格特点。年轻的时候，侯君集喜欢玩弓箭，但是学了很久，也没闹出个名堂。可就是这样，却仍以武勇自居，觉得自己很厉害。可是，对武将来说，箭术是一项最超码的基本功。就是李渊、李世民这些当了皇帝的，哪个不是百步穿杨、箭法超群？说白了，弓箭玩不好就像文人认不全字儿一样，其余的基本就可以免谈了。字都不认识你还装什么文人呀？同理，弓箭都玩不好你也敢自称武勇？

但是没办法，侯君集就是这么自负。

而且，他这回出征打了胜仗，对自己的期许是很高的，特别希望得到大家的肯定、赞美。"老侯真厉害呀，比他老师都会打仗了。"谁要这样夸两句，他就很满足了。可没想到却突如其来进了监狱，还差点被送上军事法庭，他怎么能不感到颜面扫地？

自此以后，侯君集整个人就变了，整天愁眉苦脸、怏怏不乐，这个自傲又自负的人的心里，已然埋下了一颗怨恨的种子。

陛下，我只不过取了一些宝货，可我却灭了一个国啊。比起我的功劳来，这又算得了什么！您为什么要这样对我？让我在同僚的面前出丑！让我被天下人耻笑！为什么！

……

侯君集有多怨、有多恨，我们先不管他，总之这样下去，他迟早会出问题的。

我们就先看看大唐王朝现在的形势吧。

如果大家回顾一下近来发生的对外战争,就会惊喜地发现,如今的唐朝已经变成了一个多么庞大的国家。

北方,灭掉东突厥后,把中原王朝从未统治过的草原纳入了麾下;西面,占领了吐谷浑的部分土地,一只脚爬上了青藏高原;西北,拿下了远在吐鲁番的高昌,而且正向着更西边挺进;南面,最远处直达今天的越南(中国传统疆界)。

据唐朝官方统计,此时的大唐疆土,东西九千五百一十里,南北一万九百一十八里。单论幅员之辽阔,当时能与其相提并论的只有几百年前的汉朝。

但是国家大了,事情就随之变多了。就像如今的某大国一样,在全球把持着四百多个军事基地,光是处理那些驻军犯罪、军民冲突、恐怖袭击,就按下葫芦起了瓢,忙得不可开交。

话说来,事儿多倒也不是件坏事,至少说明你够强。

唐朝历史的一大特点就是事儿多、人多、故事多,多到一波未平,一波又起。让人眼花缭乱、应接不暇。但因为篇幅所限,也只能捡主要的说。下一节,又该轮到漠北草原了。

漠北:制衡薛延陀

纵观整个唐朝,事儿最多的地方要算漠北草原。那实在不是一个省油的灯。

不仅因为游牧民族剽悍善战且爱好抢劫,还因为他们生命力特别顽强,就像菜园里的韭菜一样,割了一茬还有一茬,打完这支还有下支。可谓生命不息,战斗不止。

薛延陀也开始犯浑了。

其实他们倒也没胆大到敢打唐朝的主意,但他们实在是惹了一个不该惹的主儿——东突厥。

可东突厥不是已经灭亡了吗？两家怎么又打起来了？

这还要从几年前开始讲起。

李世民灭掉东突厥后，曾听从温彦博的建议，挑选了一批突厥贵族来宿卫，要的是让他们领教天可汗的天威，然后老老实实听话干活。可谁知有的人仍然狼子野心，竟然利用宿卫的机会打起了皇帝的主意。妄图杀掉李世民，拥立新皇帝。好在他们计划不够周密，被禁军及时歼灭了。

事后，李世民惊出了一身冷汗。

群臣见状也纷纷上书：事已至此，突厥人已经不适合待在河南（黄河以南）了，请陛下把他们送回老家。

李世民深刻反思了自己的突厥政策，深感自己之前还是太宽厚，太大意了，最终答应了这一请求。

但突厥人的反应却大大出乎他的意料，全都哭爹喊娘地要求留下来：陛下，陛下我们不走，求您了。

叫你回家还不走，这是何故？说出来倒也不怕大家笑话——不敢。

因为他们的故地已经全被薛延陀占领了，此时的薛延陀势力非常强大。更重要的，薛延陀还是他们的仇人。仇人见面分外眼红，突厥人这一回去不等于找打嘛。

但是谁让你们不好好表现，闹出了行刺皇帝这档事儿呢？更何况朝廷都已经决定了，还能由得了你们？你们就安心去吧，薛延陀那边我自会为你们做主。

李世民把他们安慰了一下，然后给薛延陀的可汗夷男写了一封信。

当初，颉利可汗总来我们这挑衅，你都知道。所以我灭掉他们，那是迫不得已呀，绝不是贪图他们的土地、牲畜。只要条件允许了肯定得把他们送回去。现在，突厥人在我们这发展得不错，人丁兴旺、户口殷实，也到了该兑现承诺的时候啦。

不过你可千万别多想啊。你受册封在前，你为大。突厥人受册封在后，他为小。你就安心待在漠北，他就待在漠南。你们要好好团结，不要打架。

他们要是欺负你，我自会为你做主，你要是欺负他们，我也不答应。

这封信体现出了李世民极高的政治水平。

不仅因为其措辞严谨、恩威并施，还因为其中隐藏着另一个更深层次的目的——制衡。

李世民已经意识到了薛延陀可能带来的威胁。

自东突厥灭亡后，薛延陀的势力就急剧膨胀起来，不仅占据了东突厥原有的领土，还胜兵二十余万，虽然表面上还是盟友，但实际上却是个潜在的对手。只要具备了翻脸的实力，最终就一定会翻脸。这个道理已经无需多言。

为了防患于未然，李世民曾拉拢过回纥，但当时回纥还是一个小部落，起不到太大作用。他又封了夷男的两个儿子为小可汗，试图让他们父子内斗，可人家父子关系始终非常和睦，任凭你怎么挑拨都不闹别扭。

思来想去，还是"分而治之"的办法最好用，而充当这根草原搅屎棍最好的对象就莫过于老主人东突厥。

巧合的是，正好东突厥旧部在这时闯了祸，李世民于是借题发挥，下令把他们统统迁回去。名义上是给人家恢复故国，实际上就是为了以夷制夷，让他们互相撕咬。

你们就放心地去（咬）吧，老大在后面看着呢。

当然，国不可一日无君，突厥也不可一日无汗。他还为即将返归故里的突厥人选定了一个新头领——阿史那思摩。

阿史那思摩是突厥的贵族，颉利可汗的堂叔。

这人头脑聪明，品性忠厚，深受历代突厥可汗喜爱，直到颉利可汗兵败如山倒的时候，他还不离不弃地跟在身边，直到最后一同被俘。

李世民喜欢厚道人，所以赐他姓李，以示嘉奖。

这样一个聪明听话的厚道人，实在是新可汗的不二人选。没有更合适的了。

但可惜的是，李世民还是疏忽了很重要的一点。

因为尽管阿史那思摩这人素质很高、品行厚道，却有一个致命的缺陷——长得不好。

长得不好？长得不好也不至于致命吧？这话太夸张了。

其实，我说阿史那思摩长得不好，并不是说他不好看，相反他长得还是挺好看的，据史书记载，他高鼻深目，胡须浓密，头发卷曲，很有点现代西域帅哥的风采。

但这并不意味着他长得好，事实上这种相貌是非常不好的，不好到了让人觉得不正常，看上去就像一个胡人。

有人可能又要问了，胡人有什么问题，难道突厥人不是胡人？

还真不是，至少不是那种高鼻深目的胡人。要知道突厥并不是严格意义上的民族，而是一个语族（说突厥语的部落联盟），内部的人种千差万别，肤色黄的白的都有。而掌权的那部分则长得圆脸大耳，眼睛细长，身材粗壮，和现在的蒙古人很像，是地地道道的东亚黄色人种（不要以为骁勇善战就是白种人，事实证明咱们黄种人能打多了）。

阿史那思摩长成了胡人模样，麻烦就大了，经常被突厥历代可汗猜疑。比如处罗可汗就怀疑他不是本族的人，甚至考虑要不要杀掉他。可是当时也没有 DNA 鉴定技术，要搞个水落石出实在不容易。估计只能问他母亲了，但这么隐私的问题，人家也未必肯说呀。

所以，尽管阿史那思摩很受喜欢，却一直不怎么受信任，诸位老大也一直不给他带兵的机会。相应地，他也就攒不下足够的实力。

相貌异类加上实力不足，他能不能压住场面就成了一个显而易见的问题。

可无论如何，李世民还是看中阿史那思摩了。贞观十五年（641 年），他辞别李世民，带领十多万百姓、九万匹马渡过黄河，来到漠南，重建了东突厥汗国。

原先的部落都恢复了，牙帐设在了定襄，原先水草肥美的地盘也被他占据，一切看起来还是那么美好。但此时他的身份却只剩下了一个——唐朝的附庸。

为唐朝牵制薛延陀的附庸。

夷男在漠北盯着李世民和阿史那思摩的一举一动，眼睛都要喷出了火。太过分了，口口声声讲着给突厥复国的大道理，分明就是想搞我们！

当初打突厥人的时候，叫人家真珠可汗，现在新人胜旧人了，就把大草原拿走一半给了新欢。我们大薛延陀一统草原的大业要等到何年，我光宗耀祖的理想要等到何月啊！李世民，我恨你！

对夷男这种几乎要取得成功，却突然被现实教做人的心情，我们可以理解，或许还会报以同情。但说实在的，夷男并不需要着急，因为他很快就会等来一个翻盘的机会，而且这个机会还是唐朝给的。

李世民终于要去封禅了。

没办法，人在江湖、身不由己啊。禁不住文武百官一次又一次的请求、劝说，他终于又把这件事提上了日程，而且还敲定了封禅的日期，就在次年二月。

情报人员把这条消息告诉了夷男，他的内心一阵狂喜。

但凡天子去泰山封禅，一定会调派很多精兵护卫，一旦如此，边防兵力必然空虚。如果能在这时候攻打阿史那思摩，势必会像摧枯拉朽一样容易，而唐朝也将无力干预。那么，草原的未来终归还是属于我们的。

草原是我们的，也是你们的，但归根结底还是我们的！我们是早上三四点钟的太阳，只要再过片刻，就会迸发出璀璨夺目的光芒！

夷男是个有了想法就敢动手的人，马上派儿子们征发漠北各部兵马，向漠南发起了突然袭击。思摩抵挡不住，退回了长城以内，率部固守。

形势看起来一片大好，夷男的宏图大业也正在慢慢接近实现。

但我想，如果他知道接下来会发生什么事的话，一定恨不得把那帮搞情报的家伙捆一起乱箭射死。

因为李世民也得知了夷男要出兵的消息，而且在不久前就已下诏停止了封禅，马上调派十余万大军，前去"招待"他。

从东起营州西到凉州的战线上，张俭、李勣、李大亮、张士贵、李袭誉各部都在慢慢集结，他们都收到了朝廷的命令，一旦发现薛延陀大军，就发起全面进攻。

而薛延陀方面对这条情报却浑然不觉。看来还是唐朝的情报工作更专业啊。

夷男这下真是撞到枪口上了，李世民正在静静注视着他的猎物，唯一需要做的就是轻轻叩动一下扳机。

"砰！"

但在大军出征前，唐军还是遇到了一点小小的状况。

李勣所部有六万人，占了唐军的大半，是当之无愧的主力，也担负着一举击溃薛延陀的伟大使命。

可在大军临行前，他却突然病了，得了什么病史书上没有说，不过我们知道，他病得很急、很重（时遇暴疾）。

李世民知道后，马上安排医生为他诊断，好在这病要治愈并不难，医生大笔一挥就开出了一副药方。内容不复杂，只是其中列出了一味平时很常见，药里却不常见的东西——须灰，也就是胡须烧成的灰。

这还不好找吗？哪个爷们没胡子呀？用医生的，用李勣的都行啊。

但李世民知道以后，却决定用自己的，二话没说就剪下了胡须，然后亲自烧成灰，调成药给他送了过去。

看着这碗皇帝用自己的须灰亲自调成的药，李勣非常感动，感动得泪流满面。任何人遇到这种情况都不可能不感动，他不停地向李世民磕头，直到磕出了血。

"臣受陛下厚恩，臣……"

他哽咽了，李世民却笑了，赶快扶起来。

"我这么做都是为了江山社稷，你就不要见外啦。"（吾为社稷计耳，不烦深谢。）

皇帝的胡子就是好用啊，简直是一味灵丹妙药，李勣服下之后，马上恢复了健康，精神抖擞地起了床、上了马，准备即刻出征。

临行前，李勣和众将前来与皇帝道别。

尽管他们没有一个人畏惧薛延陀，但一想到即将面对的是如日中天的二十万大军，脸上未免也带上了凝重的神色。这是一场硬仗，恐怕不好打呀。

对大家的顾虑，李世民心知肚明，却早已想好了对策，他面带微笑地和众将说了一番话。仅仅从这番话里，我们也可以看出，他的军事才能究竟有多么高超，而后来的事情也证明，一切都尽在他掌握之中。

"薛延陀自以为强大，所以敢趁李思摩不备发动突袭。但是用兵之道，见利速进、不利速退。他们深入漠南好几千里，士卒马匹早就疲惫了。可是现在李思摩已在长城内固守，我方大军又要出兵，他们却还不回去。依我看，他们的败局早就注定了。"

众将唯唯。

这时，李世民又神秘地微笑了一下。

"放心去吧，李思摩撤退的时候，我已经吩咐他烧掉了粮草，薛延陀的补给早都快没了。"

"你们不需要速战速决，只要和李思摩成犄角之势，顶住他们就可以了，等敌人粮尽撤退的时候，再乘胜追击，一定可以胜利。"

原来如此，原来皇帝已经不动声色地做了这么多，那么剩下的就看我们发挥了。陛下放心，我们一定不会让您失望的。

李勣没有让李世民失望，他也很少让人失望。

但战场上的事，不到最后一刻绝不可以高兴得太早。何况薛延陀早已今非昔比，不是以前那个仰人鼻息的小部落了，他们占据了草原的大半，拥兵二十多万啊。更麻烦的是，薛延陀虽然是游牧民族，战斗方式和其他游牧民族却有很大区别，这就让唐军很难用以往的经验去对付他们。

在这些年的东征西讨中，他们练就了一种新式战术——步战。

具体来说，就是把五个人编为一队，打仗的时候，五人全部下马，其中一个人负责看马，另外四人上前作战，战胜后，再骑上马追击。

游牧民族玩步兵战术，还真有点意思。其实，薛延陀这么玩并不是因为步兵有多厉害。恰恰相反，在历史上各种大大小小的战役中，步兵对骑兵是很少占到优势的。他们这么做是不得已而为之,因为他们缺马。

是的,薛延陀虽然是游牧民族,祖上却是游牧民族中的贫下中农——一直憋屈在最北边。要知道草原的地盘也是分好坏的,好地方都被人占去了,他们就只能待在最穷的北方,穷地方吃不好喝不好,人都吃了上顿没下顿的,马的待遇又能好到哪里去,所以薛延陀那里的马匹出产率也很低。

长期缺少马匹,就不得不依靠步战。

东突厥灭亡以后,薛延陀迅速走上了脱贫致富奔小康的道路,马匹数量有了很大提升,但就像暴发户穷日子过惯了改不掉吃咸菜的习惯一样,他们对步战还是像以前一样痴迷。

不过话说回来。既然他们敢于步战,就说明还是有两下子的,这样打既保留了骑兵的机动性(骑马行军),又能发挥步兵的稳定性(下马作战)。如果近代欧洲龙骑兵(骑乘步兵)的创始人知道了,恐怕还要给他们付专利使用费。靠着这种新式战法,薛延陀击败了东突厥、西突厥等很多敌人,这次迎战唐军,唐军又焉能不败?

此刻,夷男的大儿子大度设正带着三万人马对突厥人穷追猛打,追到了长城脚下。不过,他的敌人阿史那思摩已经逃走了。再往南就是唐朝国境,大度设担心引起国际纠纷,不敢再追。可扑了个空,心里又非常不爽。于是派人爬上城墙,对着远处的敌人大声叫骂。一群胆小鬼,就不能像个爷们儿一样打一仗吗?你们当年的威风都去哪了?

通过骂人,大度设发泄出了些怒气,心情舒畅很多,但骂完之后,却突然变了脸色。

他看到了一支大军,远远望去,烟尘滚滚,遮天蔽日,一眼望不到尽头。而这支大军身上穿的,正是唐军的军服。

李勣来了。

螳螂捕蝉,黄雀在后。冷不防,这只黄雀就要来啄自己了。这下大度设再也骂不出口了,一瞬间就变成了刚才他口中的胆小鬼,一溜烟向北逃跑。

跑？你就是再能跑还能跑过李勣？这可是唐朝长途奔袭的专家，和李靖齐名的名将啊。

李勣没有跟他们废话，马上挑选出唐军和突厥混编的六千骑兵军团，亲自带队，快马加鞭，抄近路拦截。他又一次越过了熟悉的白道，最终在青山追上了敌军。

此时，距大度设逃跑已经过去了好几天。

而大度设到了这里也决定不再跑了。这里已是我们的主场，我的兵比你多、将比你广，再不打一仗怎么给乡亲父老们交待？

他厉兵秣马，摆开了长达十余里的阵势。

来吧，李勣，我们来决一死战。

看着敌人长长的军阵，李勣没有犹豫，指挥军队投入了战斗。他以突厥骑兵作为先锋，向大度设发起暴风骤雨般的冲锋。

然而，突厥人称雄的时代已经过去了，他们的战术打法早已被对方了解得一清二楚，两军交战不久，便抵挡不住，向后败退。

大度设乘胜追击，快速突破突厥兵的阵型后，冲到了唐军面前。

和往常一样，他们纷纷下了马，以四人为一队，余一人看马，向唐军发起了反冲锋。在冲锋的时候，他们也没有忘记射箭。

薛延陀大军万箭齐发，唐军的战马立刻被射死大半。

胜利的天平在悄悄向薛延陀倾斜，他们的战法在唐军身上似乎也能起到同样作用。

眼看着唐军变得越来越被动，李勣陷入了焦急的思考，突然灵光一现，发现了问题的症结所在，他几乎是大吼着向将士们下了一道命令：

全体下马！

薛延陀步战就是为了克制骑兵，为了杀死战马。现在我们下了马，你们这招还有何用！

唐军在李勣的命令下，纷纷跳下马抄起了马槊，变换成步兵战斗队形，结成牢固的大阵，冲向了薛延陀的大军。

薛延陀的步战是很厉害的，但仅限于对手是骑兵。这就像厨师和司机比烹饪技术，司机和裁缝比驾驶经验，怎么比都是你赢。可现在，他们遇到的是玩了上千年步战的中原将士啊，那就像大排档师傅遇到了米其林大厨，出租车司机遇上了 F1 赛车手。

人家千八百年前就玩剩下的了，你也敢在这班门弄斧？

结局一点都不意外，大度设很快就被击败了，败得落花流水。

大度设的境遇已经够悲惨了，但更让他狼狈不堪的时刻还在后面。

我们前面说过，薛延陀军队是五人一队，其中一人在后面看马。这样看来，战斗里似乎没这些人什么事儿，只需要跷着二郎腿、嗑嗑瓜子，等打了胜仗过去捡个漏儿就可以了。但就在唐军和薛延陀短兵相接的时候，一个人已经特意去关照他们了——薛万彻。

原来李勣在指挥骑兵下马的同时，还悄悄给薛万彻分派了几千骑兵，吩咐他从侧面绕到敌人背后，专打那些看马的士兵。

于是，看马的士兵正悠闲地看着前方拼杀，突然之间发现薛万彻的军队掩杀过来，他们很快被杀得抱头鼠窜，要么当场战死，要么乖乖当了俘虏。

一个人有一匹马，他会成为一个战士，一个人有五匹马，他就只是一个看马的。

与此同时，薛延陀前线部队正在前方苦苦硬撑的时候，也听到了后方的喊杀声。震惊之余回过了头，却发现马匹和看马人已经全部落入薛万彻手里。

同是薛家人，相煎何太急呀。

薛延陀大军这回算是玩砸了，打也打不过，跑也跑不了，士兵们只能乖乖放下武器，束手就擒。

此一战，唐军以六千人大破薛延陀三万之众，杀死三千多人，还俘虏五万多人（这里应包括一些普通百姓），取得了辉煌的胜利。

胜利之后，李勣没有放过痛打落水狗的机会，再次命令薛万彻长途追击，一直追到了漠北。可惜没抓到敌首，大度设及时脱身逃走了。

然而，草原上的气候是复杂的，尤其此时正值隆冬腊月，天气更是无常，在老天爷"体贴赠送"的鹅毛大雪下，大度设仅剩的残兵败将又被冻死了十之八九。

拥兵二十万的草原帝国薛延陀，就这样被一战打回了原形。

捷报传到长安，李世民非常高兴，面对薛延陀正在长安的使者，他不无骄傲地训斥。

"早就说了嘛，让你们和突厥南北为界，谁不听话就打谁，你们就是不听。现在好了吧，李勣几千人就把你们打得如此狼狈，还有什么好说的？"

使者被吓得大气都不敢出，只是一个劲儿地谢罪。

然后，李世民用一种幽默的口气为这次会谈做了结尾。

"回去告诉你们的可汗，以后再想干点什么，要先动动脑子啊。"（凡举措利害，可善择其宜）

几乎在同一时间，夷男低声下气地向唐朝上了讨饶的表书。陛下我知道错了，我以后再也不敢了，我请求与大唐和亲，请您挑选一位公主嫁给俺吧。

打了胜仗就要土地，打了败仗就要姑娘，什么好事儿都让你占了？

可出乎意料的是，李世民竟然答应了，而且许诺要把新兴公主嫁给他。

新兴公主可是他的亲女儿啊，李世民竟然舍得把亲女儿嫁给一个失势的蛮族可汗。如此宽宏大量的目的究竟何在？我们暂且不说。总之夷男听后，心情可以用兴高采烈来形容。能娶上大唐公主是多少人梦寐以求的事呀，何况这个公主还是皇帝的亲女儿。松赞干布够厉害了吧？娶的也不过是宗室的女儿。放眼天下，享受过这个待遇的蛮夷还没有呢。而我，将会成为第一人。

于是夷男迫不及待地表示，为了感谢天可汗成全这门婚事，他要献上丰厚的彩礼，具体数目大致是：马五万匹，牛和骆驼各一万头，羊十万只。

可算把那点家底儿都淘换出来了。真是下了血本。

但就在这时，大将契苾何力却上书说，绝不可以和薛延陀通婚。

至于原因嘛，夷男娶上公主就会成为李世民的女婿，然后，他就可以打着唐朝女婿这块金字招牌招兵买马、扩充力量。如此一来，薛延陀的势力可能又要恢复了，而唐朝那些仗就算白打了，将士们的血也就白流了。

"可是我都答应他了，天子怎么可以食言呢？"李世民说道。

这确实是个问题，但这个问题难不倒铁勒人契苾何力，毕竟最了解游牧民族的还是游牧民族。

"陛下，其实您不用直接拒绝，只要找个借口就可以。比如您可以让他来迎亲，即便不到长安来，至少也得到灵州（边境）。但是夷男这个人生性多疑，一定害怕我们会扣留他而不敢来，到那时，我们就可以名正言顺地拒绝他了。"

"好，就这么干。"

李世民马上给夷男传达了旨意。我说夷男呀，迎娶公主这么光荣的事儿，你好歹得拿出点诚意来吧。要是你不忙的话，就亲自来一趟？

李世民和契苾何力正捂着鼻子笑的时候，突然接到了一个震惊的消息。

夷男来了，他真的来了。他居然不顾大臣的苦苦劝阻，带着大批的彩礼、宝物，马不停蹄就往唐朝赶。一个公主的魅力竟有这么大，就像一块磁铁一样把人吸来？

李世民和契苾何力低估了夷男的决心，这下犯了难。怎么还真来了呢，也太实诚了吧。但既然打定了主意要做坏人，也就不差这一回了。得，那就索性做到底吧。

冥思苦想之后，李世民拉下脸使出了后招。

夷男呀，我看你们彩礼的成色有点不足啊。说好的马五万匹，羊十万只，什么什么几万只的，现在婚期就要到了，怎么我收到的还不到一半？

这话该怎么说呢？其实夷男的彩礼本来是有富余的，人家已经几乎把整个部落能拿出来的都送来了。但是架不住路途遥远，从老家到唐朝边境一个往返就将近一万里。路上环境恶劣，缺水少食的，牲畜的损耗特别大。

所以尽管夷男一连送了三趟，最终到了唐朝手上的也还不到说好的一半。

被天可汗挑了理，夷男叫苦不迭，但又不能不从，赶紧命手下继续大力搜罗，争取如数上交。

但李世民已经不耐烦了，他当场拍了桌子，说出了足以把夷男气得吐血的一句话。

连彩礼都没准备好就想娶公主，我看这婚你就别结了，哪里来就回哪里去吧。

哦，对了，顺便提醒一下，看在你不尊重朝廷的份上，这彩礼我也不退了。

没想到啊没想到，天可汗耍起无赖也真是不含糊，夷男连公主的影子都没看到，还把家当输了个底儿，真是彻底被玩坏了。

就这样，薛延陀成为了草原上的笑柄，而因为送了彩礼，实力也大受削弱。从此以后，回纥、仆固等部再也不把他当回事儿了。

这样的部落还能威胁唐朝？梦里头想想吧。

第十章　父与子：三龙夺嫡

残废的太子

和父亲李渊一样，李世民拥有众多的子嗣。但也和父亲一样，在众多的子嗣中，李世民只有三个嫡子。

如无例外，未来帝国的继承人要从这三个嫡子中选出。或者我们还可以把继承人的范围再缩小一点，就是他的嫡长子——李承乾。

这是非常顺理成章的。

早在贞观元年十月，李世民继位还不到一年的时候，就把李承乾立为了太子。那时候，他才只有八岁。

俗话说龙生龙、凤生凤，老鼠的儿子会打洞。作为李世民的儿子，李承乾自然也是一条人中龙凤，生得天真可爱，聪明伶俐，深受大家喜欢。

李世民非常器重这个儿子，一直寄予厚望，从小就给他选派了德高望重的老师李纲。

李纲是一个资历很老的大臣，在隋朝时就当过杨勇的老师，然后杨勇被废了，唐朝初年又当过李建成的老师，然后李建成被杀了，现在又当了李承乾的老师，后来李承乾也玩完了……李纲的曲折经历让他看起来非常"祥瑞"，算得上是教谁谁死，帮谁谁完，但这似乎并没有影响到他的声誉。因为不管怎么说，他在当太子老师的时候是称职的，勤勉、忠正、廉洁，学识人品无可挑剔，所以不仅没有被废太子拖下水，还留下了敢于直谏的美名。

正是"点背不能怨社会，命苦不能怪老师"。

李世民给李承乾选择了李纲，正是看中了他的正直无私、高风亮节，当然后来的结局是他完全没有预料到的。

李承乾没有辜负父亲的期望，对老师非常尊重，从不摆太子的架子，一见面就恭恭敬敬向他行礼，也不嫌弃老师年纪老了腿脚不好，特意允许他乘坐轿子进宫。

除此以外，课前认真预习，课上专心听讲，按时完成作业，能够独立思考，成了一个品学兼优的好学生。

几年后，李纲老师去世了，李承乾还在宫里专门给老人家立了一块碑，一有空就拿点水果点心过去深切缅怀。

如果时间就这样流逝，李承乾肯定会再接再厉，不断进步，发展成为一个德智体美全面发展的好太子，最后顺利继承皇位，继续开创大唐的辉煌盛世。

但命运却跟他开了一个大大的玩笑。

十岁那年，李承乾突然患上了腿疾。

在贞观三年和贞观五年，他先后发病了两次，第二次甚至差点失去性命，幸运的是他总算活下来了。但自那以后，他走路的时候就有些举步维艰，一瘸一拐非常难看。

他成了一个瘸子。

鉴于我国史书记载一贯简洁浓缩、惜字如金的风格特点，史官在书中都很少介绍某人的临床症状，对李承乾的发病情况，也只是轻描淡写了一句腿疾，并没说是什么病。不过，虽然我现在也不能说他到底得的什么病，但从现有的史料中推测，还是可以略知一二的。

本着瞧病先瞧家族史的原则，我们就先来看看李家的遗传病史吧。

他的爷爷李渊有风疾，父亲李世民有气疾，母亲长孙皇后和姐姐长乐公主也有气疾。据某个懂医学的人说，这里的风疾、气疾可能就是哮喘、中风，或是糖尿病的并发症。这些并发症和皇室早婚、近亲结婚、饮食习惯等都有很大关系。

李承乾的腿疾，可能就是糖尿病的一种并发症——足溃疡。这个病是非常可怕的，能导致脚部甚至腿部产生严重的肌肉萎缩，严重的可能危及生命，在当时条件下根本没有治愈的可能，能活下来就谢天谢地了。

这个病实在是太意外了。

要知道李承乾前些年还是生龙活虎、活蹦乱跳的，精力不是一般的旺盛。那时候他玩得很疯狂，疯狂得就像一个突厥人。有时候会穿上羊皮袄，梳起发辫，这是典型的突厥人打扮，带着卫士随从去野外驴行。没有房子就搭帐篷，没有吃的就打猎，没有餐具就用刀。吃好喝好就上马冲刺打架，以此为乐，好不开心。尽管看起来顽劣，可总归身体健康啊。

可现在居然成了这副样子，李世民心如刀绞。

作为这个帝国的最高主宰，他可以决定千百万人的生死，却无法治好儿子的病。

他只能求助于上天了，这个从来不信佛、不信道只信自己的人居然也请了天竺的高僧来为儿子祈福。等病情好转后，又召度三千人出家还愿，修建了几座寺庙，然后大赦天下。

但遗憾的是，李承乾虽然活了下来，却落下了严重的后遗症。

对李世民来说，儿子成了瘸子让自己非常心疼。而且，这个儿子将来要继承皇位啊，瘸子当皇帝，总免不了有人在背后议论。

当然了，李世民还不至于因为一条腿就废去李承乾的太子之位，他仍像之前一样爱着承乾，并且表态，只要承乾活着一天，太子之位就非他莫属。其他人想打太子的主意，休想。

只不过，唐朝那会还没有计划生育的概念。尽管李世民依然爱李承乾，却还有其他同样聪明懂事而且健健康康的儿子，他也不能不疼爱他们，于是他往日对李承乾的偏爱便不由自主地分到了别人身上。

但是，这时的李承乾已经因为疾病折磨而变得极度敏感，父亲任何一点微小的变化，哪怕是一句话一个眼神都可能在他心里产生滔天的波澜。

他慢慢变得有些自卑,甚至自暴自弃了。

他变得喜怒无常、纵欲无度,然后喜欢上了一个不该喜欢的人。一个男人——称心。

鉴于李承乾还有老婆,也生过几个孩子。所以严格来说,他并不是一个同性恋,而是一个双性恋。

称心属于唐朝官方歌舞团编制(太常乐人),长得很漂亮,能歌善舞,年龄和他差不多大。大概就是因为这些吧,李承乾轻而易举被迷住了,两人天天同吃同住,如胶似漆。

或许这时候,只有男人更容易理解男人吧。

事情很快传到了李世民的耳朵里。

对李世民这样浑身散发着阳刚之气的男子汉来说,这种家门丑事是绝对不能容忍的,他的手段也很干脆利落。直接把称心抓起来,砍了脑袋,一同被杀掉的还有好几个人。

父亲为这件事恼怒,李承乾却为这件事痛心,他默默在宫中开辟了一间小屋,把称心的塑像摆在了里面,每天早晚都要来看看,一到这里就痛哭流涕。

为了向父亲表达不满,他还耍起了小性子,一连托疾不朝好几个月。同时,他也在暗中调查是谁向父亲告的密,答案是不言而喻的,他很快就怀疑上了那个早就与他势同水火的人。

得宠的二弟

贞观十六年(642年)正月,李世民收到了一部书——《括地志》。

这是一部超级大型的地理著作,有多大呢?列举几个数据大家就知道了。

首先,这部书有五百五十多卷,即便是按一卷一万字算,这书的字数也可以轻松突破五百万,比大部分灌水网文还要多。

其次,这部书是以贞观十道为蓝本编辑的,十道里头包括天下三百五十多个州，一千五百多个县，而此书系统详细地介绍了各州，乃至各县的地理风貌和风土人情。

再次，书中的内容包罗万象、应有尽有，各州各县的历史沿革、山川地貌、文物古迹、重大历史事件，甚至神话传说都被收录在内，保存了之前至少六朝地理书中的珍贵资料。

这简直已不能算是一部地理书了，而是一部大百科全书啊。大家想想，这样的书能不好看吗？

李世民细细地翻阅了几篇之后，也不由得拍案叫绝，好，写得真好！

当然了，他之所以如此兴奋，也不单是因为这书写得好，还因为编写这书的人就是他的宝贝儿子：李泰。

李泰也是李世民的嫡子，在其中排行老二，只比李承乾小一岁。像他的小哥哥一样，李泰也是自幼聪明可爱，因此受父亲宠爱的程度几乎不亚于太子。不过和对待太子不同，李世民对李泰的宠爱是以另一种方式表现出来的。

就是玩命地赏赐。

反正你不是太子，将来用不着当皇帝，就让你舒舒服服地过日子吧。

贞观二年，李世民封众儿子为王，李泰成为了越王。一般来说，亲王是有封地的，小的一两个州，大的几个州。按说几个州供一个人吃喝拉撒怎么也足够了。但李世民大概是生怕自己这个胖儿子吃不饱穿不暖，居然破纪录封给了他二十二个州。

这在当时已经是天文数字了，有这些封地，想过艰苦朴素的生活都难呀。

不仅如此，李世民还喜欢带李泰出去旅游，每次外出巡幸都要带上他。偶尔一次两次不带，就想得受不了。为了解决这个问题，他使用了非常时髦的办法——飞鸟传书，用一只名为"将军"的白鹘和李泰互传书信，其中免不了嘘寒问暖，千叮万嘱。儿子你在家干啥呢？我在看书呢，老爸你呢？我在想你。哎呀老爸我也想你，快点回来吧。就这样我写一封，你回一封，絮絮叨叨，没完没了。有时这"将军"一日之内就能往返数次。如果放到今天，李世民一定会和儿子视频电话打不停，微信朋友圈刷爆屏吧。

但还不止于此。

我们都知道勤俭节约本是李世民亲自定下的国策。虽然他自己有时也很想奢侈腐败一把，但为了向天下人做出表率，也不得不经常自我反省，努力克制欲望。这个宫殿先不盖了，那个房间先不装修了，国家需要钱啊。但对李泰，他却舍不得亏待，总是尽最大能力满足。而李泰也仗着父亲的疼爱，恃宠而骄，把自己的王府修得豪华气派，简直不亚于皇宫。

岑文本就曾经据此上书，批评李泰盛修王宅，逾越礼制。李世民听后，把他狠狠表扬了一顿，然后亲自驾临了儿子的王府。

可让人意想不到的是，李世民在府里转了一圈之后，非但没有责备李泰，反而夸奖他宅子修得漂亮。小子眼光不错呀，是个有品位的人。然后大笔一挥又赐给更多的田宅。

真不愧是亲儿子啊，就像调皮可以说成聪明，愚蠢可以说成踏实一样，奢侈自然也可以说成有品位。

顺便说一下，新赐的田宅里包括一座大园子。这座园子位于长安的曲江南岸一带，是首都中的黄金地段。园林占地三十余顷，周长十七里，亭台楼阁连绵不绝，茂林修竹满园都是，还有夏天乘凉的凉堂、平时娱乐休闲的临水亭，风景妙不可言。这座院子就是后来名震天下的"大唐芙蓉园"。

李泰知道父亲喜欢自己，很是为此沾沾自喜，却并不满足。因为他也想当太子、当皇帝啊。尤其是哥哥瘸了以后，他那颗躁动的心就更加不可遏止地跳动起来了。自古以来有瘸子太子吗？自古以来又有瘸子皇帝吗？那岂不是成了天下人的笑柄。我只比他小一岁，身体健康，四肢健全，为什么不可以取而代之？

在李泰看来，他要实现自己的野心并不难。

除了身体比较健康，生活作风比较检点以外，相比那个瘸了的哥哥，他还有一个很大的亮点——擅长文学。

天下已经一统了，海内承平，皇子们就是想表现也没有窦建德、王世充那样的群雄去征讨。而打突厥、吐谷浑、高昌也轮不到这些未成年人，所以表现的最佳途径就是搞文学。当然了，李泰搞的文学跟我们现在所说的文学很不一样，几个小年轻手捧《小时代》45℃角仰望天空就以为自己是文学青年了？差得远呢。

人家这文学搞得可是包罗万象，同时还有拿得出手的干货。

首先他的书法特别好，草书、隶书都是文坛一流水平。单凭这一点，就可以秒杀现在99%的文学青年。为什么我敢这么说呢？因为有些文学青年的字我见过，说句不好听的，那学非常容易让人联想到某种横着走路的生物——螃蟹。

与此同时，李世民也酷爱书法，在工作之余经常向当时最有名的书法家虞世南、褚遂良学习。特别推崇"二王"的作品，把人家爷俩的作品几乎都收罗个遍，据说《兰亭序》就是他连蒙带骗搞到手的，死后还要藏在自己墓里。因为这共同的爱好，李世民和李泰父子也在无形中有了很多共同语言。

除此以外，李泰的文章写得也好，家中藏书万卷，本人还是当时有名的书画鉴赏家。拿一副书画过来，只要他说真的就肯定是真的，他说假的就必然是假的，没人不服气。

当然了，李泰搞文学并不单纯因为天赋和爱好，就像老爹当年在秦王府培养十八学士一样，他搞文学也有更深层目的，在其中笼络了一批文人、名士，不仅提高了知名度，也没忘了为他远大的理想献计献策。

这其中最重要的成果，就数前文说的这部书了。

这部书的地位用空前绝后来修饰都不为过，在和平年代能组织编写出这样一部卷帙浩繁的大书，其影响力之大，毫不夸张地说，跟战争年代灭一个国相比也差不了多少了。

为此，李世民又赐给了李泰很多礼物，作为他刻苦钻研文化知识的奖励，而且变得更加宠爱他了。

从此，每当李世民看到李承乾那一瘸一拐的样子，再联想到他那让人难以启齿的取向，心里就不由得泛起一片愁云。

褚遂良终于看不下去了。

他上书直言，批评李世民这些举动已经严重违背了礼制。还拿西汉窦太后和梁孝王的例子来警告他，如今李泰刚刚封了魏王，陛下正应该好好教育他，培养谦虚节俭的优良品德，怎么能还像之前那样溺爱？唯有如此，才能使魏王成为一个良才，所谓"圣人之教不肃而成"是也。

李世民非常爽快地答应了。

但就和岑文本那次劝谏一样，之后仍然我行我素，没有改变。

其实，李世民此时并没有废立太子的意思，历朝历代太子都是国本，除非到万不得已的情况下（比如谋反）是不可以轻动的，那可直接关乎朝局的稳定啊。李承乾的表现虽然让他失望，但也没到非废黜不可的程度。李泰虽然很受喜欢，但更多的也是出于父子亲情。平头百姓家的孩子不也总有个特别受宠的嘛，皇帝就不可以吗？

李世民明白这个道理。所以他虽然不听劝谏，对进谏的大臣倒也没有责怪过。

但很多时候，天下人的看法是不以皇帝的意志为转移的。李世民的所作所为已经给出了严重偏离他本意的政治信号。嘴上说不换太子，可你这表现能骗得了人？

就在此时，李承乾又非常应景地作了个大死——暗杀属官。

我们前面说过，李世民对李承乾还是不错的，曾经下过一道诏令，从下达之日起，太子领用府库的器物，财务会计部门不要加以限制。可没想到李承乾一点也不知道客气，挥霍无度，短短两个月就花了七万钱。要这么下去，再有一年半载岂不是要把国库给败光了？

太子属官张玄素觉得这事儿不对头，赶紧上书，要求对太子的铺张浪费行为加以限制，并且说了一句很难听的话。

"骄奢之极，孰云过此！群邪淫巧，昵近深宫。"

张玄素这话是为了国家好，甚至也是为了太子好，但是对早就性情大变的李承乾来说，这已经不是劝谏了，而是骂街。他恼羞成怒，直接让手下埋伏在张玄素上朝的路上，用大马棰照人脑袋上来了一下。张玄素当场就被打倒在地，血流满面，命都差点没了。

这真是一条重磅消息，如果当时有新闻媒体的话，这事儿一定能上头版头条。

太子暗杀属官的消息很快在街头巷尾传开了。

唐朝的文武官员没有甘于寂寞，纷纷加入了传播八卦的大军，而且在传播过程中还出现了后续版本——鉴于太子行迹恶劣，不堪大任，皇帝已经决定要废掉他，改立魏王。

李世民听到这些消息，禁不住在朝会上大发雷霆。

我什么时候说要废太子了？你们这些人，不要听风就是雨！我今天向你们表个态，承乾一日为太子就终生是太子，即便哪天他死了，轮到的也是他儿子。我的嫡长孙今年都五岁了，将来足以继承大统！

当然了，李世民现在也明白了，仅仅表态还是不够的。人都说听其言、观其行，放完了狠话，还必须要做些实际行动，才好让大家都心服口服。

关键时刻，他拉出了一位久经考验的老朋友，把魏征任命为太子太师。

当朝的大臣们，要论德高望重、忠直无私没人能超过魏征吧，我就让他做太子的老师，看你们还有什么好说的？

可出人意料的是魏征却拒绝了。他拒绝并不是因为不愿趟这条浑水，或是没有担当，不愿为主上分忧，而是他的身体已经不允许了。此时魏征已经六十二岁，身体很不好，生怕自己来日无多，担不起这样的重任啊。

陛下，您另请高明吧，老臣恐怕是要不行喽。

李世民明白魏征的意思，但除了魏征，却发现再也找不到更合适的人了。甚至房玄龄都不行，因为他的性格不够刚直，有时会妥协迎合，起不到作用。长孙无忌和褚遂良呢？他们不喜欢魏王。于是李世民下令：只要魏征愿意当太子的老师，一切条件都可以商量，哪怕躺在床上办公都行。

魏征最终领受了皇帝的命令。

如果魏征能再多撑几年，我估计李承乾的命运可能会好一点。

但他真的已经病入膏肓了，没多久就下不了床了。

临终前，李世民不断派人前去探望送药，从宫中到魏征家的路上，侍臣太医往来不绝。有一次，李世民还亲自带着李承乾和女儿衡山公主去了他家，指着女儿说，要把她嫁给魏征的儿子魏叔玉。李世民是多想把魏征留住呀，但生老病死的自然规律是谁都不可以对抗的。

贞观十七年（643年）正月十七，魏征还是去世了。

临死之前，他也像长孙皇后那样丝毫没有考虑自己的家人和身后事，只是用最后的力气说道"嫠不恤纬，而忧宗周之亡"。他是在担心太子。

李世民听到这句话，当场掉下了眼泪。

为了表彰这位忠臣的功绩，李世民决定把他厚葬。但魏征的妻子说，丈夫生前就是一个俭朴的人，厚葬并不是他的本意，于是极力推辞，请求薄葬。李世民只好同意。出葬那天，他在寒风中登上了宫中的西楼，眺望着魏征那简陋的灵车，失声痛哭。

也就在这时，他对着身边大臣说出了那段千古流传的话。

"人以铜为镜，可以正衣冠，以古为镜，可以见兴替，以人为镜，可以知得失；魏征没，朕亡一镜矣！"

谋反的功臣

魏征的死让李世民伤感了很长一段时间，连太子和魏王的纷争都搁置在了一边。

看到朝堂之上那些白发苍苍的大臣，李世民心里也不由得感到一阵酸楚，他们都已经老了，我也已经老了。此时距他登基已经过去了整整十七年，这些人也陪着他走过了风风雨雨的十七年，人生又能有几个十七年呢？

名臣不死，他们只是在渐渐凋零。

想到这里，李世民心中萌生了一个大胆的想法。

要把这些跟随我南征北战、开创盛世的功臣的相貌画下来，不仅要画现在的这些人，还要把那些早已去世的也画下来。让千百年后的人们依然记得他们。要让他们知道，当时还有这样一群人，和我创建了这样一个国家，缔造了这样一个时代！

想法很快付诸实施。

一个多月后，画像完成了，一共有二十四幅。画中的每个人都神采奕奕、栩栩如生，看见这些画就仿佛他们本人出现在你的眼前。

完成这项伟大任务的人，就是我国历史上的著名大画家阎立本。

在画像上题字的则是当时最著名的书法家褚遂良。

李世民令人把画小心翼翼地摆在了凌烟阁，这二十四幅画像中的人物，就是通常所说的凌烟阁二十四功臣。

为了直观一点，我们还是列一下名单吧。他们是：

长孙无忌（赵国公）、李孝恭（赵郡元王）、杜如晦（莱成公）、魏征（郑文贞公）、房玄龄（梁国公）、高士廉（申国公）、尉迟敬德（鄂国公）、李靖（卫国公）、萧瑀（宋国公）、段志玄（褒忠壮公）、刘弘基（夔国公）、屈突通（蒋忠公）、殷开山（郧节公）、柴绍（谯襄公）、长孙顺德（邳襄公）、张亮（郧国公）、侯君集（陈国公）、张公谨（郯襄公）、程知节（卢国公）、虞世南（永兴文懿公）、刘政会（渝襄公）、唐俭（莒国公）、李勣（英国公）、秦叔宝（胡壮公）。

要注意的是，凡是在爵位中有谥号的，就表示此人已经去世，比如杜如晦（莱成公）、秦叔宝（胡壮公），中间的"成""壮"就是谥号。凡是爵位中啥也没有的就表示此人还健在，比如长孙无忌（赵国公）、李勣（英国公）。去世和健在的都是十二人，各占一半。

同时，在这里还要说一个很多人都非常关心的问题，就是凌烟阁的排名问题。好多人问过，比如为什么长孙无忌排第一？为什么秦叔宝排倒数第一？为什么杜如晦在房玄龄前面？等等。我也看见过一些答案，但是基本都没有说到点子上。

其实，这个问题不难回答。简单来说就是两条：

（1）排名的硬性依据是官位品级。

（2）按照人死为大的原则，同等级别的死人要排在活人前面。

当然了，最终的排名还会牵涉一些细枝末节的问题，细细深究起来恐怕要写上几千字，大家肯定也不会感兴趣。但只要记住这两条原则，大致是不会错的。

我们先来举个例子，就说长孙无忌吧，为什么他能排第一？

请看第一条原则：官位品级。长孙无忌的品级是朝中最高的。虽然几年前李世民按长孙皇后的意思免去了他的宰相之位，但我们知道，唐朝宰相的级别从来都不是最高的，而且李世民转手又给了他一个新官位——司徒。在唐朝，司徒这个官位已经没有什么实权，只是一个荣耀的虚衔，但是却又是所有官职里的最高品级，位居正一品，没有对国家做出重大贡献（或重大灾难）根本不可能得到，属于三公中的老二（太尉司徒司空，排名分先后）。

而在当时，司徒以及前面的太尉根本就没人当过，这就意味着不论死人活人都没人比他的品级再高了，所以长孙无忌当之无愧要排在第一。

再看杜如晦，他和房玄龄是齐名的，功劳也差不多大，可是人家房玄龄还多干了很多工作呢，怎么杜如晦排名反倒上前面去了？

这就牵涉到我们的第二条原则了——人死为大。杜如晦虽然贞观四年就早早去世了，但早逝却让他占了一个便宜——赠官。一般来说，大臣死后都会被追赠一个较高的官阶以示尊崇。杜如晦就被拔高追赠了司空，在司徒的后边。

而房玄龄此时虽然也做到了司空（宰相兼司空），但根据我们说的人死为大的原则，他也只能排在杜如晦的后边。

魏征能排在房玄龄前面，也是这个道理（死后追赠司空）。

至于秦叔宝就更好解释了，他在打天下的时候主要担任的是先锋猛将角色，所以官位和李勣、李靖这种方面军统帅相比，要差一点。开国后又疾病缠身，去世很早，失去了很多像侯君集这样表现的机会，在仕途进步上也吃了亏。去世之后，他只追赠了一个官位不高的徐州都督，这还是个地方官。官职、赠官都不高，排在最后也就不足为奇了。

当然了，就像战功卓著的陈赓、粟裕授衔时只授了个大将而非元帅却仍然被人推崇一样，这些身外之物并没有影响秦叔宝在大家心中的地位。在很多人的心目中（包括我），二哥永远都是最棒的。英雄的光芒，永远都不会因为一个区区排名而褪色,秦叔宝,永远是那个时代独一无二的大英雄!

凌烟阁的事情就这样完工了,从此以后,李世民没事就过去瞧瞧。每当他来到这里,总是能回忆起年轻时那段金戈铁马的岁月和贞观初年意气风发的日子。那个时候,是多么让人怀念啊。

进了凌烟阁的大臣也很感激,唐朝这么大,获得殊荣的才二十四个,而活着的只有十二个,在当时绝对算得上国家一级保护人物了。不仅是皇帝宠爱的股肱之臣,也是文武百官羡慕嫉妒的对象,更是天下人崇拜的偶像(请君暂上凌烟阁,若个书生万户侯)。混到这个份儿上,怎么着也该知足了吧。

但情况却并非如此。

因为侯君集还是很不爽,记性太好也很要命,他还没有从上次蹲牢房的阴影里走出来。打了胜仗却被下监狱,他怎么能咽得下这口气?至于画像凌烟阁的待遇,他就更看不上了,老子身经百战,战功赫赫居然只排第十七,这也能叫表扬?简直就是打脸。

通常来说,委屈和不满积累到一定程度是必然要发泄出来的,否则这人就可能被活活憋死。

侯君集终于憋不住了。

差不多在同一时间,太子詹事张亮被外放为洛州都督。这位张亮也是画像在凌烟阁中的大将,不熟悉的可以回看,他的排名就在侯君集的前面。

张亮的外放似乎只是一次平淡无奇的人事调动,但是看到元老被从京城发配到了地方,而洛州又是一个非常重要的地方,侯君集隐约感到这是一个可以利用的机会。

于是他找上了张亮的家门,一阵寒暄过后,阴阳怪气地问了一句:

"听说老兄要去洛阳了?谁排挤的你呀?"

这是一句试探性很强的话,如果张亮说没被排挤,侯君集自然可以就此打住,权当来送个行问候一下就过去了。如果张亮说,是呀,俺确实遭到了某某某的排挤,那就必然对朝廷有所不满,一旦有所不满两人就有了共同语言,接下来,那些不可告人的事就可以从容挑明了。

不管怎么说,侯君集都占据了主动。

但侯君集并不知道,张亮其实是个城府很深而且善于应变的人,在他那敦厚的外表下,隐藏着一颗诡诈莫测的心,对侯君集的试探,他既没有确认也没有否认,而是轻轻一句话就把皮球踢了回去。

"不是你又是谁呢?"

这是一句非常幽默的调侃,而心理学家告诉我们,幽默是一种攻击行为。侯君集面对攻击,果然被撩拨起来了,额头上青筋暴起。

"我排挤你?我当年平定一国归来,就被陛下劈头盖脸教训一顿。我还能有这么大本事吗?"

嗯?原来是在埋怨陛下。看着侯君集激烈的反应,张亮的心里在暗暗发笑,用一种期待的眼神看着他,等着他把话继续说下去。

在凌烟阁功臣里,张亮是一个不太起眼的人物。这二十四个人,不是为国立下大功,就是有显赫的王公贵戚身份,算得上谋臣如雨、战将如云。而唯有张亮是一个出身贫寒、功劳低微的角色,历来被后人认为不配入围。要是平时聊天说起秦叔宝在凌烟阁,很多人都会问他为什么不排第一。可您要说张亮也在凌烟阁里,很多人的第一反应就是,怎么这人也能进去?

然而,任何事情都不是没有缘由的,如果侯君集能仔细了解一下张亮的个人简历,就会明白这是一个多么可怕的人。

他有一个独特的专长——告密。早年在瓦岗军混的时候,张亮就曾因为告密成了李密身边的红人。到了唐朝,他各种小报告也没少打,也因此成为了李世民的心腹,面对这种事情,他会放过告密的机会吗?

可惜的是,侯君集完全没有意识到这一点,他已经无法再压抑这两年来的委屈和愤懑了,心中的怒火就像洪水一样喷薄而出。说着说着,他猛地撸起了袖子。

"这两年,我整天过得人不像人鬼不像鬼,都快要活不下去了!你能造反吗?我跟你一起反!"

面对侯君集如此露骨的表演，张亮的心头猛然一震，这可真是个粗人呀，什么话都敢往外说。但既然说到这份上了，也只好稳住他，于是故作沉吟地点了点头。

"倒也不是不能，不过这可是件大事啊，容我考虑一下吧。"

得到张亮这模棱两可的回答，侯君集不太满意，意犹未尽地走了。

然而，转天过后，张亮就把这件事情密报给了李世民。多年来，随时告密早就成了他的一种习惯，侯君集跟这种人推心置腹，简直就是找死。

李世民听完这位告密大王的话，心情久久不能平静，爱将企图造反被及时发现，他实在不知道自己该难过还是庆幸。但事已至此，总要问个清楚。

"你和侯君集交谈的时候，有其他人在场吗？"

"回陛下，这个嘛……倒没有。"

"唉，这就难办了。你和侯君集都是朝廷的功臣，说话时身旁又没有别人，你叫我如何处置呢？仅凭这个来审讯他也说不过去啊。再说了，他那脾气你还不知道，就是当面对质也肯定不服。到那时，事情就搞不清楚了。"

"陛下所言极是。"

李世民沉默了一会，又盯住了张亮。

"这样吧，这件事你千万不要说出去。将来我自会处理。"

张亮连连磕头允诺，起身告辞。

送走张亮之后，李世民背手站在门口，怅然良久。他心里就像打翻了五味瓶，酸甜苦辣咸一下涌了上来。君集，我当初确实不该那么对你，让你在同僚面前出了丑。可是你跟了我这么多年，怎么也会想要谋反。难道你对我的情感就只剩下了怨恨？你当时可是真的犯了错，就不能反思一下自己的行为吗。算了，天要下雨娘要嫁人，随你去吧，但愿你能早日悬崖勒马、好自为之。

此后，李世民仍像往常一样对待侯君集，没有表现出丝毫变化。

侯君集完全没有估量到那次谈话的后果，他不知道张亮已经出卖了他，也不知道李世民已经察觉了他想谋反。他仍然被蒙在鼓里，被怨恨的火焰烧坏了理智，一头扎进造反的图谋中不能自拔。

开弓没有回头箭，话都说出去了，还有别的选择吗？

既然打定主意要干，我就绝不回头！

就在这时，女婿贺兰楚石找上了他。

这位女婿还有另一个身份——东宫千牛，也就是太子李承乾的属官。

侯君集虽然自以为做得天衣无缝，但平日的表现早已暴露了自己。整天一副苦大仇深的表情，工作起来心不在焉，动不动就吹胡子瞪眼。即使别人不知道他企图造反的阴谋，也很容易感受到他日渐形成的反社会人格。

这种人简直就是如假包换的不安定分子呀，哪天真要造反了大家一定不会奇怪的。

李承乾当然也察觉了这一点，正处在储位斗争的风口浪尖的他深深明白，手下那帮人虽然吵吵得挺凶，但说白了不过是一群虾兵蟹将，关键时刻是派不上多大用场的。

而侯君集就不同了，他本是朝廷的重臣、国家的大将，能量不可小觑，此时又恰好在政治上不得志……还有比这更好的合作伙伴吗？

李承乾就是再笨也不会放过这个千载难逢的机会，于是派了贺兰楚石前来游说。

在岳父大人面前，贺兰楚石表现得十分兴奋，用讨好的语气说道：

"太子一直十分欣赏您老人家，如果您能助他一臂之力……"

他的话不用说完，结果就可以预料到了，侯君集和这位爱婿一拍即合。

"好！"

在侯君集看来，李承乾毕竟是太子，胜算是很大的，而且是个典型的纨绔子弟（这不是坏事）。吃喝玩乐样样精通，文韬武略一概不行。这样的人一旦将来登基做了皇帝，肯定收拾不了局面。而到那时，朝政必然会掌握在自己手中。

打着这个如意算盘，侯君集很快来到了东宫，和李承乾有了第一次亲密接触。二人共同商议了接下来的计划，还明确了分工，侯君集负责为他联络宫中的侍卫长官，刺探李世民的一举一动。此后，侯君集又一发不可收拾，一连去了东宫好几次，其中一次又信誓旦旦地撸起了袖子，慷慨激昂地表示：

"此好手，当为用之！"

如此冲动的人怎么可以从事这种高风险事业？事实证明，侯君集不仅性格冲动、志大才疏，而且心理素质也不怎么样。

自从成了太子的合伙人之后，他就像变了一个人，原来是性如烈火一点就着，现在却整日心事重重、愁眉不展。而且行为突然间也变得非常诡异。有时晚上正睡着觉呢，就冷不丁直挺挺地坐起了身，把躺在一边的妻子吓一大跳。这倒不是他一下子患上了梦游症，而是心里憋着事儿实在睡不着呀。

万一失败了怎么办？计划泄露了怎么办？有人告密怎么办？

在这里我要告诉大家，若要人不知除非己莫为，谋反已经到了这种程度，一定会有人告密的（除了张亮还有别人），但这位告密者却是他绝不会想到的那个人。

对侯君集反常的举动，妻子也非常奇怪。

你说你，大晚上的一惊一乍的干啥呢？不是做了什么对不起我的事儿吧。

侯君集连忙否认。我怎么能对不起你呢，我就是对不起陛下也……

什么？你对不起陛下？！妻子大惊。我说你一个朝廷重臣整天哭丧个脸干什么？原来是对不起陛下。君集，陛下对你一向不薄，现在停手还来得及。你要是有个三长两短，我也活不下去了，呜呜……

他的妻子哭了起来。可是，已经走上不归路的侯君集又怎么肯听，他只有用沉默来回应妻子的哭声，然后一言不发地躺下去，在心里继续重复那些毫无意义的问题，但答案却总是——

反吧，反吧，反吧……

造反的皇子们

魏王李泰夺嫡的欲望越来越强烈了。他不知道哥哥已经企图谋反，却知道这个哥哥越来越不成器，只要他继续破罐子破摔下去，自己就有希望取而代之。

不过他夺嫡的方式并不极端，而是通过和平的、搞小动作的方式来达到自己的目的。

事实证明，虽然他的"和平演变"不会立竿见影，但这样软刀子杀人却把李承乾折磨得完全没脾气。

他结交了很多朝中大臣，以礼贤下士的方式来捞取名声。毫无疑问，魏王的号召力是很强的，一时之间，杜楚客、房遗爱、柴令武等人都纷纷成了他的座上宾。

关于这三个人的来头，大家可以先看看他们的姓氏，杜、房、柴……怎么听着这么耳熟呢，难道是和朝中某些重臣有亲戚关系？

不错。杜楚客就是杜如晦的弟弟，房遗爱正是房玄龄的儿子，柴令武则是柴绍的儿子，而且后两个人还是当朝驸马——李世民的女婿（房遗爱娶高阳公主，柴令武娶巴陵公主）。

魏王的小圈子可真高端呀。

但李泰还嫌不满足。为了进一步壮大实力，打造魏王府高端社交圈，他还使用了一种大规模杀伤性武器——钱。有时在上朝的路上，就直接让王府的属官揣着钱去行贿。

你啥意思？

没啥意思，就是魏王派我来意思意思。

那多不好意思。

小小意思，千万不要不好意思。

哦哦，那我就不好意思了。

当然了，收下这些"意思"可是有条件的，那就是劝说皇帝立李泰为太子。李泰这么精明的人可不会闲着没事儿跑来献爱心。

太子的口碑却越来越差了，大家都知道。魏王深受皇帝宠爱，大家也知道。魏王的小圈子很不同凡响，大家自然更知道。所以尽管皇帝三令五申不会改立太子，但在大家看来，将来的皇位花落谁家都是很难说的。

宫廷政治都是波诡云谲、变幻莫测啊，当年李世民不也是差点玩完了吗？但一个玄武门之变就让他彻底翻盘，成为了皇帝。魏王应该还不至于去造老爹的反，但至少有成为皇帝的可能性，而且这可能性还非常之大呢。

为了让自己的仕途平步青云，为了给子孙后代留条康庄大道，甚至仅仅为了不去忤逆魏王的拉拢，许多人也就在这种形势下拜倒在了他的膝下。何况，他们本来就很难抗拒他的诱惑。

大臣们暗中结成了朋党，李泰的小圈子已经成了气候。

面对着李泰的步步紧逼，李承乾也不甘示弱，针锋相对组织了自己的小圈子，除了侯君集以外，汉王李元昌（李世民的弟弟）、杜如晦的儿子杜荷也相继加入了太子党。我们能看出来，这个圈子足以和魏王一较高下。

但李承乾不仅没有觉得安心，反而越来越焦虑了，因为他无奈地发现，即使这样，也仍然拿李泰没有办法。

实在找不到破绽。

如果李泰铁了心谋反那倒好了，自己去揭发检举，说不定还会立个功，被父亲表扬一顿呢。可气的是李泰偏偏不谋反，而且不温不火、不急不躁，专门在背后搞这些小动作，搞得他非常被动，又找不着突破口。

他曾试过写匿名信举报李泰如何违法乱纪、图谋不轨，但是，经有关部门查验，这些全都是污蔑之词。不仅丝毫没有影响李泰在父亲心中的地位，反而让父亲对自己起了疑心。

他也想过干脆安排刺客把魏王干掉，一了百了，可干了这种事，不被查出来也是不可能的，到头来自己也得完蛋。

李泰即使不成功也可以做他的魏王，而李承乾一旦失败就当不成太子。而无数历史向我们证明，废太子的下场都是非常悲惨的，等待他们的一般都是同一种结果——死亡。即便不死，也会慢慢被人遗忘。

李泰是稳赚不赔的，而不赔却已是李承乾最好的结果。这是一场不对称的游戏。而这场游戏，只有一个赢家。

既然这样，又何必再耗下去？

鱼死网破吧。你不反，我反！

于是，李承乾准备择日发动政变。

在那个月黑风高的晚上，他在东宫召集了暗中蓄养的死士。他用凶狠的眼神监督大家约定了盟誓，然后一起割破手臂，把血滴到布帛上，烧成灰放在酒中喝掉。他的计划是这样的：先让卫士纥干承基带头去刺杀李泰，再回过头对付自己的父亲，得手之后，临朝称帝，就像父亲对爷爷做的那样。

是的，就是那样。

计划既然决定，剩下的就交给时间了。

几天之后，善观星象的杜荷对李承乾说：

"最近天象有变，我们应当顺应天意。"

"如何顺应？"

"殿下只需称自己得了暴病，皇上必会前来探视，我们就乘此机会动手，一定可以成功。"

"好，事不宜迟，那就干吧。"李承乾斩钉截铁地回答。

然而还未等李承乾动手，一个人却先跳了出来，彻底打乱了他的计划。

贞观十七年（643年）三月，李祐造反了。

李祐是李世民的五儿子（庶子），他喜好游猎，不守法度，多次受到属官的批评，结果捅到了李世民那里，要把他抓起来治罪。李祐因此大怒，索性杀掉属官，起兵造反。

不过造反这个事儿不同于体育赛跑，可不是谁先起跑谁就能赢的。李祐只是一个庶子，本来就没什么号召力，而且身在遥远的齐州，也威胁不到京畿要地。所以他注定翻不起什么波澜，很快就被朝廷逮捕，押到长安赐死。

李祐造反纯属自己作死，倒也不值一提。

但要命的是，他这次未遂的造反却在无意中打乱了李承乾的部署，并最终结束了他的政治生命。

纥干承基被牵连到了李祐的案子里。

而这个人同时也是太子党的骨干。

没错，这小子就是在两面下注、脚踏两只船。至于他怎么做到的，我们也不清楚。总而言之，这小子还真是不安分。

按照古代法律的常识，只要和谋反沾上了边儿，那就别指望能活下去了，赶紧准备后事吧，能给个痛痛快快的死法都算烧了高香。

但偶尔也是有例外的。如果你能深刻领会朝廷抗拒从严坦白从宽的精神，积极主动交待罪行，然后发扬背后插兄弟两刀的"优良作风"，及时告密，揭发检举，兴许还可以争取宽大处理。而敢于谋反的人一般都没什么节操，纥干承基这种两面下注的家伙就更不用说了，于是为了保住自己的小命，他毅然决然举报了太子。

我坦白，我举报，太子也在策划谋反！

在办案人员震惊的目光下，他和盘托出了太子谋反的全部计划，还爆料了太子最新发表的反动言论。

根据纥干承基的说法，太子是这样讲的。虽然干的都是同一项工作，但他对李祐这个同行弟弟非常不屑，毫不避讳地对左右说：

"就这样的也敢造反？我东宫离大内不过二十步，与你们谋划大事方便得很，哪能像他这么蛮干！"

你确实不能像他那么蛮干，因为你连干的机会都没有了。

一切都结束了，李承乾终将为他的所作所为付出惨痛的代价。

有关部门不敢怠慢，赶紧把纥干承基的口供、太子谋反的案情上报。

李世民很快知道了这个消息。他颤抖着拿起了呈到面前的案卷，心碎得就像接到了对自己的末日审判。承乾要杀死李泰，然后再对付我，这是真的吗？他实在是宁死也不愿相信。但他还是压抑住内心的痛苦，一字字地看完了一遍。这是真的。

李世民把案卷合在案上，痛苦地闭上了眼睛。

"叫人去审一审吧。"

长孙无忌、房玄龄、萧瑀、李勣这几位朝中地位最高的大臣奉命与大理寺、中书省、门下省一同审问。

事情很快水落石出，太子谋反证据确凿，确是实情。

在朝堂之上，李世民用苍白无力的声音向大家询问。

"你们看看，该如何处置？"

没有人回答，一个都没有。

因为没有人敢在这种事上替皇帝拿主意。谋反是死罪无疑的，但我们就可以劝陛下杀自己的儿子？这可是在鼓动他们父子相残啊，岂不有悖人伦？可是不然呢，难道要请求陛下宽恕他，宽恕一个想谋害自己的人？要知道皇位面前可是无亲情的。

群臣们苦苦地思索着，朝堂之上鸦雀无声。

突然一个人快步向前，用洪亮的声音打破了沉寂：

"陛下不失为慈父，太子得尽天年，则善矣！"

大家定睛一看，这个说话的人叫来济，是隋朝名将来护儿的亲儿子。

他这话的意思就是，我们既要做到不损害陛下的慈父形象，又要让太子得以善终，这样的结果才是最好的。

居然还有这样两全的办法？

李世民的眼睛盯着来济，一直盯着。

再想想，怎么会没有呢？

突然他感到被一股电流击中了心头。来济说得对啊。谁说谋反就一定要死的？承乾是生是死难道不是全在于我？如果我想杀他，我就能杀。我不想杀，就可以不杀啊。虽然他大逆不道、野心不小，可毕竟是我的亲儿子啊。我怎能杀死自己的儿子？

想到这里，李世民的心里释然了，"来济，就依你之言。"

于是，李世民下令废去李承乾的太子之位，关在狱中，等候处分。虽然最终的结果还没下来，但大家都知道，他的命保住了。

与此同时，朝廷也迅速收捕了太子的党羽。

这些同谋者被列成了一份长长的名单，李元昌、杜荷等人都赫然在列。

就这些吗？当然不止。

因为其中还漏掉了一个人，一个非常关键的人。

不过这个人是逃不掉的。

贺兰楚石已经上奏了一封密报，举报了这个被漏掉的关键人物——他的岳父侯君集。

需要特别说明的是，贺兰楚石是主动来到宫里，拿着密信正式上报的（诣阙告其事）。女婿？爱婿？呵呵呵呵……

侯君集马上就被逮捕，入围了太子谋反集团的名单，尽管这个名单实在不怎么光彩。

不过依他的脾气，还是梗着脖子不认账。他知道本人并没有参与逼宫李世民的行动，料定查不到自己头上，却不知道贺兰楚石女婿已经往他两肋上插了一刀。所以面对主审官员，还是振振有词。

"说我谋反？你才谋反呢？你全家都谋反！"

已经心力交瘁的李世民不想再等下去了，直接到狱中找到了侯君集。

"我不想让那些刀笔吏侮辱你。"（我不欲令刀笔吏辱公）

说罢，将贺兰楚石的密信扔到了地上。

"自己看吧，你还有什么可说的？"

侯君集带着难以置信的表情看完了那封信，只觉得一个霹雳在耳畔炸裂，天旋地转，他瘫倒在地上。都知道了，陛下都知道了，是楚石告诉的他……他的胸口突然闷得喘不过气，额头上的汗珠像雨一样冒了出来。

"陛下，陛下，我……"你错了吗？你大错特错了。

李世民冷冷地看了他一眼，转过身，拂袖而去。

无论如何，李世民还是一个念旧情的人，就像放过自己的儿子一样，他也打算给侯君集留条活路，对大臣们说，君集为国家立下过大功啊，我真的有心饶他一命。

然而，这次大臣们却没有了顾忌，毕竟侯君集谋反的证据很确凿，杀掉他一点不冤。又不是皇帝的儿子，也没什么好袒护的。如果这也能免死，以后谁还会把谋反当回事儿呢？他们纷纷表示最激烈的反对。

"陛下万万不可，侯君集犯下大罪，为天地所不容。"

"请陛下杀掉他，明正典刑！"

面对汹涌的群情，李世民无法坚持。不管怎么说，侯君集确实参与了谋反，如果这也能赦免，那杜荷、李元昌，其他人呢？把他们都赦免了吗？他无法做到。

于是，他再次来到了狱中。

只过去了短短一天，侯君集就已经憔悴得不成样子，神情暗淡得就像一具丧失灵魂的木偶。看到这一幕，他心中不由得感到一阵酸楚。这个和自己在战场上出生入死，帮助自己君临天下的人怎么就一心谋反不回头了呢？究竟是什么让他走到了这一步，是他错了，还是我错了。李世民的喉头哽咽了一下。

"其实我……"

"陛下，您不必如此，君集已经铸下大错，死不足惜。"经过一夜的反思，侯君集反倒变得坦然了，他跪在地上，平静地说道。

李世民抬起手擦了擦眼睛。

"你还有什么未了的心愿？"

侯君集直起身，思索片刻。

"陛下能否为我留下一个儿子？延续侯家的香火。"

"好，我答应你。"

"多谢陛下。"

"还有吗？"

"没有了。"侯君集摇了摇头。

李世民多么希望他能再提些要求，好让两人能再多说几句话，好让自己的心里能好过一点啊，然而却没有了。狱中的时间几乎要静止，长久地沉默。

只能听见两个人的喘息声。

他知道自己该走了，终于再次艰难地开了口。

"君集，那我就和你永别了，从此以后，只能去凌烟阁看你的遗像了。"

侯君集的眼泪也流了下来，一直到了嘴里，却什么都没有说，只是不停地磕头谢罪。

我是该死的。他这样想。

五天之后，侯君集和杜荷、李元昌等人一同被斩于闹市，妻儿免死，流放岭南。

侯君集的死是他自己造成的，怪不得别人，他虽然战功卓著，能力很强，却是一个过于自负的人，这种自负让他受不得一点委屈、一点挫折，哪怕是错了，还以为自己正确。

功名利禄转头空，这是他性格造成的悲剧。

因为他的谋反，李世民受到了很大刺激，从此以后，他连凌烟阁都不再去了。从前的时候，这个地方珍藏着他毕生最美好的回忆，那么多战友，那么多名臣，那么多故事。可如今，来到这里却只会让他伤心，让他伤心的那件事情叫做背叛，背叛者的名字叫做——侯君集。

守成太子李治

李承乾被废掉了，太子谋反集团被处理了，一切好像尘埃落定了。

可是没有，一个新的问题摆在了面前。就像国不可一日无君一样，国也是不可一日无储君的。

该立谁为太子呢？

答案看起来很明显，当然是李泰了。

所有儿子里头，李世民最喜欢的就是这位，而且李泰是嫡子中的老二，既有文采又有口碑，惦记这个位子也好多年。新太子的最佳人选除了他还有谁？

事实上这也是李世民内心的真实想法，被李泰缠了好几回，他当面许诺了。于是在一次朝会之上，便委婉亮出了自己的观点。

"昨天青雀（李泰小名）跟我说，他要是将来能继位，百年之后会把儿子杀死，把皇位传给稚奴（李治小名）。你们说谁不爱自己的儿子呀？我听到他这么说，觉得真可怜啊。"

李泰表示将来要传位给弟弟李治，真是一个有点异想天开的想法。但他这番话却击中了李世民内心深处最柔软的部分，那就是，如果让我当了太子，我是绝对不会有私心的。我会对弟弟好，对大家好，唯独不考虑自己。

然而褚遂良没有给李世民一点面子，这个贞观中后期深受倚重的大臣，还是保留着当年因李世民要求翻阅起居注而犯颜直谏的脾气，从没有因为皇帝的提拔就迎合谄媚，毫不客气地回应道：

"陛下此言甚为不妥，杀子传弟这样违背人情的事情怎么可能？要知道太子谋反和魏王都不是没有关系啊，他怎么可能这样无私。即使陛下执意要立魏王，依臣之见，也要先安顿好晋王。"

安顿好晋王？不错，晋王就是李治，大家都认识，武则天的老公。他是李世民和长孙皇后的儿子，也是最小的嫡子，只有十五岁。虽然年纪很小，却非常聪慧，更重要的是他性格好——宽厚仁爱。仅从这点上来说，就比那两个哥哥强过很多。

所以在李承乾被废之后，仍然有很多人希望他能接任太子之位（比如长孙无忌等）。不过也正是从这点来看，他对李泰的地位已经构成了威胁。而考虑到李泰这种恃宠而骄的性格，如果他将来成了皇帝，李治的人身安全是很难保证的。

李世民明白褚遂良的意思，所以听到这里，就再也无法抑制自己的情感，眼眶里已经闪现出泪花，长叹一声。

"朕不能尔！"

站起来，转身回到了宫中。

李世民是一个多么坚强的君主。但在立储这件大事上，却表现得如此脆弱不堪，仿佛一句话一个表情就可以把他轻松击垮。可怜天下父母心。

就在此时，李承乾也在狱中向父亲袒露了自己的心声，他要用尽最后的力气击败那个和他争宠的弟弟。

"儿臣早已身为太子，复何所求？还不是被李泰逼的不得不寻求自安之术，以致被那些小人利用。如果父亲立了李泰，岂不是正中他的下怀？"

人之将走，其言也善。

李承乾已经不是太子了，而且很快就要被流放黔州，在最高权力继任者的角逐中，他已经出局。但正是这种置身事外的角色让他的话显得更有分量。

与此同时，看起来人畜无害的李治也开始了自己的表演，突然之间变得忧形于色起来。李世民看到后，惊问其故。却听到了这样的回复，二哥说我和汉王（李元昌）关系好，如今他谋反了，我也肯定脱不了干系，所以忧惧。

李治虽然和李泰没什么矛盾，但毕竟是新太子的候选人之一，李泰这样说毫无疑问是为了恫吓他。

李世民沉默了。他终于察觉了，察觉了李泰这个自己最疼爱的儿子，居然也有这么可怕的一面。李承乾之所以要造反，就是被他逼的！李治这样提心吊胆，也是被他吓的！

李承乾已经废了，他这辈子也就这样了。李治虽然年纪还小，却也是他的竞争对手。如果真的立了李泰，等他将来翻起了旧账，恐怕李承乾和李治都不能保全。而只有立了宽厚仁爱的李治，其他两个才可能活下来。

事已至此，自己的偏爱已经不重要了，李泰的信誓旦旦也不重要了，重要的是不要让自己的儿子骨肉相残，不要让自己经历过的悲剧再次重演。

让他们都活下来！这是一个父亲最基本的要求。

李世民终于在心中暗暗打定了主意。

转天，早朝结束之后，李世民叫住了长孙无忌、房玄龄、李勣和褚遂良，这四个人是他现在最信任的大臣。

你们先别走，有要事和你们说。

会是什么事呢？四个人局促不安地坐着，用眼角的余光扫视李世民，赫然发现，他身后站着一个腼腆的小孩，仔细看去，竟是晋王李治。而奇怪的是李世民一直没有说话，只是沉默地坐着，似乎在艰难思考什么重大抉择。

良久之后，李世民突然站起了身，满脸悲愤。

"我三子一弟，所为如是，实在无颜再活于人世。"

说完噌地一下抽出佩刀，抹向了自己的脖子。

这还得了，四人大惊失色，急忙拥上前去，苦苦抱住。眼疾手快的褚遂良劈手夺下佩刀，递给了吓得愣在一边的李治。

长孙无忌也觉得太突然了，拉着李世民的衣角，上气不接下气地哀叹道：

"陛下，陛下何必如此呢？"

李世民没有回答，推开大家的环抱，转身回去，坐到了座位上。平复了一下激动的心情，才抬眼望下来，缓缓说道。

"我想立晋王。"

晋王！原来如此，原来这才是陛下留下我们的目的，这是要告诉我们立储的大事啊，四人被这条重磅消息惊到了，急忙跪下叩头。

"臣等奉命。"

长孙无忌直起身，用手比划了一个动作。

"如果有异议者，臣请求将其斩首！"

好，你们支持就好，李世民脸上悲愤的神色开始散去，取而代之的是渐渐浮现的欣慰，他站起来，唤过了站在一旁的李治。

"舅舅都答应你了，还不快拜谢。"

李治似乎也被这突如其来的消息惊到了，有些腼腆地过来，拜谢了长孙无忌，又拜谢了其他三位元老，大家赶紧把他扶起，口称太子恕罪。

四大元老明确表态，事情就成功了大半，但李世民还是有点不放心。

"若立晋王，不知外朝的议论如何？"

哈，陛下，这就不用您操心了吧。

"晋王仁孝，天下归心久矣。陛下不信可以召集众臣询问，若有不同意见，臣等万死！"长孙无忌应答得还是那样底气十足。

李世民笑了。

他笑得非常轻松，连日来郁结在心中的块垒瞬时烟消云散。

贞观十七年（643年）四月初七，李世民正式下诏，立李治为太子。并亲临承天门楼大宴三天、大赦天下。

就在此时，魏王李泰已经坐上马车，离开长安远去。他已经被降为了东莱郡王，不久之后，就要到达新的落脚点——郧乡（今湖北郧县）。

李泰是一个很有才华的人，也是一个有些手段的人，更是一个野心不小的人。他不屈不挠，使出浑身解数来讨好父亲，为了梦寐以求的太子之位。他几乎都要成功了。可谁想在斗争的最后时刻，却因为耍小聪明而功亏一篑。杀子传弟，如此蹩脚的主意竟然也能想得出来？除了那个溺爱你的父亲，谁会被你蒙蔽啊。当然，仔细考虑一下，李泰失败的深层原因或许不止于此，他和李承乾的争夺从一开始就结局注定了，你们的性格都如此自私，父亲哪敢把皇位交给你们？

不论哪一个人失败，剩下的那一个也不会胜利。

此后的日子里，李泰成了一个默默无闻的人物，长安王宫的繁华，文艺界名流的追捧都已远去，他在那个偏远的封地里，过着无人问津的日子，九年以后，他在失意和沮丧中死去。

在这个风云激荡的时代里，他注定只是一个旁观者。真正的主角，是那个从未被他正眼看过的弟弟。

李泰走了，李世民很不舍得，却又不得不舍得，为了让李治安心继任太子，让兄弟三人得以保全，他不得不这样做，他的理智战胜了情感，他尽到了父亲的责任。

为此他意味深长地对大臣们说：我如果立李泰为太子，就是向大家表示太子之位是可以苦心经营得来的，所以我没有这么做。你们都给我记住了，自今往后，如果有太子失德，而藩王企图谋取的，两人都要果断抛弃。这个规定要传给子孙后世，永为效法！

三天之后，李世民任命长孙无忌为太子太师，房玄龄为太傅，萧瑀为太保，李勣为太子詹事。

虽然他们都是最早支持李治的那批人,但是让朝中顶级的大臣全都来辅佐太子,实在是前所未有的。

李世民一有空,也总是抽时间亲自教育他。看见李治吃饭,就说"知道老百姓种田有多难吗?知道了,以后你就一直有饭吃"。看见李治骑马,也说"骑马的时候要劳逸结合啊,别让马儿累倒,你就能一直骑着它"。看见李治坐船,就更不用说了,"水能载舟,亦能覆舟,百姓就是水,君主就是舟。"老爹的名言你得记住了。甚至外出考察的时候,看到李治在树底下休息,也不忘叮嘱一句"木从绳则正,后从谏则圣"。(木头经过墨线处理才能直,君主能纳谏才能为明君)

在李治的教育上,李世民可谓细心到了唠叨的程度,真是费尽了心血。

李治表现得也很不错,除了谨记父亲教诲,努力提高自我修养,对那两个被废的哥哥也非常友爱,不仅没有乘胜追击,一网打尽,反而关心有加,有次就跟父亲说:"两位哥哥现在的生活条件很不好,随身的只有几件衣服,饮食也不对口味,请父亲善待他们一下吧。"

李世民听了很是欣慰,深感自己选对了人。稚奴的个性确实宽厚,将来他们兄弟三人一定能好好相处。

但好景不长,仅仅过了半年,他就发现了新太子的一个毛病——懦弱。

李治是否懦弱这个问题,现在可能有些争议,很多人认为他并不是懦弱,而是腹黑,表面上人畜无害,实际上心眼儿多着呢。可是别人怎么想是没用的,问题的关键在于李世民这个当爹的就是这么认为的。

对普通人来说,懦弱确实是个缺点,容易受欺负,吃不开,干不成大事。但话说回来,这总比偷鸡摸狗、杀人放火要好得多了,至少他不会闯祸呀,只要自己能忍得下去,总可以平平安安地过完一生。

但对皇帝来说就不同了。

皇帝是整个帝国的统治者,是天下万民的主宰,他要提防周边虎视眈眈的敌国,要驾驭桀骜不驯的武将权臣,要时刻警惕威胁他权力地位的藩王亲贵,甚至还要管理好勾心斗角的后宫(事实证明,还是这个难度更大一点)。

要处理好这些事,他的性格一定要非常坚强,有时甚至要非常残酷、非常冷血。唯有如此,他才能当好这个皇帝。

就像某位名人说的那样,好人不一定能当得了好皇帝,好皇帝也不一定是好人,甚至可能是一个坏人。到哪说理去?

若干年后,一个叫马基雅维利的人写过一本叫《君主论》的书,其中深入探讨了如何做好一个君主的问题。而另一位名人在读这本书的时候,就曾在扉页上写过这样一句话:愚蠢、懒惰、懦弱,除此之外皆为美德。这句话的对错我们且不去讨论。但是至少,它从一个统治者的角度告诉了我们:

懦弱,就是这么不可原谅。

而李治偏偏就是一个懦弱的孩子。李世民那颗刚刚安下来的心又变得不安起来,这样的孩子能守护好大唐的江山吗?他并不肯定。

而另一个儿子——李恪就不同了,他英武果断,做事干练,实在是很像自己。

"我想改立李恪为太子,你看怎么样?"李世民终于忍不住说出了口,他正要和长孙无忌商量。

"万万不可。"长孙无忌的语气非常坚定。

"噢?"李世民眉毛一挑,似乎明白了些什么,"为什么?因为他不是你的外甥?"

"当然不是。"

"说说你的理由。"

"依臣之见,太子的性格并不是懦弱,而是仁厚,他是足以守成的良主。何况储君之位事关重大,怎么可以朝令夕改呢?希望陛下慎重考虑。"

李世民没有说话,不久之后,他就放弃了这一想法。

因为他知道,李恪的身世有很大问题。我这么讲并不是要说他来历不明,或者出身低贱。相反他的出身还是很高贵的,只是这个高贵的出身给大家带来的并不是尊重和羡慕,而是别扭和尴尬。

他是杨妃的儿子,而杨妃是杨广的女儿。

大家辛辛苦苦奋斗十几年，打的就是隋朝官军，夺的就是杨家天下。现在要是上来这么一位杨广的后代，那岂不是一夜回到解放前？对这样的结果，无论什么人都是很难接受的。

何况李治还是长孙皇后的儿子，朝中有一大帮人拥护，又没有犯过错误，贸然废掉他，改立一个孤立无援的李恪，将来朝局能否稳定都难说啊。

所以，立李恪充其量不过是李世民一时头脑冲动，很快他就会意识到这个问题的。

不过要跟大家一提的是，这次对话的内容终于还是被李恪知道了，他也因此和长孙无忌结下了深仇大恨。当然无论他们怎么互相怨恨，有李世民在这压着，两人都是不敢造次的。

他们之间的恩怨纠葛，一直要等到李治登基之后才见分晓。

第十一章　高丽：最后的征途

跳梁小丑渊盖苏文

李治的太子之位总算稳住了，王朝最核心的储位之争也算尘埃落定，我们的视线也该转向国外了。

我们之前说过，唐朝的一大特点就是周边政权多、战争多，讲唐朝历史自然离不开战争史。

现在唐朝正面临着一个新敌人，这个新敌人却是中国的老敌人——高丽。

现在人为了把这个高丽和十世纪的高丽王朝相区别，一般都称其为高句丽。不过有种说法是，高句丽中的"句"其实是"高"的同音字，高丽其实就是"句丽"，所以叫高句丽反倒是啰嗦了。高高丽？听起来真是萌中带着一股蠢意。这个我们不去管它，总之隋唐时期人们的确是用高丽来称呼高句丽的，不再费劲了，就统一用高丽来称呼他们。

高丽这个国家配得上历史悠久这一称呼，早在西汉末年就在东北建立了政权，那时候正是西元0年前后，从其建立来说，也是个正经八百的文明古国。

从那时候到隋唐，时间已经过去了六百多年。六百多年以来，中原王朝的国号换了一茬又一茬，高丽却一直在东北闷声发大财，从一个松花江畔的小部落扩张成了一个横跨朝鲜半岛、辽东半岛和东北平原的大国。

刚刚完成统一的隋朝统治者惊讶地发现，在原本偏远落后的东北方已经崛起了一个举足轻重的强权,这个国家既有农耕国家的官僚机构,又有了渔猎游牧民族剽悍善战的传统,甚至隋朝宫廷都听到了他们誓不臣服的傲慢语言。

这样的国家不可小觑,是一个不可不除的隐患。

于是杨广压上了隋朝全盛时期的人力物力,企图把高丽一举荡平,可惜的是,一连讨伐了三次都没有如愿,反而被拖得天下大乱,身死国灭。

唐朝对高丽的态度,其实和隋朝没有多大区别,也很想将其吞并。可是鉴于杨广在高丽问题上名声搞得太臭,因此开国以来一直心有余悸,没有去征讨过。不是有句话叫凡是敌人拥护的我们就要反对嘛,如果敌人(杨广)拥护的你也拥护,那你和敌人还有什么区别?所以就这样吧,咱俩井水不犯河水,谁也别惹谁。

但到了李世民这里,情况变得不同了。

时过境迁,距杨广讨伐高丽已经过去了二十多年。中国不再是那个危机四伏的中国了,东突厥、高昌、薛延陀等一个个敌人都接连在身边倒下,而高丽也不是那个打不死的高丽了,它的内部已经出现了变乱。

贞观十六年(642 年)七月,高丽王高建武被权臣渊盖苏文杀死了。

高建武是一个颇有阅历的人,小时候亲历过隋朝和高丽的大规模战争,还亲自上阵 PK 过来护儿的队伍。虽然高丽是最终的胜利者,但中原王朝庞大的动员能力还是给他留下了深刻的印象,而高丽打了这几仗,也是元气大伤。

他知道,不管中原的皇帝姓杨还是姓李,总之都要少招惹为妙。

所以他继位之后,一直致力于发展同唐朝的友好外交关系。称臣纳贡、遣返流民,小心翼翼伺候好这个可怕的邻居。

不过通常来说,如果一个人害怕你,那就一定会防备你的。为了应对可能再次发生的征讨,他命人沿着国境线修了一千多里的城墙,沿线遍布各种堡垒机关和军事要塞,看起来简直坚不可摧。

高建武不主动出击,却做好了充分的战斗准备,似乎足以随时击退任何来犯之敌。

可惜的是，他的统治手腕还差点火候，这就让他所做的一切努力都打了水漂。

高建武是高丽国的最高统治者，但这只是名义上的。事实上权力被一个叫渊盖苏文的权臣把持。高建武不甘心做傀儡，想把权力集中在自己手中。于是打算把渊盖苏文和他的党羽一举剪除，但计划却不幸泄露了。

渊盖苏文得知以后，打出检阅军队的幌子，调集人马杀入宫中，控制了高建武，并亲手（注意是亲手）杀死了他。然后将他的尸体剁成好几块，扔到了臭水沟里。

一代国王被碎尸沟中，连入土为安这项基本的人权都没有得到，实在可怜。

渊盖苏文则趁机攫取了政权，立高建武的侄子高藏为新国王，然后自封为莫离支（相当于宰相加大将军），控制了政权和军权，成了高丽国的绝对统治者。

按我们东亚文化圈的思维，弑君是大逆不道、绝对不能容忍的行为。唐朝身为天朝大国，更应该负起责任加以讨伐，以维护我们共同的伦理道德、价值取向，让两国人民在和谐健康的环境下自由成长。

为这事儿，李世民也很是动了一番心思。但思来想去，还是觉得高丽那里路途太远，辽东边境经济又没恢复，此时还不适合大动干戈。

无奈啊无奈，心有余而力不足。

于是按下心头的冲动和怒火，很不情愿地承认了现状，册封高藏为高丽王。

不过依李世民的脾气，忍气吞声的事是绝对干不来的。虽然唐朝大军一时不能过去，但契丹和奚这两个跟屁虫离高丽并不远，你们就先去给我教训一下高丽人吧，好好给他们点颜色看看。

至少要让他们知道，弑君这件事我是不会不管的。

渊盖苏文是一个很复杂的人。

站在我们的角度来说，这是一个跳梁小丑。

弑君篡位、自不量力、冒犯天朝，除了跳梁小丑我实在找不到一个更合适的词来形容他。

但对高丽人来说，渊盖苏文的形象却大为不同。事实上，这位仁兄在高丽历史上是一个非常牛的人物，完全称得上是一代枭雄。

这反差看起来有点大，其实却不难理解。因为咱们中国真的是太大、太强了，强大到跟周边那些小国一比就是天朝上国、庞然大物。任凭那些人在家里多么牛，只要跟咱们一比划，基本就成了傻瓜。前有渊盖苏文，后有丰臣秀吉，他们的所作所为都告诉了我们：牛和傻，其实就隔着一道窄窄的国境线。

但不管怎么说，人家在家里确实是牛的。

渊盖苏文姓渊，名盖苏文。因为姓氏里带个李渊的"渊"字，所以史书上按唐朝避讳的惯例称他为泉盖苏文。我不是唐朝人，和李渊也不熟，没必要在乎那些繁文缛节，就叫他渊盖苏文好了。他家是高丽的豪门，父亲渊太祚就做过宰相，势力很大，因此他能成功政变，把持大权绝不是偶然的，至少有爹可以拼。

因为生在豪门之家，他吃得好喝得好，营养状况不错，长得仪表堂堂，个子很高，还有一把漂亮的胡子（古代男性审美的重要标准），是一个名副其实的帅哥。帅就帅吧，他还喜欢穿衣打扮，身配五把短刀，散发着一股强烈的王霸之气，据称左右的人莫敢仰视。

篡权之后，渊盖苏文变得愈发专横跋扈起来，他养成了一个坏习惯，每当出门上下马，都要有人跪着给他当人体垫脚石，也不管你是贵族，还是武将，只要点到你就得俯首听命，来让我踩一踩。贵族将军尚且如此，平民百姓就更别说了。

一旦上了路，就更不得了，从不考虑什么轻车简从，一定要前呼后拥、鸣锣开道，遇到老人和小朋友也不会减速慢行，一不小心就会撞个满脸花。

所以但凡他出行，路边根本就没有人，因为老百姓都不出门，也不敢出门。

当然了，渊盖苏文虽然让人又恨又怕，以上也不过是生活和工作作风问题。你躲在自己家里怎么玩都是不要紧的。但要命的是，他犯了一个致命的错误，就是惹毛了大唐，从而招致了灭国的厄运。

不过客观地说，这好像也不能全怪渊盖苏文，因为自古以来卧榻之侧就是不大能让人酣睡的。挨着唐朝这么个"穷凶极恶"的邻国，早灭亡几天还是晚灭亡几天，又能有多大区别？

御驾征高丽

贞观十七年（643年）九月，新罗遣使向唐朝告急，高丽和百济联军攻下了他们四十余座城池，新罗国危在旦夕。

新罗的位置在今天朝鲜半岛东南部，差不多在今天韩国的境内，要认真说起来，这才是韩国人真正的祖宗。不过我们暂且不讨论这个问题，超纲了。

单说新罗这个国家，和中原的关系一直是比较友好的。新罗的文化和中国很相似。历朝历代都有大批中原百姓为躲避战乱跑过去，同时也把中华文化带了过去。所以新罗的知识分子和我们一样，都是学四书五经和诗书礼易的，这个国家也被古人称为——君子国。

新罗和我们不是邻国，中间隔着高丽和百济，距离产生美，我们很少愿意去打他（主要是太远），他们也不敢来惹我们。两国之间没有那些麻烦的领土纠纷、边界冲突，反而还有共同语言。按照老祖宗教育我们的远交近攻伟大思想，唐朝和它不好都是奇了怪了。

所以唐朝立国以来，按期对新罗进行册封，新罗也总是非常恭顺，派遣留学生，遣使进贡，老老实实当起了小弟，或者说是小妹，因为此时的新罗国王是一个女人。她的名字叫金德曼，又称善德王，是新罗历史上第一位女王。

不过新罗这地方土地贫瘠、资源匮乏，日子过得很紧巴，平时都吃了上顿没下顿的，进贡也没什么拿得出手的东西（总不能贡泡菜吧），于是只能献上自己的人——女人。

唉，女人何苦为难女人。

贞观五年的时候，善德女王就送给了李世民两位美人，史称鬓发美色，十分漂亮。按说这可是天生丽质、未经整容的纯天然韩国美女，非常难得。但爱江山也爱美人的李世民却拒绝了。

姑娘们这么大老远地过来，人生地不熟的，言语又不通，那得多想家呀。我也是为人父母的人，好意我就心领了，快把她俩带回去吧。

可见，唐朝对新罗一直不错，新罗对唐朝也尽到了藩属国的义务。

现在新罗挨揍了过来求呵护，唐朝怎能不出面？

于是，李世民派使者给渊盖苏文送去了一封语重心长的信：欺负女人好意思呀，看在我的面子上就别打了，再打我就打你了啊。

但渊盖苏文却说不行。这怎么行呢？当年隋朝讨伐我们的时候，新罗乘机抢了好多地盘呀，现在我们得夺回来。

李世民听后气不打一处来。

新罗抢你们的地盘？隋末大乱的时候，你们还抢了我们的地盘呢，我还没问你要呢！人怎能贪得无厌到这种程度？

渊盖苏文这家伙吃着碗里的瞧着锅里的，不仅占着我们原先的土地，现在还惦记上了新罗。李世民知道，这是一个贪得无厌的家伙，指望他吐出来是不可能了。外交、谈判这些常规手段也被证明不起作用。

俗话说战争是政治的延续，既然如此，就只能发动战争了。

对戎马一生的李世民来说，能用战争解决的问题都不是问题。

只是这一次，他下的决心有点大，准备御驾亲征。掐指算来，这还是他当皇帝以来的第一次，也是唯一的一次。

与此同时，李世民战争准备的规模也格外大，下令在全国范围内招募青年参军。并放出风去，当年高丽杀了我们那么多人，让多少家人不得相见。现在我要去报仇了，大唐的热血男儿们还犹豫什么？还不随我一起雄起起、气昂昂，跨过鸭绿江么！

这张感情牌打得实在高明，不强迫、不严令，就是用家国情怀感染你，比起杨广强征壮丁，逼得老百姓自断手足逃兵役真是高明多了。许多有志青年因此深受鼓舞，自发报名、踊跃投军，成为了一名光荣的东征志愿军战士（我们熟知的大唐名将薛仁贵，就是在这时候从军的）。有些没选上的，还要在家关起门，蒙上被子哭个好几天（其不得从军者，皆愤叹郁邑）。

短短几个月，朝廷就募集到了十万人，远远超过了预想。

除此以外，李世民还命将作大匠阎立德（阎立本的哥哥）打造了四百艘运粮船，以及一批战船。

运粮船就不用说了，远征打仗一定要有充足的后勤保障，军队出门总不能饿着肚子。而出征高丽这样庞大的军事行动，需要非常多的粮食，必须有大船运粮才能保证供应。

至于战船，则关系到了李世民的另一项宏伟计划——跨海作战。

在古代，海是一道天然屏障，海上气候多变，风大浪急，不好逾越。再加上那时候科学知识没有普及，封建迷信活动盛行，一旦出海还要担心是不是会触怒海怪神灵什么的，所以漂洋过海来看你实在不是一件容易的事，比什么翻山越岭、越过高山越过平原都要困难得多。

但李世民却偏要这么做。

因为他明白，正是跨海作战特别难，所以一旦跨过去就必能达到出其不意的效果。登陆时间可以随机选择，春夏秋冬说走就走，登陆地点也让你捉摸不透，海岸线那么长，你总做不到处处设防吧。

重要的是，跨海作战并非是李世民的首创，西汉和隋朝也都曾派舰船攻打过辽东，以我国古代劳动人民的勤劳智慧，在舰船质量和航海经验方面是完全可以放心的。

对这项跨海作战计划，李世民很有信心，一口气下令造了战船五百艘，按当时的造船水平，每艘起码可以装载一百人，两个数简单相乘就足足有五万。

海陆并进，讨伐高丽。这就是李世民的宏伟计划。

对李世民攻打高丽的计划，大臣们赞成的人很多，反对的也不少。

以褚遂良为首的文官觉得，现在唐朝的威望已经够高了，河清海晏、四夷宾服，高丽这么一个小国哪里值得我们去打呢。要是胜了还好说，万一败了得多下不来台。至于陛下亲征，就更不可行了，现在太子年幼，其他两个亲王还虎视眈眈，您就不怕……退一步说，即便陛下真的想打，派几个将军去就可以了，何必要以身涉险呢。

这些老生常谈，李世民很不耐烦。但不可否认的是，褚遂良的出发点是好的，文官不就是这样嘛，都希望世界和平，一谈打仗就色变。所以李世民虽然不听，倒也没有批评，只是把那些建议扔在一旁，不作理会。

不过，支持李世民的也是有不少的。

以李勣为代表的武将就善解人意多了，大家都是一起上战场砍过人的老战友，对皇帝迫切发动战争的心情感同身受，非常理解，所以他们支持打高丽。陛下，打吧！我们也早想去教训他们了！

不过对于皇帝的亲征，这个实在不好表态，还是由陛下自己看着办吧。

关于李世民亲征高丽的动机，历来都有不少争议。有的人认为，这是李世民晚年的一个重大转变。看吧，他也终于变得好大喜功啦、穷兵黩武啦，不再是那个虚怀纳谏、励精图治的明君喽。

更有甚者，通过这件事把李世民和杨广画上了等号，杨广征高丽，你李世民也征高丽，我看你们俩也没什么区别。

其实，这些观点很不妥当，甚至可以说是书生之见。

因为高丽真的是一个非打不可的国家。

第一，高丽占了我们的土地，虽然他们有很多土地在朝鲜半岛，连首都都定在了平壤，但大部分还是位于辽东的。而辽东这地方在战国到汉朝的很长时间里一直是我们的领土，完全可以用得上"自古以来"。

犯盛唐者，虽远必"自古以来"之。

第二，李世民并不是一个普通人，他是整个帝国的统治者，也是几千年中华文明的守护者。既然有了这样的身份，就应该有恢复中华故地的历史使命感，而不能仅仅守在一亩三分地里不知进取。

第一条他之后会经常向大家解释，而第二条他是很难明说的。

至于他执意要亲征，也是为了给完成历史使命加一道保险。皇帝都亲自上阵了，大家能不以一当十、拼死效力吗。

而且从内心深处来说，李世民仍然是一个战士，一个天生的战士，仅从他平时爱好的娱乐活动——狩猎就可以看出，纵使登基多年，他也无时无刻不怀念年轻时南征北战的岁月，无时无刻不渴望着回到战场，再去回味一下金戈铁马、战场搏杀的滋味。

现在，这个机会到来了。

有故事的人

既然铁了心要亲征，很多事情就不能不提前安排好。

此去高丽路途遥远，时间很长，后方一定要确保不出乱子。

这段时间里，李世民一直在悉心培养李治，上朝的时候总是让他在一边旁听，跟着学习处理政务，李治上手也很快，好多事情都能剖决如流。皇帝出征期间，太子监国，这个任务相信他是能够做好的。不过李治毕竟还年轻，缺少经验。于是李世民特意给他安排了一些助手，褚遂良、刘洎、马周、高季辅等。

我们就说说两个有故事的人吧。

一个是褚遂良，你不是不愿意去打高丽嘛，我还不想让你去呢，你个文人去了也帮不上忙。你就在家好好辅佐太子吧。都是老熟人了，你办事我放心。

另一个叫刘洎（jì），这位人物在本书中还是一个新面孔。我们费点笔墨介绍一下他。

刘洎是江陵人，早年曾效力于萧铣的南梁政权，性格刚直，也敢直谏，所以在唐朝发展得不错，一直做到了侍中（宰相）。按说这种人是不会出什么问题的，但要跟大家说明的是，刘洎虽然性格刚直，却还有一个很不好的习惯——不拘小节。

太不拘小节了。

几年前，李世民在玄武门大宴群臣。因为喝得比较高兴，就借着酒劲奋笔疾书，写了好多幅字。李世民的书法水平是很高的，再加上这是皇帝御笔，自然很有收藏价值，并极有可能保值增值。群臣都求之不得，纷纷围上去争抢。刘洎也是其中一分子，但他的表现却太不可思议了，直接踩上皇帝御座，从背后抢了一张。

他抢完了，在场的群臣都惊呆了。

因为按唐朝法律，擅登皇帝御座属于大不敬，是要处死的。好在李世民宽宏大量，对这事只是一笑了之，并没有追究。但是很明显，刘洎并没有从这件事中吸取教训。

因此李世民临行前，特意和他交谈。

我如今带兵远征，让你辅佐太子，国家的安危就寄托在你身上了。你可要好好干啊。

刘洎当然还是那种直性子，应声回答。陛下不必忧虑，大臣有罪，我会立即给以诛罚。

等等，你说什么？诛罚？

这是什么话，人家是大臣，你也是大臣，皇帝虽然在前线但也还没死呢，如果大臣有罪，你应该做的是第一时间向皇帝汇报呀，哪能擅自杀人？

在这一点上，刘洎真的是太不成熟了，比起房玄龄那种老江湖差的不是一星半点。

李世民亲征的时候，负责留守长安的是房玄龄，要知道一个人再完美也会有人看他不爽的，有人就曾当着房玄龄的面打了报告："宰相大人，有人要谋反！"

房玄龄赶忙问："谋反的是谁？"

结果来人冷笑一声："就是你啊？"

房玄龄顿时惊起一身冷汗，这是在明目张胆地搞我啊，这样也可以？但他是怎么做的，他既没有杀人灭口，也没有隐瞒不报，而是马上派人把他送到了李世民的行宫，也没有为自己写一句辩解，就是让皇帝自己看着办。而李世民又是怎么做的呢。他问明了来意之后，连告密的奏报都没看，直接喝令卫士把这人腰斩，然后又写了一封信责备房玄龄。玄龄你太见外了，以后这种事你看着处理就可以了，何必来麻烦我。

看到没有，这就是水平。大臣对皇帝足够尊敬，皇帝才会给大臣足够的信任，这是一个相辅相成、相得益彰的关系。

而刘洎显然是没有这种水平，也没有这个意识的。

于是刘洎表完态之后，连李世民也觉得他的话太离谱。当场告诫说："君不密则失臣，臣不密则失身（失身勿过多联想）。你这人性情疏阔，难免因此惹事，以后可要慎重啊。"

事后证明，李世民的话果真言中了，这种不拘小节的性格，最终给他招来了杀身之祸。

忙忙叨叨准备了一大通，李世民上路了。

贞观十九年（645年），他的车驾浩浩荡荡离开了长安。在路上他没有闲着，而是写了一封信，亲切问候了薛延陀的真珠可汗夷男同志。

几年前，李世民曾借着和亲把夷男狠狠耍了一顿，如今有事外出，不得不防着这个家伙来捣乱。于是他在信里放了一通狠话，这话颇有电影里黑社会大哥的风范。

"我父子要去高丽打仗了，你要是想搞事情，只管放马过来。"（今我父子东征高丽，汝能为寇，宜亟来！）

是的，夷男确实恨李世民，这个人拿着公主戏耍自己，让自己成了草原上的笑柄，还诈骗了那么多牛羊彩礼，赖账不还。他怎能不恨？简直恨之入骨，恨得晚上都睡不着觉。但眼下有机会报复的这一天真的到来，他却退缩了。

因为他的恨意早已被李世民赤裸裸的威胁所带来的恐惧淹没了。他知道，如果不老实，李世民还会来收拾自己的，于是赶紧遣使解释。

陛下您这是哪里话，大唐待俺如此之厚，哪里还敢惹事？如今您的大军外出征讨，正是需要用兵的时候，如果不嫌弃我兵少将寡，俺还想着去助战呢。

助战？这种重点监控对象不捣乱就不错了，还指望你助战？李世民冷笑一声。哪里凉快哪里待着去吧，只要你老老实实的，就算帮了我了。

顺便说一句，在不久的将来，渊盖苏文还是打起了夷男的主意，想拉着他一起和大唐死磕。但是鉴于李世民那话放得太过凶狠，夷男到死也没敢派出一兵一卒。

紧赶慢赶，李世民到达了离京后的第一个落脚点——洛阳。在这里，他招募了最后一波猛将勇士。其中一位叫做程名振。他是一个很早就参加革命斗争的人，立下过很多战功，也付出了很大牺牲，母亲、妻子都死在刘黑闼手里。所以刘黑闼被活捉之后，他就是那个充当行刑手、亲自砍下他脑袋的人。

这时，程名振已经从军队转业，到地方当了一名刺史。李世民听说了他善于打仗的事迹后，召他过来。一番长谈之后，李世民发现这同志不错，能力突出，政治过硬，于是任命他为右骁卫将军。

这是一个正三品的武官，李世民的出手实在大方。

但后来的历史证明，这个官给得真是太值了，几乎相当于一张彩票中了双份大奖。因为不仅程名振本人没有让李世民失望，在后来的战争中立下战功，他还培养了一个同样优秀的儿子——程务挺，这个儿子将会继承他的事业，继续兢兢业业地守护好大唐的边疆。

攻城的艺术

差不多在同一时间，营州都督张俭从前线发回来了情报，详细介绍了高丽的山川地理形势。

李世民非常高兴，终于可以动手了。他将告密专业户张亮任命为海军陆战队司令员，率领四万人乘坐五百艘大战船，从莱州渡海直逼高丽。

李勣、李道宗分别为辽东道行军大总管和副大总管，率领步骑六万人，以及突厥军、仆从军进击辽东。

至于新罗,我大唐都要出兵了,你们也别愣着了,赶快配合一下吧,我打高丽可是为你做主呀。

三十日,唐朝的陆军主力云集幽州待命,李世民又派来了军事工程专家姜行本,这老爷子在灭高昌的时候就出了很大力,现在高丽的长城和城池比高昌还坚固,不用点先进技术是不行了,自然更需要他。

好,大军差不多都到齐了,你们先走一步,我随后就到。

贞观十九年(645年)三月,李勣的大军先行出发,抵达了高丽长城脚下。

看着眼前这道一望无际的城墙,李勣的心里产生了一些想法。他知道自己的兵力并不太多(只有六万),高丽长城又修得坚固,所以在接下来的战争里是不能硬攻的,而是要出其不意,巧妙地进入敌境,最大限度减少伤亡。

可怎样才能达到目的呢?

很快他选派一支军队到了怀远(今辽宁义县),作出了进攻姿态,这条路线是最近的,由不得高丽人不重视。可等到敌军都被吸引过来以后。他却带着主力悄悄绕到了高丽长城最北边,从这里从容渡过了辽河。然后挥师南下,攻占沿线要塞,兵锋直指辽东城(今辽宁辽阳)。

高丽守军猝不及防,压根儿不明白唐军怎么会从北边过来,要么吓得狼狈溃逃,要么只能闭门自守。这道耗时十几年修建的城墙堡垒群就这样成了没用的废物,堪称高丽版的马奇诺防线。

人世间最痛苦的事是什么?仗打完了,墙没用上。

按说李勣的人品是非常厚道的,讲义气、守信用,忠义无双,堪称千古英雄的典范。可他一打起仗来就像完全变了个人,老奸巨猾、诡异莫测,让人完全摸不到他的套路。和这样的对手交战,高丽人算是倒了大霉。

李勣巧妙渡河,引发高丽守军混乱的时候,李道宗部也从南线渡过了辽河,攻占沿线据点后,和先头张俭部合兵一处,不日攻克盖牟(今辽宁盖州),随后进抵辽东城,与李勣部会合。

去过东北的朋友都知道,辽东这里中间是平原,两侧是丘陵,中间一旦被占领，军队就无险可守，只能往东退却。此刻高丽军队面临的正是这种形势。

他们正在大踏步地向后撤退。

就在这时，南部海滨城市卑沙城也迎来了张亮的海军陆战队。这座城的位置在今天大连金州区，建在一座叫大黑山的山上。说起这座大黑山，笔者上学的时候还曾去爬过，海拔并不算高，大概有600多米，但坡度实在陡得可怕，两边都是悬崖峭壁，一跌下去就会粉身碎骨。史料中的记载也是如此，卑沙城的地势非常险要，三面濒海，四面悬绝，只有一个西门可上。

可副将程名振硬是指挥陆战队将士，夜袭攻占了它。

高丽能在这儿修一座大城真是不容易，唐军能占领这座大城当然更不容易。

我当年上去的时候，山上还标识了很多点将台遗址，当地人都传说李世民曾在这里调兵遣将。其实从史料上看，他并没有来过这里，来的只是他的部将张亮、程名振。但是我可以不夸张地说，没来这里要算他这辈子犯的一个重大失误。

至于原因，我稍后会讲到。

唐朝的海陆军队进攻非常顺利，基本在国境线附近扫清了外围。李世民也该出场了，这年五月，他亲率五万中央军踏上了高丽的土地（我们的故地），很快抵达辽河西岸。

一阵风吹过，万物萧瑟，水面上泛起了粼粼波光。准确地说，呈现在他面前的并不是一条河，而是一片沼泽。举目望去都是死水、泥潭和起伏不尽的荒草。在这里，水与陆地的界限变得模糊，偶有几条道路，也泥泞得几乎无法通行。

李世民深吸一口气，看了看这片陌生的、本该属于自己的地方，眼中充满着深情和渴望。

高丽，我来了。

然后，他命令军事工程专家团垫土架桥，总算渡过了河。

可过河之后，李世民却下了一道命令：毁掉桥梁。

此去高丽，要破釜沉舟，背水一战。毁掉那些桥吧，统统毁掉！如不得胜，就休想回来！

一路向东，终于到达了辽东城。

至此，唐朝的北（李勣）、中（李世民）、南（李道宗）三路大军全部渡过辽河，并全部抵达辽东城下。

辽东城是一座坚固的大城，也是深入高丽腹地必经的要塞，此前杨广三征高丽三次到过这里。渊盖苏文明白其战略地位，在这里投入了四万大军誓死固守，李勣、李道宗打得十分艰苦，战况却依然胶着。

李世民到来之后，不顾征途劳顿，在第一时间赶赴前线，热情慰劳了各级将士。

他发现大家都在挖土，这是李勣采用的办法，先用土填埋护城河，然后再行攻城，更是二话没说，拎起一袋土就上了马，表示要和大家一起劳动。

这番深入群众的举动可真把将士们感动坏了，皇帝都亲自干活了我们还能不好好表现？争先恐后，大干快上，很快就把护城河填成了一马平川。

可见领导带头就是有号召力呀。

城已经无险可守了，围城就没什么障碍了。李世民指挥唐军将城池围得密不透风，只待择日攻城。当然，也不能干等着，抛石机和攻城车这些尖端武器还是要用的。

就在这时，老天爷默契地刮起了南风。风吹过了李世民的面前，他眉头一皱，计上心来——火攻。他赶紧安排一队士兵，用冲竿登上辽东城墙，在西南楼上放了一把火。熊熊烈火向城内蔓延，越烧越旺，引燃了城楼、居民区、官署，最后整个城内化为了一片火海。

在抛石机和攻城车的掩护下，唐军向城内发起了进攻，守兵抵挡不住，只好退却。

李勣随后指挥后续部队突入，斩杀敌军一万多人，俘虏四万多人，取得了重大胜利。

这次胜利是应该载入史册的。此前杨广虽然三征高丽都到达过辽东城，却都是在这里止步，损失惨重，铩羽而归。而现在李世民不费吹灰之力就拿下了它，仅仅从战果上说，就已经远远胜过了前人。更不用说唐军现在还士气正旺、斗志昂扬呢。

辽东城拿下之后，李世民信心大增，指挥大军向东进发，抵达了一座陌生的、中原军队从未涉足过的城市——白岩城。它位于今天辽阳市境内，在辽东城东三十公里处。

白岩城守将是个胆小如鼠的人，听说辽东城被拿下了，吓得赶忙送信投降。可约定好以后，却又变了卦。可见这人不仅胆小，还反复无常。

李世民被耍了一顿，气得火冒三丈，当即下令，攻克之后要把城内的战利品统统赏给将士（得城当悉以人物赏战士）。这道命令看起来只是赏钱赏东西，事实上是非常可怕的，说好听点就是纵兵抢劫，说不好听点就是屠城。

不屠城人家怎么肯把钱财给你？这道理不难懂。

无论如何，这道凶狠的命令还是有效果的，此令一出，唐军个个热血沸腾，打了鸡血一样踊跃攻城。打下来就可以随便抢了，谁不玩儿命呀。

但白岩城守军得知之后，却也坚定了抵抗的决心。毕竟不好好抵抗，大家都要死的。他们使用了凶猛的防御武器，不断往城下投放滚木礌石。

打了几天之后，大将李思摩身中一箭，李世民又重新干起了兼职医生，亲自为他吮血。又过几天，契苾何力也受了伤，李世民见状，又亲自为他敷药——我老李的医术一向精湛，你们可快点好吧。

对出门亲征的天子来说，没有什么比爱将受伤更难过的了。

不过反过来想想，能把李思摩和契苾何力这样的猛将打得挂了彩，白岩守军付出的代价也是可想而知的，蚂蚁缘槐夸大国，螳臂当车不自量，胳膊还能拗得过大腿吗？事实上他们的伤亡也很惨重，城内的粮草都要接济不上了。

白岩守将知道自己该见好就收了，又一次打起了投降的主意，派人来到了李世民的大帐：陛下，我们又想投降了。

尽管这帮人言而无信，但李世民考虑再三也决定答应，要知道政治的高明之处就在于如何妥协，没有人会和现实利益过不去的。白得一座城有什么不好？但是……

"陛下这怎么行呢，我们老早就答应将士们了，如果接受了投降，我们就不能让他们……"

李勣一边说着，一边眼睛里露出了凶光。他还是想屠城。

不屠城就等于是欺骗将士们，也是言而无信。

李世民知道李勣的意思，但他早已想好了对策，于是神秘地一笑。

"这个我自有办法。"（那说屠城的是谁？）

李勣愕然。

李世民继续说。

"让他们投降吧，将士们不就是想要战利品嘛？就从我的府库里出吧。"

府库里的钱，就是李世民的私房钱（皇帝专有金库），他这样表态，屠城和受降的矛盾就迎刃而解了。

只要把钱拿出来，将士们就能得到想要的赏赐，还不需要冒着危险战死或是负伤。与此同时，白岩城不仅能如愿投降，还可以提供大批降众。

事实的确如此，受降的命令刚下，白岩守军就放弃了抵抗，有七百名高丽战士更是组团来到李世民帐前，请求报名参加唐军。

李世民用他处理问题的天才手段告诉我们，屠城和受降，其实并不矛盾。

千古明君就是千古明君啊。只是破费了这么多，还得辛苦你再攒两年。

唐朝陆军势如破竹的时候，海军陆战队也在张亮司令员的指挥下离开卑沙城，向北抵达了建安（今辽宁盖州），开始围城。

不过当中发生了一个插曲，却差点让他被赶下海去。

陆战队刚刚抵达建安的时候，并没有修建壁垒，而是忙着割草打柴，准备先好好吃一顿，再舒舒服服睡一觉。在路上颠簸了那么多天，大家都累了，而在这么偏远的地方行军，料想高丽人也不可能注意到。

可正当大家忙活后勤工作的时候，城内的高丽军却突然杀来了。陆战队员们手里正拿着锅碗瓢盆，猝不及防，一时间四散逃跑。好在有些士兵有点责任心，赶紧去请示张司令。

敌人来了，我们该怎么办？

然而张亮也被这突如其来的场景吓傻了，他是一个告密专业户，可不是一个打仗专业户啊。面对前来请示的将士，他竟然只是呆若木鸡地坐在胡床上，瞠目结舌，一句话都说不出来。

两军交战，最怕群龙无首，指挥官都吓傻了，别人还能怎么办？

但让人意想不到的是，将士们并没有察觉到张司令的异样，对他的性格更是不大了解，看到这副貌似淡定的样子，还以为是他太过勇敢沉着，所以没必要说话呢。于是大家在瞬间镇定下来，走出帐外，组织反击，最后硬是把敌人打跑了。

张亮就这样无厘头地在建安站稳了脚跟，听来真像"有如神助"，实在幸运得可以。

不过，这件事传出去以后，他就再也当不成大战役的统帅了。毕竟，再遇上这种情况，可没人敢指望你了呀。

白岩城拿下之后，李世民灭掉高丽的梦想又近了一步，他指挥大军继续前进，扫荡着周边的一切敌人。不过接下来，他马上就要面对本次东征中最为可怕的大城——安市城（今辽宁鞍山海城一带）。

这座城市不仅是中原军队从没有到过的，还是整个高丽的防守楷模。

当初渊盖苏文篡权的时候，地方上反抗的人很多，安市守将杨万春就是其中最激烈的一个。渊盖苏文没有跟他废话，带着大军来围攻。可杨万春这人实在不简单，渊盖苏文一连打了很多天愣是毫无进展。没办法，也只能和他谈判。这守将你就先当着吧，只要不打我就行了，我也肯定不打你了（打也没用）。就这样吧。

人都说堡垒是最容易从内部攻破的，如今内部都攻不破，你外人当然是很难的。

事到如今，渊盖苏文也在力图死守这个模范城池，他明白，如果杨万春都抵挡不住唐军，别人更会抵挡不住。如果安市城都丢了，整个高丽也会彻底玩完。

于是他给悍将高延寿、高惠真调派了十五万大军，让他们火速赶往安市，和杨万春里应外合，争取把唐军一举歼灭。

此时的高丽军队有攻有守，实力可谓雄厚。

而唐军的形势反倒是有点捉襟见肘了，李勣带来的兵力只有六万，李道宗部只有几千，跟着李世民过来的中央军不过五万，总数加起来顶多十二万。去掉战损，打下地盘守城的，最多只剩一半。再考虑到还要留一部分围城，一部分当预备队，可以投入的兵力满打满算也就只有三万。

三万对阵十五万，兵力对比可谓悬殊。即便唐军的战斗力强过高丽军，但也到不了以一当五的程度啊。

但就是在这样凶险的环境下，李世民仍然十分乐观。

来来来，同志们，让我猜猜高延寿会怎么打。如果他坚壁不出，只是让骑兵来抄掠我们，那可真是条上策，也是我最担心的。如果他来接应守军一起撤退，对我们倒也不是坏事，算是条中策。如果他直接来打野战，这反倒是我最希望看见的。不过……

李世民话锋一转。

"你们等着瞧吧，他们一定会来和我们野战的。"

李世民算得就是这么准。

高延寿果然仗着自己人多势众杀过来了。其实这也是可以理解的，十五万对阵三万呀，五比一的优势还不开打，岂不要成缩头乌龟了？大军出门在外，咱丢不起这人。

但李世民为了让他来得近一些，再近一些，还让阿史那社尔率领五千骑兵，到半路上诱惑了一下，一交锋就诈败而逃。

高丽：最后的征途

看到唐军如此不堪一击，高延寿大喜过望（易与尔），一路尾追到了距安市城八里的地方——驻跸山。

现在，他们离安市城更近了，离死神也更近了。

而李世民却在不紧不慢地挖坑，专等他们往里跳。他派使者去见高延寿，要求讲和。说我这人一向爱好和平，不是真想打仗，这次是冲着渊盖苏文弑君那事儿来的，等把那家伙干掉了，占领的土地都会还给你们。

海陆并进，大举征伐的唐军会不想打仗？打了一辈子仗的李世民会爱好和平？按说这是非常容易拆穿的假话，骗小孩子的，但有趣的是，高延寿竟然信了。

冤有头债有主，既然你想打渊盖苏文就去打吧，咱们这边有话好说。

高延寿与渊盖苏文的关系，值得玩味。

事实上，他和渊盖苏文关系确实不好，他姓高，是高丽的王室，而渊盖苏文却是架空王室独揽大权的独裁分子。他之所以带兵出征是为了保家卫国，并不是为渊盖苏文卖命。

无论如何，高延寿还是像个天真的孩子一样相信了李世民的和谈，暂停了攻势。

可就在他放松戒备的时候，李世民却连夜召开军事会议，在驻跸山周围做好了部署。令李勣率一万五千人进驻西岭，负责正面迎击敌人，长孙无忌率一万一千人埋伏在山北的峡谷，待敌人发起进攻后切断退路，李世民自己率四千人悄悄进驻北山。其余军队继续围城看住杨万春，防止其出城策应。

这个计划就是俗称的"围点打援"。

李世民的指挥能力真是可以，就这几万人马，居然还能分成四路。

第二天一大早，高延寿揉着惺忪的眼睛向西望去，猛然发现了李勣连夜布好的军阵（另外两支没看见，正藏着呢），立刻就被激怒了。

哼！皇帝都带头骗人吗？你们的诚信哪里去了？

立即下令，全军出击，给我狠狠教训一下这帮言而无信的家伙。

但是，高延寿刚刚冲到李勣面前，就听到队伍后面一阵骚乱。回头一看，一支唐军正在抄他们的后路，这是长孙无忌所部。

与此同时，李世民在北山看见远处烟尘滚滚，知道军队已按预定计划行动，也率领精兵投入了战斗。

看见唐军从东、西、北三面杀来，高延寿大惊失色，明白自己中了埋伏。赶忙指挥军队变换阵型，分三路拦击。可十五万人的阵型哪是那么容易变的，不变则已，一变就更乱套了。

高丽军全部陷入了混乱。

就在这时，天色也为之一变，六月的天空突然电闪雷鸣，下起了大雨。在闪电与大地交汇的尽头，一员小将自高山上俯冲而下。他身着白袍白甲（很拉风），手执长戟，腰挎长刀，左右驰射，如入无人之境，把本来已经慌乱的高丽军杀得人仰马翻、丢盔弃甲……

这员小将就是赫赫有名的薛仁贵，绛州龙门人（今山西河津），时年三十岁，正是广大报名参加唐朝征东志愿军中的一员。尽管此时他还只是一名小兵，但对自己的能力很有自信，他穿上这身"奇装异服"，就是为了能在皇帝和大家伙面前表现一下。

万黑丛中一点白，薛仁贵可谓一战成名，出尽了风头。后来班师回国的时候，李世民还特意把他叫过来说"朕不喜得辽东，喜得卿也"。好个薛仁贵，居然比得辽东还让皇帝高兴，真是难得的人才。

唐军战士在薛仁贵的感召下，更加勇敢地冲杀过去，直到把敌人揍得毫无还手之力。

高延寿知道自己不能再打了，带着残兵败将落荒而逃，退守到了驻跸山上。

然而唐军大部队马上就围过来了，一边围着，还体贴地拆毁了他后撤的桥梁。

攻，攻不下去。守，迟早是死。他们已经到了山穷水尽的地步，无奈之下，只得投降。

此一战，唐军以三万兵力大破高丽十五万之众，俘杀敌军五万六千人，缴获牛马九万头，铠甲器械不计其数，取得了辉煌的胜利。

渊盖苏文震惊了，高丽宫廷震惊了，附近的黄城、银城也都震惊了，当地的官兵百姓纷纷弃城逃走，几百里内都没有了人烟，几乎变成了无人区。

但是，安市城仍在坚守。

未败之败

李世民并不觉得安市能守多久，十五万大军都败了，这一座孤城又能如何。

他指挥唐军在城南扎下了营寨，调集大批先进武器，攻城车、抛石机、弩炮，对城内开始了狂轰滥炸，把城墙打开好几个缺口，趁机掩杀到城下，试图一举攻克。

但杨万春的指挥水平也不是吹的，高丽军在他的督战下发挥出了比以往强大得多的战斗力，毫不示弱，人冲过来了就一起对砍，城墙破了就用木栅栏补上，等战斗结束再赶紧用土砌好。

唐军攻打了数日，始终没有突破。

看来这安市城的确是块硬骨头啊。

对眼下这种局面，李道宗其实早有预料，高延寿大军刚来的时候，他就曾献过一个奇谋。他认为高丽倾国而来，首都必然空虚，只要能给他五千兵马直捣平壤，高丽军一定会全线溃退，运气好点，整个高丽国一战而下都不是没有可能。

这一计就是兵法上说的避实击虚，在关键时刻瞅准时机打一家伙，往往能收到奇效。

只不过当时，李世民已经决意歼灭高丽军的有生力量，并没有重视这个建议。在那时看来，他歼灭高丽大军的决策不能说是错的，但从整个战役的全局来看，他还是错了。

李世民总归不是一个凡夫俗子，在战略问题上还是有自己独到判断的。

很快他想起了海军陆战队司令员张亮同志，打算让李勣去协助他拿下建安，扫清外围之后，再合力攻打安市。

陆军和海军陆战队跨兵种联合作战，想来效果能好一些。

但李勣却不肯同意。他的理由是唐军的粮草物资都囤积在辽东城，如果再南下去打建安，补给线就会拉得太长。何况安市正好卡在两座城池中间，万一敌人出来偷袭就麻烦了。

陛下，我们就先打安市吧，其他的等打下之后再说。

李世民长叹一声。你是统军将领就听你的吧，只要别坏了我的大事就行。

得了，那就继续打吧。

可接下来的形势却让李世民十分窝火。

安市城的守军并不只是守城厉害，骂人也很厉害。他们对李世民这位远道而来的客人一点也不礼貌，每当在城楼上看见他的旗盖，总是要大声起哄谩骂。

李世民应该不懂高丽语，但看到那帮坏蛋边起哄边带着不怀好意的笑容，就知道不是什么好话，再加上城池久攻不下，更是给心里添堵。

可又能怎么样呢？一者他进不了城，报不了仇。二者人家骂你你也不能骂回去吧？素质，大唐天子得注意素质。

这时，李勣站了出来。

"太可恶了，城破之后要把他们全部活埋。"

"好，就这么干！"李世民在盛怒之下答应了。你骂我，我就杀你。

平心而论，李世民和李勣想屠城也不完全是为了撒气，还有震慑其他城池的目的。然而这道命令真的太不合时宜了，这非但没有吓退安市城内的军民，反倒激起了他们死守的决心。

你都要活埋我了，还能不跟你拼了吗？

唐军的围攻遭遇了更顽强的抵抗。

君子报仇十年不晚，李勣报仇就等破城。我不太明白，一向聪明过人的他怎么会想出如此天才的主意，这发挥也太失常了吧。

唐军对安市城的围攻仍在继续，转眼就到了贞观十九年（645年）九月，距唐军出征已过去了大半年，距围攻安市城也过去了三个月。

粮草快要吃光了，时间也耗费得太多，唐军上下无不心急如焚。

就连投降过来的高延寿都坐不住了，他向李世民建议，不如去打东边的乌骨城（今辽宁凤城），那个地方正位于鸭绿江畔，守军都是老弱病残。只要攻克这里，就可以收集粮草抢渡鸭绿江。

"到那时，攻取平壤就如探囊取物。而我们这些人，也就可以早日和家人团聚了。"

作为一个本地人，高延寿对高丽国内的形势熟门熟路，他的建议无疑非常具有可行性。而且人家的老婆孩子都在高丽，战胜了就可以早日团聚，他对胜利的渴望也理应不亚于任何一个唐军将领。

众将听后也很赞成。

"张亮不是正在建安吗？到这里不过两天路程，把他调来一起去打吧。"

"对，直取平壤，在此一举！"

然而长孙无忌却坚决反对。他的理由是天子亲征，不可冒险。

"如今建安的敌军还有十万人，如果我们移师乌骨城，就不怕他抄我们的后路？如果惊动陛下，你们谁敢负责？"

此言一出，众将都不说话了，国舅爷拿着皇帝的安全出来说事儿，没有哪个不开眼的人敢去顶嘴。

李世民见状，只得又一次放弃了冒险的打算。

算了，那就继续攻城吧。只要肯攻，办法总是有的。

当然对这种硬骨头，仅靠先进武器（抛石机、攻城车、弩炮）是不行的，面对杨万春的严防死守和高丽人民战争的汪洋大海，还必须想点儿与众不同的办法。

在李道宗的建议下，一个大规模的施工计划开始了。

唐军着手在城墙东南角修建一座土山。这座土山要修得很高很大，高要高过安市城的城墙，大要大到可以在上面驻扎军队，最好还能弄点滚木礌石弓矢独门暗器上去，方便向城内投放。

唐军光修这座山花了六十天工夫，动用了民工五十万人次。

造山的过程中，高丽人看到了危险。他们明白，土山修成之日必定是城破之时。一旦修好唐军就可以俯视城内，借着居高临下的优势，人家可以变着法儿地折磨你。

他们很快做出了应对，就是不断加高城墙，还时不时派出军队干扰施工现场。不过我们知道，土一层层盖起来是远比城墙快的，而高丽军的野战能力也要比唐军差一点。所以土山到底还是如期完工了。

完工的那一天，监工李道宗的脚受伤了，也不知是崴了还是折了，总之只能躺在床上，于是他让手下傅伏爱带领一支队伍驻扎到上面。

山也有了，军队也驻上了，剩下的就看大家伙怎么发挥了，他并没有想太多。

然而意外就在这时发生了。

就在他养病的时候，这座土山突然崩塌了。砸在城墙上，撕开了一道口子。

我们先不去管李道宗怎么监工出这么一个豆腐渣工程，是不是拿了回扣。为什么这座土山这么没有大局意识，早不塌晚不塌偏偏在这时候塌。至少这不是一件坏事，而是一件化腐朽为神奇、歪打正着的好事。

因为土山崩塌，撕开了城墙。

唐军做梦都想要的不就是打开城墙吗？现在城墙都开了，这个结果还不够好吗？

啥也别说了，赶紧往里冲吧，破城的机会就在今日！

但我必须沉痛地告诉大家，此时土山上并没有人，土山周围也没有人，至少，没有一个能临机应变组织进攻的人。

在这个关键时刻，守将傅伏爱擅离职守了。士兵们找不到领导，不知如何是好，竟然被冲出来的高丽军打败，还一口气丢掉了剩下的半座土山。

高丽军知道这座山的价值，迅速在周围挖好了壕沟，加强兵力固守。

李世民怒不可遏，立即把傅伏爱斩首示众，命令唐军全力夺回。

李道宗是傅伏爱的直接领导，对丢失土山负有不可推卸的责任，听到消息后，他从床上跳起来，蓬头散发，一瘸一拐，光着脚跑到了李世民帐下，大哭起来。

"陛下，我有罪，我罪该万死……"

沉默了很久之后，李世民痛苦地垂下了头。

"你按罪确实该杀，可杀了你又有什么用呢？你走吧。"

"走！"

李世民不甘心失去这座凝结了唐军数月心血，耗费巨大人力物力的山。他要把这座山夺回来。

在他的严令之下，唐军向土山发起了疯狂的围攻。他们知道，没有土山就攻不下安市，攻不下安市就灭不掉高丽，必须夺回！

高丽军也杀红了眼，寸步不让，寸土必争。他们也知道，丢了土山，安市就将毁灭，安市毁灭，高丽就将灭亡，一定要守住，死都要守住！

这座小小的土山忽然就成了决定两军命运的关键，想来真有些不可思议。

两军在这里展开了血腥的搏杀，都不肯后退，可与此同时，却又谁也没能前进。

三天三夜过去了，壕沟旁的尸体越堆越厚，可土山却仍旧牢牢掌握在高丽人手里。

李世民不信这个邪，继续让人猛攻，可结果却依旧。

九月十九日，辽东降下了寒霜，草木凋落、枯水结冰。

冬天就要来了，高丽的冬天总是比中原来得早一些。

李世民在这个冬天即将来临的时刻视察了军营，他发现将士们的衣服都已经穿坏了，粮食也快要吃完，大家看到自己前来虽然都很高兴，眼神里闪现的却都是无力战斗的疲惫。

他明白，唐军已经到极限了。

回到大帐之后，他一个人待了很久，思考接下来该如何打算。虽然他还想要那座山，却明白已经很难夺回。既然夺不回这座山，那安市又该怎样攻取？攻不下安市，这场战争又该如何继续？如果再打下去，损失的只是将士们的生命啊。

李世民走出帐外，远远地望了安市城一眼，暗暗决定班师回国。

众将听罢，也没有一个人肯劝。因为，他们也都是这么想的。

临行前，李世民举行了盛大的阅兵仪式，似乎要为这次旷日持久的战争画一个圆满的句号。然而在不远处的安市城墙上，却出现了一个默默注视的身影——杨万春。他在这里做什么？是观看阅兵，还是侦察敌情？都不是，其实他是在向李世民告别。他远远地行了一个礼。

尊重对手，就是尊重自己。

这个对手要走了，他竟然有些不舍。

那一刻李世民也对杨万春深感欣赏，于是也做出了一个极富骑士精神的举动，派人送了他一百匹绸缎，作为他忠于职守的嘉奖。

虽然守城，却为攻城的敌人送别。

虽然退兵，却保持了天子的气度。

在我看来，两人都是这场战争中的英雄。

李世民就这样踏上了归程，沿着来时的路。他很快抵达了辽河，岸边的沼泽仍像来时那样泥泞，车马难以通行。可那些桥却早被毁掉了。李世民下令用战车和土垫下去，勉强铺成一条路，唐军这才渡过河去，却又赶上天降暴雪，气温骤降，士兵被冻死了大半。

在这场历时一年的高丽战争中，李世民并没有失败，唐军共占领了十座重要城市，杀死四万敌军，俘获七万人口，战果收获很大。可是也没有胜利，唐军士兵战死数千人，冻死数万人，战马损失十之八九，付出了沉重的代价。

歼敌一千，自损八百，似乎可以这样评价。

这次没有胜利的东征深深困扰着李世民，负罪感、挫败感、耻辱感和无力感交织在一起让他备受煎熬，虽然他一路上竭力表现得泰然自若，喜怒不形于色，但看着大军落魄的样子，士兵冻死的惨状，他早已心如刀绞。

到了幽州之后，李世民让人收罗阵亡士兵的骸骨，妥善安葬。并下令盖一座寺庙，纪念这些为国捐躯的英烈们。这座庙被命名为"悯忠寺"，后来又改名"法源寺"。再后来，李敖写了一本书，叫做《北京法源寺》，开篇就提到了这个故事。

同时，他也终于想念起了魏征。

侯君集谋反的时候，魏征被连累了。这是因为侯君集的官位就是他推荐的，导致李世民对完美的他产生了怀疑，于是下令砸毁了他的墓碑，取消了公主和他儿子的婚约。现在，李世民终于回心转意了，命人重新修缮了他的墓碑，并把他的家人召到行宫，加以慰问。"要是魏征在的话，一定不会让我出征的。"

他和魏征的感情一波三折，至此才算善始善终。

李世民一直在想，想自己究竟哪里错了？东征的士兵都是踊跃应征、层层筛选的勇士，素质和战斗力没有问题。领兵的都是李勣、李道宗这样身经百战的名将，指挥水平也没有问题。自己每一仗都是稳扎稳打，用尽平生所学，好点子坏点子来者不拒，战术更没有问题。怎么就得到这样一个结果？他想不明白。

回到长安以后，他专门去找了李靖。如果李世民算一个军事家的话，李靖要算一个军事思想家和理论家，境界更高出一筹。

李世民问他：我倾尽全国兵力却受困于小小的蛮夷，这到底是为何？

看着李世民满脸疑惑的表情，李靖不想让皇上难堪，只是眨着睿智的眼睛说了一句话。

"此道宗所解。"

当初，李靖曾主动请求参加东征，可李世民觉得他年老多病，高丽又是苦寒之地，生怕把老爷子交待在那里，就谢绝了。然而李世民并不知道，李靖虽然身体不好，头脑却清醒得很，他一直在密切关注前线的战事，对整个过程了如指掌。

去问问李道宗能明白？李世民带着这个疑惑召见了李道宗，听他详细解释了那个率兵五千突袭平壤的冒险计划。听罢之后，他才如拨云见雾，对这个困扰自己很久的问题释然了。但也只能怅然若失地说了一句：

"当时军情太紧急，我都记不起来了。"

他是真的记不起来了，因为他当时根本就没重视啊。如果李靖当初随行的话，征东形势可能就会完全不同了。

这是后话。

第十二章　晚年太宗

圣上的猜忌

贞观十九年（645年）十二月，冬，李世民的车驾进入河北。听说太子迎接的车队即将赶到，便舍下马车，跨上战马，飞奔去见太子。

父子久别重逢，那种感情实在难以形容，李世民和李治紧紧地拥抱着，几乎都要落下泪来。

直到这时他才脱下早已穿旧的战袍，换上了过冬的新衣服。

李世民出征的时候，太子担心他的安全，哭了好几天。李世民为了安慰他，指着身上的衣服说，等下次看见你，我再换这件袍子。衣服都不用换，仗自然会很快打完，可谁知却过了一年，这是何等煎熬的一年啊。

李世民的健康也被征途劳顿严重损害了，走到定州的时候，他染上了风寒，几天之后，背上又长出了一个脓疮，苦不堪言，似乎随时都有生命危险。

李治强忍着悲痛，为父亲吸吮脓疮中的毒水，再加上御医精心治疗，三天之后，终于有所好转。

李世民身上的担子太重了，他承受的痛苦太多太多。

但就在此时，朝中却发生了一件意想不到的事，一个看似有计划、有预谋的抢班夺权行动陡然浮出了水面，而一切疑点都指向了其中的幕后人物刘洎。

据有关人士报告说，刘洎看到李世民病重时非常高兴。他当然有理由高兴，作为太子的辅佐大臣，这正是他把持朝政的好机会，于是他就说了这么一句话。

"如此一来（皇帝病危），大事不足虑也，我正可拥立太子继位，杀掉有二心的大臣，像伊霍那样执政。"

举报刘洎的人是李世民晚年最信任的大臣褚遂良，联想到自己出征前刘洎说的"大臣有罪者，臣谨即行诛"，李世民实在可以最坏的恶意来揣测他的。可是……

"你当时都说了些什么？"李世民仍要质问他。

"陛下，我说的是圣上病得厉害，我很难过呀。"（圣体患痈，极可忧惧）刘洎委屈地辩解道。

"还狡辩！"李世民厉声呵斥。

马周急忙出来作证。

"是的陛下，当时刘洎哭得很伤心，他真的非常担忧您的病情。微臣可以作证。"

"真的吗？"李世民冷笑。

"绝对不是真的，刘洎说的就是大事不足虑！微臣也可以作证！"褚遂良依然一口咬定。

这句话最终宣判了刘洎的死刑。因为，尽管马周本人也比较受李世民信任，但比起褚遂良那还是有一定差距的。再加上褚遂良先入为主打了报告，刘洎又给自己留下过坏印象，李世民当然宁可相信他的话。

李世民没有再听他们争论，转身回到了行宫。

三天后，刘洎被赐自尽，家产全被没收。

据说刘洎临死前，曾想要来纸笔写下点遗言，但令人费解的是，有关部门却没有给他。李世民得知此事后，似乎有所醒悟，下令把负责办理此案的官员一并下狱，但之后却不了了之，没了下文，于是案子就算草草了结了。

刘洎谋反一案暴露得很快，处理得迅速。但千百年来，却有很多人认为这是李世民晚年最大的一起冤案（李承乾、侯君集的案子也很大，但他们不冤）。结论自然不用废话了，刘洎是被冤杀的，害死他的人是褚遂良，李世民要负连带责任。

关于这件事的来龙去脉，两唐书上都是像上文那样表述的，刘洎看到李世民病重，叹息道"圣体患痈，极可忧惧！"而和刘洎一向关系不好的褚遂良却抓到了把柄，把他的话篡改成"国家之事不足虑，正当傅少主行伊、霍故事。"（这改动不小，不亚于再创作）然后向李世民进了谗言。

对此，司马光有不同的意见，他认定褚遂良是一个正直无私的大忠臣，所以不可能去干这种奸臣才能做出来的事。他认为褚遂良谗杀刘洎的说法，乃是后来政敌许敬宗的污蔑之词。结论自然是刘洎确有异志，死得其所。

到底是哪种说法对呢？其实在现代史学家看来两者都不对，至少都没有说到点子上。因为他们都忽视了一个很关键的问题——刘洎的身份，或者说是立场。

我们先来看一段史料，"太子承乾既获罪，魏王泰日入侍奉，上面许立为太子，岑文本、刘洎亦劝之。"很明显，在李承乾被废之后，他是支持立魏王的，也就是说他是一个魏王党。而褚遂良则是一位坚定的晋王党，支持李治的。

作为一个晋王党，褚遂良始终对魏王党的刘洎存有很大的敌意。即便他人品再好，为了让李治顺利接班，也有充分的动机除掉这个心腹大患。所以他抓住机会谗害刘洎一事也就可以说得通了。当然我们也要明白，他这么做并不是因为两人关系不好，而是为了李治。

李世民事后虽然猜到了刘洎可能是冤枉的，但考虑到李治的接班问题，对这件事不再过问，也就可以理解了。

事情的真相，或许就是这样吧。

刘洎不是第一个倒霉的人。

晚年的李世民逐渐变得喜欢猜忌了，尽管不像秦皇汉武那么残忍暴力，因为一点小错就把人满门抄斩，但真动起了心思也是很要命的。

从高丽回来以后，张亮的身体发生了显著变化，主要表现是他的胳膊和以前不一样了。为避免引起不适，临床症状就不描述了。总之按现代观点来看，他很可能是得了牛皮癣或鱼鳞病，但缺乏医学知识的张亮却以为那是龙鳞（就没觉得痒？）。

然后他又联想到了民间流传的一条谶言"有弓长之君当别都"，这是说一个姓张的汉子将要称帝建都。可放眼望去，举朝之中有这个资格的张姓汉子好像也只有自己了（官儿最大），于是禁不住"龙"颜大悦。

"天呐，我老张莫不是要当皇帝了？！"

张亮这辈子以告密起家，却没想到这句话被有心人记在了心里，最终成了置他于死地的黑材料。

不久以后，他的事迹被报告给了李世民，李世民立刻下令查办。

当了一辈子原告的张亮终于成了被告，而且惹上的还是那种他绝对打不赢的官司。

一番审问之后，张亮表示坚决不服。天地良心，我从没说过那话。

没说过？没说过就不能处理你了？李世民马上注意到了他另一个破绽，养着五百个假子。

假子又称"义子"，这名义上听起来是干儿子，其实就是私人武装，而且身份多是敢死之士、亡命之徒。如果是战争年代，养点私兵还能上前线打个仗、卖个命，多少能派上点用场。如今天下都一统了，你还养着这么多不安定分子干什么呢？分明是图谋不轨吧？

那简直是一定的，那就索性杀了你吧。

对杀张亮这件事，李世民没有表现出丝毫的犹豫和惋惜，而是本着无罪从疑、疑罪从有的原则，遇事就把他往坏处想，有问题就往死里办，而且杀掉之后还顺便抄没了他的家产。

身为一个画像挂上凌烟阁的人，这死得简直轻于鸿毛，结局实在有点荒唐。

从张亮的故事中，可见爱打小报告的人绝对没有好下场。不仅会得罪同学同事，甚至在领导眼里你也不是什么好东西。不仅不会重用你，而且说不定还格外提防你。想想吧，谁会信任一个出卖自己同事同学的人呢？

战略调整

李世民刚一回国就雷厉风行地杀掉了两个大人物，也算是杀鸡儆猴了，那些敢起刺儿的、想搞事的立刻消停了，政局很快恢复了平静。

所以，我们又要把眼光瞄向国外了。这不是我喜欢打打杀杀，实在是唐朝历史的一大特点就是战争多啊。

差不多就在李世民围攻安市的时候，薛延陀的真珠可汗夷男死了。东突厥灭亡的时候，李世民担心薛延陀崛起，故意册封了夷男的两个儿子为小可汗，企图让他们和老爹争权内斗。可惜的是，夷男这家伙处理父子关系很不错，爷仨终其一生都没有红过脸。

不过夷男死了之后，情况就不同了，李世民放的长线终于钓上了大鱼。

两个兄弟为了争夺最高统治权发生了火并，弟弟杀死了哥哥，自立为多弥可汗。提醒大家注意，这是自立。理论上来说，薛延陀可汗是要经过唐朝册封才有合法性的，所以多弥自立是一种严重的不服行为。

当然了，自立都能干得出来，再干点骚扰边境、南下抢劫的事儿来也就不足为奇了。事实确实如此，多弥曾趁着李世民征高丽未归的时候进攻过夏州（今内蒙古鄂尔多斯）。李世民对此早有防备，安排了执失思力在此镇守。他采取诱敌深入策略，将他们引到唐朝境内，以伏兵杀掉几千人。算是狠狠教训了一下。

但多弥这家伙记吃不记打，之后仍然频繁犯边。尽管每一次都被揍得灰头土脸狼狈不堪，却也非常顽强地屡败屡战，就像一只苍蝇嗡嗡嗡围着你飞个不停。

烦透了的李世民决定把这只苍蝇拍死，不过拍苍蝇这活儿是用不着自己上场的。既然这样，道宗，就麻烦你跑一趟吧。

贞观二十年（646年）六月，李道宗率大军前往漠北讨伐。

战斗过程在此不必详述，总之，多弥在国内很不得人心，大家听到唐军要到的消息就崩溃了。连个像样的迎战都没组织起来，就是像复读机一样奔走相告"唐军来了！"（唐兵至矣、唐兵至矣），然后四散溃逃。

看着唐军一路凯歌，早就不爽薛延陀的回纥、仆固等部趁机落井下石，在背后捅了刀子，把多弥可汗和其宗族统统杀了个干净。

李道宗的使命完成了，打道回府。

只有一个人躲过了一劫，夷男的侄子咄摩支。薛延陀剩下的七万部众拥戴着他继续向西逃跑，并在途中把他立为了可汗。

咄摩支和他的叔叔、堂兄弟不同，此人比较懂事儿，很识时务。都什么时候了还叫我可汗，这是嫌我死得不够快吗？都不许叫。赶紧主动去掉了可汗称号，并摆出了一副非常恭顺的姿态，上书唐朝，请求在郁督军山（今蒙古国杭爱山）给安排个住处。

给个立足之地就行，俺保证以后再也不捣乱了。

李世民心头一软，打算派人去安置他们，但许多大臣觉得这样太仁慈了，毕竟谁也不敢说这是不是咄摩支的权宜之计，他会不会再次成为漠北的祸患还是很难说的。

于是李世民收起了同情心，做了一文一武两手准备，让崔敦礼负责安抚，李勣负责讨伐。正如史料上原话说的"降则抚之，叛则讨之。"

崔敦礼到了杭爱山，派人向咄摩支传达了唐朝的政策，咄摩支非常痛快地投降了。但是手下仍有一部分人首鼠两端，这样轻易投降会不会显得我们太随便了？我们可不是随便的人呀，要不看看形势再说吧。

李勣大怒，死到临头了还挑三拣四的，让我说你们什么好？纵兵追击，斩首了五千余级，俘虏男女三万余人。

这年七月，他押着咄摩支和一众俘虏来到了长安。

唐朝还是够意思的，给咄摩支安排了工作——右武卫大将军，分配了房子（赐以田宅），其他降众，各有安置。

至此，曾盛极一时、占据大半个草原的薛延陀汗国成为了历史名词。

自东突厥灭亡之后，薛延陀填补了草原的真空，成了北方的霸主。但这个外强中干的霸主却只存在了三十年，三十年对一个人的生命来说都不算长，对一个政权来说就更如昙花一现。太快了，快得让人目不暇接。李世民真的像拍苍蝇一样拍死了他们。

之后，唐朝在漠北设置了州县和都护府，从此那些更北方的游牧民族也成了天可汗治下的子民。

此前，中原王朝的军队也曾打到过遥远的漠北，但真正把这里纳入版图，建立起有效的统治还是历史上第一次。

与此同时，李世民对高丽还一直耿耿于怀。

这也不难理解，他这辈子一直过得顺风顺水，从来都是他欺负别人，别人不能欺负他，可没想到年纪大了，竟然在高丽栽了跟头，心里实在咽不下这口气呀。

不过，气归气，李世民毕竟不是杨广那样的重度强迫症患者，虽然时刻谋划着再次打击高丽，但在具体战术上已经冷静了很多。

非常重要的一点就是，他决定不再亲征了。

亲征虽然能提高士气，但兴师动众耗费着实不小。而且他身为一国之君，也不能像年轻时那样以身涉险，在决策上就难免变得保守，从而影响前线将领的判断。所以，亲征我就暂且不去了。

第二点就是，他再也不幻想一战灭亡高丽了。

高丽虽然不是什么大国，但毕竟是个农耕国家，统治基础要比游牧民族稳定得多，打起仗来也要一城一池地去争夺，不是一朝一夕就能完成的事儿。所以最好的办法就是以小股兵力去不断袭扰，破坏农业生产，让其疲于奔命，一点一点地给他放血，等袭扰到一定程度就会瓜熟蒂落。

有了比较低的心理预期，李世民就没有那么紧张了。

于是他派出了比原先规模小很多的两支部队（还是海陆并进）。

熟悉辽东战场的李勣再次挂帅，带领几千陆军从陆上发起进攻。在松州之战立下战功的牛进达则被任命为海军陆战队的指挥官（第二任）。

贞观二十一年（647年）六月，李勣的部队渡过辽水，沿途经过几座城池，高丽军还是像之前那样，依仗坚固的城防殊死抵抗，李勣把他们打败以后，放火焚烧了城郭,然后率兵回师。

七月,牛进达的部队在辽东半岛南部登陆,深入高丽境内,大大小小打了一百多仗,攻下了石城(今辽宁庄河),还在积利城(今辽宁瓦房店)击败高丽军一万多人,杀死二千多人。

海陆大军一路高奏凯歌,捷报频传,完美达到了预定的作战目的。

父亲的女人

但就在这时,李世民又一次病倒了。他得的是李氏家族的遗传病——风疾。

直到这年十一月底,他才勉强恢复,可身体状况也大不如前了。以前,李世民是个工作狂,每天上朝不说,完事了还要加会班,现在则不得不改为三日一朝。

但不上朝的时候,李世民并没有好好休养,而是仍有别的事情要做。他拖着病体写成了一篇文章——《帝范》十二篇。

《帝范》听起来有十二篇,似乎够得上一部长篇小说,实际上却不长——只有几万字。但是这本书内容非常丰富,礼仪、修身、文治、武略无所不包,是李世民一生执政经验的高度浓缩。而且文辞优美、行文有力、哲理深邃,也充满了他对人生社会历史的感悟,被人称为中国最伟大帝王的沉思录。

李世民写这篇文章并不是为了青史留名,或是立功立德立言的,他没有这么多杂念。事实上,他这篇文章不过是给李治写的。他已经老了,快要不行了,但他不能就让自己这么走了,他要把自己毕生的经验和感悟传给儿子,好让他将来能像自己一样做一个好皇帝。

怎样才能做好呢?答案都在这本书里。只要你照着书上做,就会变得和我一样强大。

我看到了,李世民这个伟大人物的心里也埋藏着伟大而深沉的父爱,写到这里,我真的非常感动。

不仅如此，李世民还在自己的宫殿前给李治开了一间房，让他随时能和自己交流政事，同时也能密切一下父子感情。

李治于是过来陪着父亲，盼着他能早日康复。

可谁也没想到，貌似仁厚的李治却做出了连李承乾和李泰都未必做得出来的事。我唯一庆幸的就是，李世民到死也不知道儿子做了什么，否则一定该死不瞑目了吧。

事情大家都知道了，李治爱上了父亲的女人：武媚娘。

按官方的说法，武媚娘是并州文水人（今山西文水县）。这个说法不能说错，但事实上她是在长安出生的，严格来说，山西文水只是她的籍贯，其本人属于首都户口。

武媚娘的父亲武士彟（yuē），是一个精明的商人，早年做过木材生意，十分有钱。后来有幸结识了地方长官李渊，关系也处得不错。等到李渊起兵的时候，慧眼如炬的武士彟更是拿出全部家产资助他的起兵大业。

考虑到这些事迹，他可以算是当之无愧的从龙功臣。

因此唐朝立国之后，武士彟被封为了应国公，历任工部尚书，利州、荆州都督，当上了非常显赫的省部级干部。

但身居高位的武士彟却面临着一个由来已久的苦恼——出身低微。他本身就不是贵族，后来还干过商人，而商人在古代属于贱业，是上不了台面的。这就决定了他身上会永远带着寒门和庶族的烙印。在当时那种看重门第出身的社会上，就是爬上再高的位子，也免不了被人看不起。大家见到他表面上是客客气气，可一扭头就可能在背后说——看，那个商人。

隋唐时代是一个看重门第出身的社会，而武士彟的门第出身却是无法改变的，从娘胎里带来的东西又有什么办法呢？

办法还是有的，只要有人肯帮你。

那一天，武士彟的第一任夫人相里氏死了。当时的武士彟可能很悲伤，但这其实并非一件坏事。因为就在这个时候，李渊亲自出来做媒，把一个身份高贵的老姑娘嫁给了他。

虽然她年纪大了点——四十多岁，还结过婚，但她却能给武士彠带来最需要的东西——身份。

杨姑娘出身隋朝宗室，是威望的观王杨雄的侄女、宰相杨达的女儿。妻以夫贵，夫自然也可以妻贵。娶了这样的老婆，武士彠就可以跻身士族成员的队伍了。

从此以后，他的身份高贵起来，遇到根正苗红的贵族也不用退避三舍了，他挺直了腰杆儿，再没人敢瞧不起他。

后来，这位杨夫人为武士彠生下了两个女儿，大女儿叫武顺，二女儿就是武媚娘。

出身在这样的家庭，武媚娘也算是含着金汤匙长大的幸运儿。和那些顶级皇亲国戚相比，她或许还逊色一点，但和那些连书都读不起、饭都吃不饱的孩子比起来，童年生活应该非常幸福吧。

但事实却并非如此。

她十一岁的时候，父亲就去世了，这给她们母女的生活蒙上了一层厚厚的阴影。

武士彠的孩子并不只有武媚娘和武顺，第一任妻子还留下了两个儿子：武元庆、武元爽。这兄弟俩可不是善茬儿，性格乖戾，如狼似虎，此时又早已成年，面对这三个弱女子，他们自然有胆量、有能力欺负她们。

而武氏家族的叔叔、伯伯们却只是冷眼旁观，没有一个人出面主持公道。

武媚娘就是在这样的家庭里长大的，她默默承受着两个哥哥的欺负、叔叔伯伯的冷眼，直到她离开这个破碎的家庭。从心理学上来讲，童年经历对一个人性格的塑造是非常关键的，后来的武媚娘心狠手辣、刻薄寡恩，杀起人来眼都不眨一下，或许就和这段灰暗的经历不无关系。

但上天还是眷顾武媚娘的，作为一个女性，她有着出众的姿色。无论什么年代，美女的机会总是比普通人多一点。

她的美貌传到了李世民耳朵里。

贞观十一年,她被光荣地召入皇宫,那时她才只有十四岁。

临行前,母亲杨氏依依不舍地拉着她的手,哭个不停,因为她知道,后宫一入深似海,女人在宫里生存不易。她还知道,此去一别,母女今生或许就再难相见了。

但武媚娘却像个大人一样,反过来安慰起了母亲。

"母亲不要哭啦,当今天子那么圣明,女儿此去焉知非福?"

这展现出来的魄力实在不像一个十四岁的孩子。

也就是在入宫后,武媚娘当上了五品才人,还被李世民赐了新的名字——武媚。

这个新名字的准确称谓就是"武媚",而不是大家熟知的"武媚娘"。

事实上,"武媚娘"是当时一首流行歌曲《舞媚娘》的谐音。武媚出名以后,民间就展开了丰富的联想,把她顺口叫成了"武媚娘"。因此,我在这里也就不咬文嚼字了,干脆服从人民群众的意见,就叫她武媚娘好了。

武媚娘入宫一晃就到了二十六岁,过去了十二年。

这十二年里她曾很尽力地去表现,但不知为何,却始终没有得宠,也没有生下子嗣。

按说武媚娘长得是很漂亮的,对男人也颇有些手段,但为什么就吸引不了李世民呢?

思来想去,我只想到了一条原因,也是唯一可能的一条原因。那就是她不是李世民喜欢的类型。除此之外我实在无法解释她的处境。当然大家如果有更好的答案也希望不吝赐教。

据我的经验判断,李世民喜欢的是温婉温顺的女人。大英雄通常都是这样,喜欢别人崇拜自己,喜欢女人小鸟依人。哇!陛下,您真伟大,您好厉害。从长孙皇后到杨妃、徐惠妃都莫不是这种百依百顺、恪守传统的类型。

而武媚娘就不同了，她的性格泼辣、剽悍，有时甚至表现得比爷们还爷们，这怎么能和李世民对上电波？

有一个故事非常能体现她的性格。

李世民曾养过一只叫狮子骢的骏马，这匹马虽然是宝马名驹，跑得飞快，却有一个缺点——桀骜不驯，很难驾驭。

李世民本人对这马也是一筹莫展，不知道该怎么办才好。

一旁的武媚娘看到后，却自信满满地向皇帝表示："我能驯服它！"

你能？我驯服不了的你都能？难道你比我还厉害？在李世民惊诧的目光中，武媚娘得意洋洋地讲出了自己的办法。

"不过，陛下要答应先给我三样东西。"

"你要什么？"

"铁鞭、铁棍、匕首。"

李世民被这个奇怪的要求吸引了，听着她说。

"臣妾先用铁鞭来抽它，不服，就用铁棍砸它的脑袋，再不服，就用匕首杀了它。"

武媚娘骄傲地讲完了，看着李世民，像是等着他表扬。可李世民听后，脸上的表情都要僵硬了。这也像个女孩子说的话吗？你说要驯马，到头来却想宰了它，这杀气怎么比男人还重呢。但为了不打击她的自尊心，还是勉强笑着夸了她两句，然后就离开了。

从此以后，武媚娘在李世民心中的女汉子形象就牢牢定格，再也不能翻身了。

或许李世民没有因此讨厌她，却也变得很难再去喜欢她，谁会想要一个天天想着打打杀杀的女人陪伴左右呢。

真是类型错了，表现越多越反动。

不过话说回来，武媚娘并不需要为这件事感到遗憾。假如她真的被李世民宠幸或是生下子女，那么中国历史上增加的不过是一个美貌的后妃，而失去的，将是一个绝无仅有的女皇。

如果真是那样的话，本来就枯燥乏味的历史将会失掉多少颜色啊。

李世民，谢谢你没有喜欢她。

李世民并不喜欢武媚娘，但眼下他却需要这样的人。因为他病了。

武媚娘聪明勤快，很会察言观色，做事干练利落，伺候病人这种事没有比她更合适的了。

在李世民的晚年，武媚娘终于得到了亲近皇上的机会，每天到他的寝宫端汤送药，照料起居。

就在这里，她见到了风华正茂的李治。

李治时年二十二岁，虽然贵为太子，却温文尔雅、谦和有礼，没有一点架子。他的眼神是那么清澈，气质是那么潇洒。可一旦两人的目光触碰，他又总是下意识地躲开。

女人对这种事总是有天然的直觉，武媚娘有一种预感，这个男孩似乎在暗恋自己。

李治也不是第一次注意到武媚，身为太子他经常出入皇宫，但宫里那么多美女佳丽他却只觉得武媚是最美的，她活泼机灵、漂亮大方、美艳动人，每当她在身边总是能听到银铃般的笑声，让人顿时忘掉了忧愁。他总是忍不住偷看她的背影，却像一个害羞的大男孩一样不敢触碰她的眼神。那双会说话的眼睛仿佛能看穿自己的心事。

那么，我的心事到底是什么呢？

时间一天天过去，李治和武媚娘渐渐熟悉起来，从见面时问候性的微笑到偶尔有一句无一句的搭话。每当见到她，李治的天空都明亮起来，对父皇身体的挂念也抛到了九霄云外。

情爱就像雨后的蔓草在心中放肆地生长，终于在一个雨后的夜晚，李治和武媚娘越过雷池，偷尝了禁果。一夜缠绵之后，武媚躺在李治宽阔的怀里思绪万千，李治搂着武媚柔软的肩膀忘掉了自己。

这是一场旷世的不伦之恋，那晚之后，两人都悄悄地守护着这份情爱，精心地隐藏起来，任谁都无从知晓。

第十三章　最后的日子

女主武王

病榻之上，李世民仍然惦记着国家大事，贞观二十二年，他命薛万彻、裴行方带领三万多人和楼船战舰，从莱州渡海再次进攻高丽。这次战役同样斩获不小。

但这还不是李世民的终极目标，事已至此，他最希望的还是能在有生之年把高丽一举灭掉。于是一个更大规模的战争计划开始了，他打算出兵三十万，并再次着手打造一批战船。这场战役一直筹备到他去世，最终也没有实施。

看来，灭亡高丽这个伟大的使命要在他的儿子手中完成了。

李世民的病越来越沉了，即使那些号称妙手回春的太医也束手无策，风疾这种心脑血管疾病是当时的医术无法攻克的顽疾，这是时代的局限。

李世民没有迁怒这些无辜的医生，而是转而求助于古老的神仙方术，开始大量服用丹药。

按现代的观点来看，丹药里的成分无非是硫磺、硝石、紫石英，有的甚至含有铅、汞等重金属，吃这玩意儿就等于服毒。有人也一定会奇怪，李世民英明一世竟然也会相信这个。但是对一个封建王朝的帝王，我们实在无法苛求他太多了。因为从秦汉到明清两千多年的历史中，前赴后继服用丹药的皇帝数不胜数，他既不是第一个，也不是最后一个。这也是时代的局限。

国产丹药服用无效之后，李世民把目光瞄向了国际市场。巧合的是，出使天竺有功的王玄策带回了一位僧人。他的名字叫那罗迩娑婆，号称自己有长生之术，寿命已超过两百岁。于是李世民相信了，请他来到了皇宫大内，然后依着他的建议，命人到全国各地采集奇药异石，来为自己炼造灵丹妙药。

两百岁我不敢奢望，哪怕一百岁，八十岁我也知足了。可谁知他却只活了五十三岁。

外来的和尚好念经，真是古今亦然。

丹药炼成要等待一些时日，李世民的头脑也还算清醒，虽然他比较相信这位外来的和尚，但也没有把希望全部寄托在这上面。对身后事的安排，他丝毫没有马虎。

初夏的这段时间，太白金星多次在白昼出现。按古代天象学的解释，这是一个不正常的现象，兴许还会有灾难降临。太史令李淳风赶紧算了一卦，然而，卦象却出人意料地显示为"女主昌"。意思就是一个女人将要主宰天下。几乎就在这时，民间也开始流传一句谶言：唐三世之后，女主武王代有天下。

李世民听后非常厌恶，当然也非常疑惑。

这到底是什么意思呢？莫非女人也可以当天下之主？不太可能吧。又或者说，其中还预示着什么别的含义？他一直在苦苦思考，百思不得其解。

可答案却赶着来找他。

不久之后，李世民举办了一次宴会，在座的大多都是武将。酒酣之际，他和武将们做了一个游戏，让大家各自说出自己的小名。皇帝下令，大家当然得服从。你叫啥？我叫狗剩子。你呢？我叫三胖子。还有他呢？他叫二愣子。想不到这帮满脸横肉、连鬓虬髯的汉子居然有这样搞笑的小名，众人都笑得前俯后仰，笑声填满了整间屋子。这个笑的人也包括李世民。

然而，当那个叫李君羡的武将说出自己小名的时候，李世民的笑容却在脸上凝固了，凝固得就如同一片死灰一样。因为他清楚地听到："臣叫五娘！"

李世民惊讶地睁大了眼睛。

"五"不就是"武"吗，"娘"不就是女人吗，五娘，武娘，女主武王，难道这就是自己要找的那个人？不对，不能这么草率下结论。再想想这个人。李君羡，李君羡他是武安人，对，没错。他的官位是……左武卫将军，是的，这是我封的。他的爵位是武连县公，是的，是的。他镇守的地方是玄武门！啊，李世民脸上的汗都下来了。

五娘、武安、左武卫将军、武连县公、玄武门，他的身上居然带了五个"武"，原来"女主武王"的本尊就是此人！李君羡！我找你找得好苦啊！

可李世民却抬手擦了擦汗，笑了出来："想不到你还是个女子呀，什么女子能有你这么勇猛！"

李君羡笑了，在座的各位也一起笑了，李世民也依然笑着，然而心里却祭出了一把寒光闪闪的刀，他要用刀把这个人杀掉。

李世民不是事后诸葛亮，唐朝就是再开放，那也是封建时代。在当时的大环境下，他肯定不会想到一个女人会做皇帝的，而只能往和女人沾边的男人身上联想，而李君羡就是他找到的那个人。

宴会之后，李世民就把他贬出了长安，后来又找了个借口杀掉。这个借口是——结交妖人。李君羡到死也没有明白，自己早年冒着生命危险从王世充阵营投靠李唐，怎么就这么稀里糊涂地丢了性命。

四十二年之后的一个春天，真正的女主武王武媚娘登基称帝，她突然想起来，当年曾有一个素昧平生的"五娘"为自己挡过一刀，于是下诏为李君羡平反，以礼改葬，才算还了他一个公道。

只不过在当时，李世民杀完李君羡之后仍觉得不放心，于是又找来李淳风询问。"民间流传的那句谶言，真有其事吗？"

李淳风告诉他，是真的，征兆已经形成了。这个人就在皇宫之中，而且还是陛下的亲属。不出三十年，这个人就要成为皇帝，并将皇室子孙杀得不剩几个。

"怎么会这样？我要把她找出来杀掉！"

然而李淳风又告诉他，这是天意，人是不能违抗的。如果大开杀戒，不仅伤不了这个人，反而会白白伤及无辜。

"三十年后，那个人已经老了，或许还心存慈悲，为祸可能小一些。如果现在就杀了这个人，上天也许会降生更加邪恶的人，而到那时，陛下的子孙恐怕就没有幸免的了！"

李世民听后怅然若失地点了点头，从此再也没有过问此事。

我可以确定上面那个故事是假的，但是这故事太有意思了，忍不住写一遍。

首先里面有悬疑，女主昌？竟然会有一个女人当皇帝，不可能，可又有可能，要不怎么有人说？李世民很疑惑，非常疑惑。可没想到在一次宴会上发现了这位"女主"。令人惊讶的是，这位女主的本尊竟然是个男人。更惊讶的是，这个男人的身份居然如此巧合，小名、家乡、爵位、官职、岗位都带个"武"！

于是李世民相信了，杀了他，好像就这么结束了。

可是偏不结束，让人目瞪口呆的是，他居然杀错了。李世民去找算命先生心理辅导，去确认。然而算命的告诉自己，真正的女主另有其人。李世民还想杀，可天机已成，无法更改，他怅然若失，再没追究。

三十年后，女主果真出现，修成正果，还替假女主平了反。

这真是一个绝好的悬疑题材，听说女主（半信半疑）——发现女主（猛然怀疑）——女主很有特点（深信不疑）——杀了女主（了却怀疑）——女主却另有其人（大惊，还想继续）——天命已成（怅然若失）——女主最终修成正果（皆大欢喜）。

转折转折再转折，而且逻辑上没有漏洞，实在好看。

其次故事很神秘，预言出现，三十年后有女人当皇帝。结果三十年后，预言实现，女人真当皇帝了。大家都感到武媚娘当皇帝真是天意，李淳风算卦真是厉害，李世民在预言面前是那么脆弱无力。

可是不好意思，这个故事是假的。当然从逻辑上来说是很难证明的，因为这个故事本身就是自洽的。于是我们只能从故事之外去寻找了。

李世民的性格

如果李世民知道女主在宫里，他会不会大开杀戒？我相信他会。即使知道有副作用也会。他是一个做事果决、相信自己判断的人，连亲兄弟都能杀，还会怕后宫几个女人？你李淳风说女人在后宫，我就不信找不出来，找不出来就全杀了，我就不信她能逃得了！为了李家天下，我不惜一切代价！

李治时期的历史

如果"女主武王"这个预言在贞观年间就开始流行，大家肯定会有所耳闻。如果说武媚娘当时人微言轻，不被注意的话，等到她入宫为后，二圣临朝、垂帘听政的时候，我相信没有人会不对她产生警惕。女人要当皇帝了，这个女人的可能性就是最大的，那么我们要做的就是，早点干掉她，消灭在萌芽状态。我相信李治绝不会袖手旁观，虽然他爱老婆，但他更爱自己的江山。但是没有，从来没有人提起过。他自己也没有怀疑过。

武媚娘的迷信

武媚娘是一个迷信的人，迷信的人自然以为别人也迷信。于是她夺取帝位的时候营造了很多迷信事件来忽悠大伙，比如河里出宝图了，哪里有祥瑞了等。李君羡一案，就是在她称帝的天授二年平反的。或许她本来并不清楚李君羡到底怎么回事，但人家的家人上书喊冤之后，她猛然意识到这是一个绝好的题材，于是平反，营造自己的神秘色彩。她搞得很成功。

然而天授二年是她称帝的第二年，那时她早已坐稳了皇位。如果女主武王是真的，她为什么要在称帝后才平反？为什么不在李治死了之后、儿子废了之后就平反？要知道武媚娘称帝的阻力是很大的，那时候平反，才是一枚重磅炸弹，能够让所有人闭嘴。但她没有。因为她那时还不知道。

她是直到称帝后才知道。虽然这时候皇位已经坐稳了,但拿来稳定一下人心也是可以的。所以就平反吧,忽悠吧。造一个女主武王,让大家对我死心塌地。

很多时候,我们看故事,甚至看历史都是这样,里面出现一个很玄妙的事情,让人很难相信,可又说不出理由,于是只好相信。真的就这样相信吗?不要。这个时候,我们就应该跳出故事,到故事之外寻找答案。

这是我的一点体会,是武媚娘同志教给我的。

生命尽头

新药终于炼制出来了,李世民迫不及待地吃了下去,但事与愿违的是,服药之后,他的身体状况却更加恶化。

贞观二十三年(649年)三月,老天降下了这年的第一场春雨,久旱逢甘霖,这是一件可喜可贺的事情。见此情景,李世民强撑病躯到了显道门外,接受群臣的最后一次朝见,并宣布大赦天下。

但回去之后他就无法视事了,这时距离他生命结束只剩下了不到四个月。

可是为了整个帝国,为了下一代,为了李唐王朝江山永固,他还要在病榻上做好最后的安排。

房玄龄已于不久前去世,李靖也久病不起,他最依靠、最信赖的人只剩下了长孙无忌、褚遂良和李勣。

这三个人里,长孙无忌是久经考验的大舅哥、老朋友,自然没有问题。褚遂良性格耿直、才干出众,而且是李治的铁杆支持者,也非常可靠。唯有李勣,虽然跟随自己多年,却算不上嫡系,跟自己总是若即若离。可是武将中人望最高、实力最强的人却又非他莫属。

于是李世民重点对李勣做出了安排。

他从床上坐起身,支开了旁人,悄声嘱咐李治:

"李勣这人本事很大、水平很高,我真想他将来能好好辅佐你。可你对他没有恩惠，我又深怕他不服你啊。"

李治愣住了，亮晶晶的眼神充满迷茫。

李世民看了他一眼，苍白的脸上勉强挤出一丝笑意。

"不过你不必担心，我会让他誓死效命你的，只不过你要……"

李治看着父亲，似懂非懂地点了点头。

几天之后，李世民突然下令免去了李勣的宰相之位，一巴掌打去了遥远的叠州（今甘肃省迭部县），说是让他去那里监视吐蕃，可实际上就是从中央领导撸成了地方干部。考虑到李勣没犯什么政治错误，没有违法违纪贪污受贿，这个安排实在有点不近人情。

但事实上，这正是李世民玩弄的权术。因为他生怕李勣不服李治，所以才要把他贬到外地，试探他的忠心。李世民和李治说了，如果李勣徘徊观望，自己会立刻把他杀掉，如果乖乖听命，将来就应该把他召回来任为宰相。

这样，李勣就会感激李治的知遇之恩，誓死效命的。

可见李世民真不是只有那一副和风细雨、虚怀纳谏的面孔啊，一旦涉及政治问题，他绝不会当好好先生，其阴谋诡计和厚黑水平堪称到了炉火纯青的地步。

可李勣实在不是个简单的人物，接到这纸极不合理的命令之后，既没有争辩也没有抱怨。走出宫门，连家都没有回，衣服铺盖也没带，拍马就奔叠州上任去了。

有其君必有其臣，李勣做事也算是滴水不漏。而我在这里要说，李世民真的小看李勣了。他的忠义和义气都是日月可鉴的。历史已经向我们证明了，从翟让到李密，从李渊到李世民，他从来没有辜负过任何一个人。而在不久的将来，他也会如李世民希望的那样，成为李治的股肱之臣。

一个月来，李治衣不解带，没日没夜地在一旁伺候父亲。看到父亲英武的风姿变得憔悴不堪，他经常痛哭，有时饭都吃不下，头发都花白了许多，仿佛一夜之间老了几岁。

可李治的孝心是挡不住自然规律的，死神从来都不会因为一个人的身份而迟疑它的脚步。在死亡面前，圣人和恶棍都是平等的，帝王和平民也是平等的。

几天之后，李世民突然开始上吐下泻，身体虚弱得如同一张白纸，几乎被病魔折磨得奄奄一息。

李世民明白，自己的生命已经走到了尽头，该托付后事了。

他召来了长孙无忌和褚遂良。

病榻之上，他用颤抖的手摸着长孙无忌的脸颊，交待自己的遗言。

"卿等忠烈，朕所深知。现在，我就把后事托付给你们。太子仁义孝顺，你们是知道的，望你们好好辅佐他，永保宗社。"

长孙无忌泣不成声，哽咽着攥着李世民的手，不住地点头。

"陛下，陛下，我会的。"

李世民又看了一眼李治，眼神中满含着无尽的欣慰和不舍。

"稚奴啊，有无忌和遂良在，你就不用担心国家大事了。"

李治拉住父亲的另一只手，跪在膝下，嚎啕大哭。

最后，李世民的目光移向了褚遂良。

"无忌对我竭尽忠诚，我能拥有大唐江山，他出力最多，我死之后，可千万别让小人诋毁他呀。"

褚遂良流着眼泪，叩头领命。

"陛下，您就放心吧！"

"好了，我没什么好说的了，你现在就把我的话写下来。拟诏去吧。"

说完，他平静地闭上了双眼。

三个人则在榻前哭成了泪人。

李世民走了，离开了他可爱的儿子和大臣，离开了这个他深爱的国家。这一天是贞观二十三年五月二十六日，这一年他五十三岁。

李世民死后，天下百姓无不哀伤恸哭。连四方在长安的使者都在痛哭流涕，蛮夷部落的人性情更加直接，许多人以断发、刺脸、割耳来表达自己的悲伤，突厥的阿史那社尔、铁勒部的契苾何力更是要求自杀殉葬。

这个请求听起来有点恐怖。据我所知,古今中外真正为君王自杀殉葬的似乎只有日本的乃木希典。明治天皇死后,他和老婆在家中剖腹自杀,引起了极大轰动。而他能做出上述行为,是因为他是一位狂热的军国主义分子,受武士道精神浸润太深,加上在日俄战争期间损失太多士兵心中有愧所致。况且当时的日本天皇已被极大神化,和李世民这种以人格魅力感染别人的身份大有不同。

不过,阿史那社尔和契苾何力的请求还是被拒绝了。因为按李世民遗诏的精神,这种自残的行为是不被允许的,他生前就不愿意折腾别人,死后更不愿给人添麻烦。

于是两位名将放弃了自杀的念头,把对先帝的忠心化为了疆场上的浴血奋战。

这年六月初一,李治继位。他和众位大臣擦干眼泪,为李世民上了"太宗"庙号和"文皇帝"这一谥号。

在崇尚文治的古代,"文"这个谥号是对人死后最高的褒扬。比如论语里的"孔文子何以谓之文也?"意思就是孔圉凭什么能得到"文"这么好的谥号?于是孔子回答"敏而好学,不耻下问,是以谓之文也。"意思就是,他还是有……等很多优点的,所以才用"文"来表扬他。

三国乱世的枭雄曹操,辛苦打拼一辈子,临死前最大的愿望也不过是想让儿子给自己上个"文"的美谥。但没想到,平时挺孝顺的曹丕却私心自用,给他上了一个"武",而把"文"留给了自己。

谥法解上说,经天纬地曰文,慈惠爱民曰文……由此看出,李世民这个文皇帝的谥号是何等珍贵,又是何等恰如其分。

八月十八日,李世民的灵柩被安葬在昭陵,陵墓中陈列着他生前用过的衣服、器物。东西厢还排列着放置石函的石床。石函的铁匣子里据说就曾珍藏过他最心爱的书法作品——兰亭序。陵墓外边陈列着被他征服或归服的各部首领石像,一共有十四个人,如东突厥颉利可汗、吐谷浑诺曷钵可汗、高昌王麴智盛、吐蕃赞普松赞干布,以及焉耆王、于阗王等。陵墓的大门两边还有他打天下时战死的六匹骏马的浮雕,就是后人俗称的"昭陵六骏"。陵墓的外围，环绕着妃嫔、王公贵族的陵墓，比如房玄龄、杜如晦、魏征、秦叔宝、尉迟敬德等。

现在，昭陵的地表建筑都已经不复存在了，六骏浮雕中的两块也在民国初年被盗卖给了美国人。

荒凉的山谷中，只能听见习习谷风，似乎在吟唱着一曲无言的长歌。

太宗的一生

李世民的一生是伟大的一生、传奇的一生。他少长戎马、能征善战，是大唐夺取天下的第一功臣。他虚怀纳谏、励精图治，是大唐盛世最重要的奠基人。他诞生于中国古代最有活力最富生机的隋唐之际，逝世于唐朝盛世拉开帷幕的前夜。他治下的王朝国泰民安，百姓安居乐业。他开创的帝国幅员辽阔，推进到了地理范围的极限。他一手缔造的贞观之治千百年来总是被津津乐道、仰慕不已。

是的，他也有缺点，无法抹煞的缺点。他杀死了自己的兄弟，逼退了自己的父亲，他篡改了史书。但让我们换位思考一下，如果他处在兄弟的位置，他的下场或许不会更好。他的缺点就像一张白纸上的黑点，只是因为他太过完美，才让这个黑点显得如此突兀。

李世民曾经被捧上了神坛，如今又回到了人间。

但他仍然是历史上那个绝无仅有的、唯一的李世民。

他就像夜空中的星星那样璀璨，像午后的太阳那样绚烂，他的光芒永远照耀着中华大地，即使斗转星移、朝代变换，也总是有无数后人追慕那无尽的贞观遗风。

梦回唐朝，梦回贞观。

就用诗圣杜甫的一首诗来为他的一生做个结尾吧。

旧俗疲庸主，群雄问独夫。

谶归龙凤质，威定虎狼都。
天属尊尧典，神功协禹谟。
风云随绝足，日月继高衢。
文物多师古，朝廷半老儒。
直词宁戮辱，贤路不崎岖。
往者灾犹降，苍生喘未苏。
指麾安率土，荡涤抚洪炉。
壮士悲陵邑，幽人拜鼎湖。
玉衣晨自举，铁马汗常趋。
松柏瞻虚殿，尘沙立暝途。
寂寥开国日，流恨满山隅。

好了，唐朝最伟大的皇帝——李世民的故事到这里就算结束了，很多读者一定会觉得意犹未尽。但天下没有不散的筵席，历史也没有不谢幕的时候。在浩瀚的宇宙中，在漫长的历史河流中，每个人的生命都不过是白驹过隙。李世民这个名字能被后人铭记，能在青史留名，就已经足够了。

接下来，我们将要进入李世民之后的时代。

此后的时代，不再有李世民那样千年一遇的伟人出现。但我们都知道，历史是螺旋式上升的，总体趋势是不断发展进步的。贞观时代虽好也不过是一个治世，真正的盛世尚未到来。

李世民打下了那么好的基础，唐朝社会在他死后没有理由不继续进步，唯有如此，才是对他最大的肯定，也是对他最大的回报。

因此，在这里我要告诉大家，唐朝最精彩的故事不仅没有结束，反而才刚刚开始。（本部完）

参考书目

《旧唐书》 刘昫等
《新唐书》 宋祁 欧阳修等
《隋书》 魏征等
《资治通鉴》 司马光等
《大唐创业起居注》 温大雅
《三国史记》 金富轼（韩）
《册府元龟》 王钦若 杨亿等
《隋唐嘉话》 刘餗
《酉阳杂俎》 段成式
《隋唐制度渊源略论稿》 陈寅恪
《唐代政治史述论稿》 陈寅恪
《六到九世纪中国政治史》 黄永年
《唐史史料学》 黄永年
《唐史十二讲》 黄永年
《物换星移话唐朝》 黄永年
《隋唐帝国形成史论》 谷川道雄（日）
《中国通史》 吕思勉
《中国通史简编》 范文澜
《隋唐史》 岑仲勉
《隋唐五代史》 吕思勉
《中国历代政治得失》 钱穆
《唐高祖传》 牛致功
《李渊传》 严亚珍
《唐代藩镇研究》 张国刚
《大唐帝国：隋乱唐盛三百年》 陈舜臣（日）
《中国历史地理学》 兰勇
《剑桥中国隋唐史》崔瑞德（Denis Twitchett）（英），费正清（John King Fairbank）（美），鲁惟一（Michael Loewe）（英）